潘军小说典藏
《白》《蓝》《红》三部曲
独白与手势·蓝 Dubai Yu Shoushi·Lan

时代出版传媒股份有限公司
安徽文艺出版社

潘军,男,1957年11月28日生于安徽怀宁,1982年毕业于安徽大学。当代著名作家、剧作家、影视导演,闲时习画,现居北京。

主要文学作品有:长篇小说《日晕》、《风》、《独白与手势》(《白》《蓝》《红》三部曲)、《死刑报告》以及《潘军小说文本》(六卷)、《潘军作品》(三卷)、《潘军文集》(十卷)等。作品曾多次获奖,并被译介为多种文字。

话剧作品有:《地下》、《合同婚姻》(北京人民艺术剧院首演,哈尔滨话剧院、美国华盛顿特区黄河话剧团复演,并被翻译成意大利文于米兰国际戏剧节公演)、《霸王歌行》(中国国家话剧院首演);多部作品先后赴日本、韩国、俄罗斯、埃及、以色列等国演出,多次获得奖项。

自编自导的长篇电视剧有:《五号特工组》《海狼行动》《惊天阴谋》《粉墨》《虎口拔牙》等。

潘军小说典藏

《白》《蓝》《红》三部曲

独白与手势·蓝

潘 军 / 著

Pan Jun Xiaoshuo Diancang

Dubai Yu Shoushi · Lan

时代出版传媒股份有限公司
安徽文艺出版社

图书在版编目（CIP）数据

独白与手势.蓝/潘军著.—合肥：安徽文艺出版社,2018.7
（潘军小说典藏）
ISBN 978-7-5396-6388-3

Ⅰ.①独… Ⅱ.①潘… Ⅲ.①长篇小说－中国－当代
Ⅳ.①I247.5

中国版本图书馆CIP数据核字(2018)第131058号

出 版 人：朱寒冬	
出版策划：朱寒冬	出版统筹：姜婧婧　张妍妍
责任编辑：张妍妍	装帧设计：徐　睿

出版发行：时代出版传媒股份有限公司　www.press-mart.com
　　　　　安徽文艺出版社　www.awpub.com
地　　址：合肥市翡翠路1118号　邮政编码：230071
营 销 部：(0551)63533889
印　　制：安徽新华印刷股份有限公司　(0551)65859551

开本：880×1230　1/32　印张：9.125　字数：200千字
版次：2018年7月第1版　2018年7月第1次印刷
定价：28.00元

（如发现印装质量问题，影响阅读，请与出版社联系调换）

版权所有，侵权必究

新版自序

秋天里回合肥,在一次朋友聚会上,安徽文艺出版社社长朱寒冬先生建议我,将过去的小说重新整理结集,放进"作家典藏"系列。作为一个安徽本土作家,在家乡出书,自然是一件幸福的事。况且他们出版的"作家典藏"系列,从已经出版的几套看,反响很好,看上去是那样的精致美观。我欣然答应。这也是我在安徽文艺出版社第一次出书,有种迟来的荣誉感。寒冬是我的校友,社里很多风华正茂的编辑与我女儿潘萌也是朋友,大家一起欢悦地谈着这套书的策划,感觉就是一次惬意的秋日下午茶。这套书,计划收入长篇小说《风》,《独白与手势》之《白》《蓝》《红》三部曲和《死刑报告》;另外,再编入两册中短篇小说集,共七卷。这当然不是我小说的全部,却是我主要的小说作品。像长篇小说处女作《日晕》以及若干中短篇,这次都没有选入。向读者展现自己还算满意的小说,是这套自选集的编辑思路。

每一次结集,如同穿越时光隧道,重返当年的写作现场——过去艰辛写作的情景宛若目下,五味杂陈。从1982年发表第一个短篇小说起,三十多年过去了!那是我人生最好的时光,作为一个写作人,让我感到最大不安的,是自觉没有写出十分满意的作品。然而重新翻检这些文字,又让我获得了一份意外的满足——毕竟,我在字里行间遇见了曾经年轻的自己。

不同版本的当代文学史,习惯将我划归为"先锋派"作家。国外的一些研究者,也沿用了这一说法。2008年3月,我在北京接待因"中国当代文学研究计划"采访我的日本中央大学饭冢容教授,他向我提问:作为一个"先锋派"作家,如何看待"先锋派"?我如是回答:"先锋派"这一称谓,是批评家们做学问的一种归纳,针对的是20世纪80年代中期中国文坛出现的一批青年作家在小说形式上的探索与创新,尽管这些创新不可避免地会受到西方某些流派作家的影响,但"先锋派"的出现,在某种程度上改变了中国小说的范式。这些小说在当时也被称作"新潮小说"。批评家唐先田认为,1987年发表的中篇小说《白色沙龙》,是我小说创作的分水岭,由此"跳出了前辈作家和当代作家的圈子"而出现了"新的转机,透出了令人欣喜的神韵和灵气"。这一观点后来被普遍引用。像《南方的情绪》《蓝堡》《流动的沙滩》等小说,都是这一特定历史时期的作品。这些小说在形式上的探索是显而易见的,带有实验性质,而长篇小说《风》,则是我第一次把中短篇小说园地里的实验,带进了长篇小说领域。它的叙事由三个层面组成,即"历史回忆""作家想象"和"作家手记"。回忆是断简残篇,想象是主观缝缀,手记是弦外之音。批评家吴义勤有文指出:"在某种意义上,潘军在中国新潮小说的发展中起到了继往开来的作用,而长篇小说《风》更以其独特的文体方式和成功的艺术探索在崛起的新潮长篇小说中占一席之地。"

在某种意义上,现代小说的创作就是对形式的发现和确定。如果说小说家的任务是讲一个好故事,那么,好的小说家的使命就是讲好一个故事。"写什么"固然重要,但我更看重"怎么写"。这一立场至今没有任何改变。在我看来,小说在成为一门艺术之后,小说家和艺术家的职责以及为履行这份职责所面临的困难也完全一致,这便是表达的艰难。他们都需要不断地去寻找新的、特殊的形式,作为表达的手段,并以这种合适的形式与读者建立联系。对于小说家,小说的叙事就显得尤为重要。在某种意义上,叙事是判断一部小说、一个小说家真伪优劣的尺度。一个小说家的叙事能力决定着一部作品的品质。

与其他作家不同,我写小说首先必须确定一个最为贴切的叙述方式,如同为脚找一双舒服的鞋子。而在实际的写作中,又往往依赖于自己的即兴状态,没有所谓的腹稿。在我这里的每一次写作,不是作家在领导小说,依照提纲按部就班,更多的时候是小说在领导作家,随着叙事的惯性前行——写作就是未知不断显现的过程。《风》脱胎于我的一部未完成的中篇小说《罐子窑》,我认为《罐子窑》的结构与意识,应该是一个长篇,于是就废弃了;长篇小说《死刑报告》最初写了三万字,觉得不是我需要的叙事方式,也废弃了;《重瞳——霸王自叙》则有过三次不同样式的开篇,直到找到"我讲的自然是我的故事,我叫项羽"才一气呵成。等到了长篇三部曲《独白与手势》,我开始尝试把图画引入文字,让这些图画变成小说叙事的一个有机的组成部分,文字和绘画,构成了一个复合文本。《死刑报告》后来决定把与故事看似不相干的"辛普森案件"并行写入,使其形成了一种观照,也就构成了中西方刑罚观念的一种比较与参照。这些都表明,即使在所谓先锋小说式微之后,我本人对小说形式的探索依旧没有停止。如果说我算得上先锋小说阵营里的一员,那么,所谓的先锋其实指的是一种探索精神。

我是个自由散漫的人。换言之,我毕生都在追求自由散漫。当初选择写作,看中的正是这一职业高度蕴含着我的诉求。通过文字进行天马行空的想象与自由表达,以此建筑自己的理想王国,这种苦中作乐的美好与舒适,只有写作者亲历才可体味。然而几百万字写下来,我越发感受到这种艰难的巨大,原来写作的路只会越走越窄。同时我也清醒地意识到,今天的写作未必都是自由的。于是我的小说写作,便于1990年暂时停歇下来。两年后,我只身去了海口,后来又去了郑州,自我放逐了五年。虽然那几年过得身心疲惫,但毕竟还是拥有了一份可贵的自由。另一个意思,是我乐意以这种方式将自己从所谓的文坛中摘出来,心甘情愿地被边缘化。我喜欢独往独来。批评家陈晓明曾经说我是一个难以把握的人物,"具有岩石和风两种品性,顽固不化而随机应变",指的就是这个阶段,但我的这种应变却是因为现实的无奈与无望。我深知写作不仅是一个艰难的职业,更是一个奢侈的职业。决定放弃一些既得利益,就意味着今后必须自己面对一切,单打独斗。其实我从来没有觉得自己真的下过海,倒是向往江湖久矣!我必须换一个活法。1996年2月,我在郑州以一部中篇小说《结束的地方》,结束了这段颠沛流离的生活,重新回到阔别的案头。

我开始思考,"先锋派"作家一直都面临着一个挑战:形式的探索在很大程度上影响到阅读的广泛性。尽管这些作家不会去幻想自己的作品成为畅销书,但从来不会忽视读者的存在,至少我是如此。实际上,阅读也是创作的一个构成元素。很多年前我打过一个比方:好小说是一杯茶,作家提供的是茶叶,读者提供的是水。上等的茶叶与适度的水一起,才能沏出一杯好茶。强调的就是读者对创作的参与性。我甚至认为,好的小说作家只能写出一半,另一把是由读者完成的。我希望自己的小说好看,但先锋作为一种探索精神不可丧失。毕竟,小说不是故事,小说是艺术,是依靠语言造型的艺术,是语言的"有意味的形式"。小说更是一种人文情怀的倾诉与表达。我要尽力去做的,还是要向大众讲好一个好故事。这之后,我陆续写出了《海口日记》《三月一日》《秋声赋》《重瞳——霸王自叙》《合同婚姻》《纸翼》《枪,或者中国盒子》《临渊阁》等一批中短篇以及长篇三部曲《独白与手势》和《死刑报告》。我骨子里"顽固不化"的一面再次呈现而出。批评家方维保说:"对于潘军可以这么说,他算不得先锋小说的最优秀的代表,但是他确实是先锋小说告别仪式中最引人注目的一位。正因为潘军的创作,才使先锋小说没有显得那么草草收场,而有了一个辉煌的结局。"这当然是对我的鼓励,但始料不及的是,八年后,我的小说创作再次出现了停歇,而这一次的停歇,我预感会更长。果然,一晃就过去了十年。

我又得"随机应变"了。这十年里,我的主要精力都放到了影视导演上。因为这种突兀的变化,我时常受到了一些读者的质疑与指责。但他们却是我小说最忠实的读者,我由衷地感谢他们,诚恳地接受他们的批评。但需要说明的是,我作为小说家的工作并未就此结束,只是暂告一段落。十年间我自编自导了一堆电视剧。这看起来是件很无聊的事情,但对我则是一次蓄谋已久的热身,接下来我会去做自己喜欢的电影。由作家转为导演,本就是圆自己一个梦,企图证明一下自己在这方面的野心。我要拍的,不是所谓的作家电影,而是良心电影。这样的电影之于我依然是写作,依然是发自内心的表达。但是,这样的电影不仅难以挣钱,也许还会犯忌,所以今天的一些投资人早就对此没有兴趣了,而我却一厢情愿地自作多情。他们只想挣钱,至于颜面,是大可以忽视的。更何况,要脸的事有时候又恰恰与风险结伴而行。

面对这样的局面,我的兴趣自然又一次发生了转移——专事书画。写作、编导、书画,是我的人生三部曲。近两年我主要就是自娱自乐地写写画画。其实,在我成为一个作家之前,就是学画的,完全自学,但自觉不俗。我曾经说过,六十岁之前舞文,之后弄墨。今天是我的生日,眼看着就奔六了,我得"hold(稳)住"。书画最大的快乐是拥有完全的独立性,不需要合作,不需要审查,更不需要看谁的脸色。上下五千年,中国的书画至今发达,究其原因,这是根本。因此,这次朱寒冬社长提议,在每卷作品里用我自己的绘画作为插图。其实,在严格意义上,这算不上插图,倒更像是一种装饰。但做这项工作时,我意外发现,过去的有些画之于这套书,好像还真是有一些关联。比如在《风》中插入《桃李春风一杯酒》《高山流水》《人面桃花》以及戏曲人物画《三岔口》,会让人想到小说中叶家兄弟之间那种特殊的复杂性；在《死刑报告》里插入《苏三起解》《乌盆记》《野猪林》等戏曲人物画以及萧瑟的秋景，或许是暗示着这个民族亘古不变的刑罚观念与死刑的冷酷；在《重瞳》之后插入戏曲人物画《霸王别姬》和《至今思项羽》，无疑是对西楚霸王的一次深切缅怀。如此这些都是巧合，或者说是一种潜在的缘分，这些画给这套书增加了色彩，值得纪念。

书画最大限度地支持着我的自由散漫，供我把闲云野鹤的日子继续过下去。在某种意义上，书画是我最后的精神家园。今年夏天，我在故乡安庆购置了一处房产，位于长江北岸，我开始向往叶落归根了。我想象着在未来的日子里，每天在这里读书写作，又时常在这里和朋友喝茶、聊天、打麻将。我可以尽情地写字作画，偶尔去露台上活动一下身体，吹吹风，眺望江上过往帆樯，那是多么的心旷神怡！然而自古就是安身容易立命艰难。我相信，那一刻我一定会情不自禁地想起电脑里尚有几部没有写完的小说，以及计划中要拍的电影，也不免会一声叹息。我在等待，还是期待？不知道。

是为序。

潘军

2016 年 11 月 28 日于北京寓所

新版自序 / *1*

犁城:1992年3月 / *3*

海口:1992年4月 / *16*

犁城:1992年6月 / *32*

海口:1992年9月 / *50*

广州:1992年10月 / *68*

犁城:1992年11月 / *81*

海口:1992年12月 / *97*

海口:1993年3月 / *117*

犁城:1993年8月 / *131*

海口:1993年10月 / *147*

三亚:1994年4月 / *165*

海口:1994年5月 / *180*

蓟州:1994年6月 / *195*

蓟州:1994年9月 / *215*

犁城:1994年10月 / *228*

海口:1995年2月 / *243*

附录一　《独白与手势·蓝》初版后记 / *259*
附录二　《独白与手势》修订本自序 / *262*
附录三　存在主义和潘军的《独白与手势》　吴格非 / *264*

那时候我觉得,海的喜怒无常和云的变化莫测,是人生的自然版本。

但更多的时候,我愿意凝视她可疑的美丽。

——作者题记

犁城:1992年3月

  犁城的3月是令人沮丧的。前一个冬季滞留的干燥使新春显得毫无生气。然而这又是一个无法躲避的季节。那时候他整天伏在桌上,不是写作——他已经歇笔两年,而是修筑桌上长城。孩子快上学了,他也由省委机关去了文联,时间突然多出了一大块,如何填满倒成了问题。无聊似乎第一次真正显示出来,而消除无聊最好的方式就是打麻将。有时他居然一个人打四方,嘴中还念念有词:他妈的怎么就不上牌呢?这个男人的形象也变了,胡子蓄得很长,头发也很长,看上去像一个晦气十足的流浪艺术家。这么一个人每天趿着拖鞋在"红门"里晃悠便时常引起哨兵的警惕,他们总爱下意识地盘问他,让他出示工作证,而他的工作证已经交出去了,于是就得费些口舌。他当然也恼火,有一次还几乎同当兵的吵了起来,他说:我是不是看着像个坏人?毛泽东长征时头发比我还长,周恩来的胡子也比我长,你觉得他们有哪儿不对劲吗?

  他想这地方不能待了,可是不待这儿又待哪儿呢?如果有一笔钱就好了,就可以另买一套房子,不再住这鸟地方。钱就是个好东西。钱有时候就能为你买回个公道。林之冰这句话没错。钱还会给你赎回一个尊严。很久以前他就认为,当代中国出现过两次奇特的革命。第一次是1966年,革命的结果是神与人的距离消失了。第二次是1978年,以权与钱的交换作为收获。二者都是有悖于革命的初衷,却给中国人以意外的欣喜。这种喜悦绝不亚于1949年翻身解放带来的。人们发现自己长高了,不再习惯仰视他人。面对一种叫作权力的东西,大家完全可以用金钱加以抗争,至少能够平衡自己。你是厅长你能住四室一厅,但我可以掏三十万买同样的甚至更好的房子。就这么简单,如果你有本事挣钱的话。这总比仰人鼻息夹尾巴装孙子强一点也容易一点。他想,我倒是该动动这个脑筋了。离开机关的这两年他倒是做成了两笔生意。一笔是同一个驾驶员倒卖了两箱酒,另一笔是给电视台拉了个广告。两笔所得两千多,也没费什么功夫,心里还很滋润。他想当初如果李佳支持自己搞公司没准现在就已经发了。自从脱离机关后,李佳的情绪似乎变好了一些,很少有牢骚,也能容忍他彻夜不归地打麻将。他觉得有点奇怪,但是一种不祥的预感总时常掠过他的心头。他想这肯定不是个偶然。分居的事实丝毫没有改变,冷战的局面越发完美,很像一场巷战的间歇,寂静意味着更大的恐慌。

另一件困惑的事是几年前飞到海南的林之冰一去没有音讯,如同断了线的风筝。这只风筝在梦中是非常美丽的,像尔瓦多·达利的绘画,具有强烈的动感和惊人的想象力,而且还有温度。风筝飘逸的翅膀最后总幻变为女人劈开的双腿,映衬于蓝色背景之上。那是一片纯粹的蓝,大陆上是无法寻见的。后来,风筝消失了,只剩下了这片蓝色。1992年的春天因为梦中的这片蓝色渐渐变得有些可人,而暖风却是从一个老人手臂之下吹向大陆的——邓小平的南方讲话使这个国家的命运再次发生了巨变,让人惊喜而不知所措。人们仿佛看见了一种被称作希望的东西又出现了,无梦生涯行将宣告结束。对于随时可以放弃梦想的中国人来说,这个春天无疑是值得纪念的,因为它意味着权力的回归。梦想的权力。

犁城以其习惯的步调跻身于春天的行列是意料之中的事。但她的投影似乎更有趣,不出几日,几乎所有的机关门面都挂上了一块牌子,上书某某公司,成为一大景观。而公开的解释无比理直气壮:这就是改革。这就是让一部分人先富起来。机关有总公司,每个处室还可以设分公司,人尽其才,各显神通,有权吃权,有智吃智,无权无智则搞点小本营生。李佳的单位把作息时间都改了,早上七点上班,各人去菜市买菜,集中起来,女的洗男的切,井然有序。下班提前一小时,全体到街上卖盒菜。谁说国家机关工作人员放不下架子?一周下来,人均分得三十七块,这利润还算少吗?我们不笨,只要上面给政策。文联的人是清高的,要做的不过是把沿街的办公室改成商用门面,包租出去,得钱而省力。文联本来就是可有可无的单位,文件上不是说要内部挖潜吗?于是就这么挖了。那些日子,犁城的天空充满了欲望的气息,街头巷尾一片发财声。犁城历史上出产一种臭豆腐干子,再次成为城市的门面似乎理所当然。外省人来此一游,首先不习惯的是满大街的臭干味和让你睁不开眼的杨花飞絮。但是一顿饭之后,客人的印象不经意地改变了,臭干子产生的亲和力使陌生人对这座狭小的城市感到惬意,以至于看上去杨花似雪。

这是个奇异的现象。

他总觉得会发生点什么事。身边的一切都有些不可思议,让人莫名其妙地兴奋。那时他还不知道将要发生的事会给他这一生带来怎样的作用,但梦中的那片蓝色越来越真切。几年后,当他乘坐波音737型飞机从万里蓝天中穿过时,他才蓦然想起当初的忧虑是多么幼稚,蓝色的暗示其实是显而易见的,它至少意味着南方的诱惑。1992年的春季这个男人在一个雨夜从沉睡中惊醒,他为那块蓝色所压迫,而饱和的膀胱成为开启思维的一把钥匙。他解完小便就再也睡不着了,索性重沏了一杯茶,坐在灯下,想写点什么。他曾在这个窗下写过许多东西,比如《西窗偶记》,现在下笔却变得异常艰难。真是久违了,这支笔!隔壁的屋里传来女儿悦耳的梦呓,然后李佳醒了,她也去了卫生间。等回来时,她推开了他的房门。李佳问你怎么不睡了?他说我睡不着。李佳说那我们聊聊吧。男人突然感到好亲切,好像妻子这种温柔的语气是从别的女人身上移植过来的,但他还是很感动。他又觉得女人一定是有什么要紧的话要对自己说。他坐到床上,把椅子推给了李佳。

李佳说:你就这么混下去?现在外面这么热闹你就不打算找点事做做?

他说:我在想。

李佳说:你这个人我是弄不懂了,以前在机关时你写作,现在到文联了你又不写;人人都在想法子挣钱你却安心在家一个人打麻将?你就不为你女儿想想也得为你自己想想吧!

男人沉默了一会儿,然后说:我想出一趟远门。

按计划,电视剧《北纬20度》摄制组是今天上午在广州集中。那时我正在一万米的高空,由犁城到羊城的飞行时间是两个半小时,但是这个航班晚点了。六年前这个航班也同样是晚点,想起来总觉得有点别扭。机场的广播仍是同样的腔调,说飞机有故障需要排除,说得人心里直发毛。飞机可别老有故障,那感觉就像有人拿枪指着你。1992年我离开犁城那天是清明节,一个标准的阴晦天气,我在机场滞留近三小时,险些放弃了南下计划。因为这计划

7

本来就是一念之差的产物,根本谈不上周密。那天晚上我和李佳的谈话严格讲起来只是一次漫谈,我只说要出一趟远门,我厌倦了这个城市以及我在这城市的生活,我想出去走走。李佳说这样也好,两个人拉开一段距离看看,即使将来离婚,心里也会轻松一些,像现在这么过下去终归不是个办法。好在孩子也渐渐大了,家中又有保姆,她说她一个人完全能对付。李佳的话给我的感觉,与其说是鼓励我出去闯荡,倒不如说是表达了她自己的某种愿望。当然,这也是我想要的结果。回想起来,我们相处的这些年,其实比任何一对夫妻都默契,区别只是方向错了。我们一直是朝一个方向努力,比如说我想走也就是她希望我远行,比如说她打算离婚也就是我在等待着这个结果。甚至当我对某个女人感兴趣时,也就蕴藏着她对另一个男人关注的可能性。如果说有一只手在刻意编排这一切,那么这无疑就是上帝之手。

  白云机场从来就见不到一片白云。白云是外省人的错觉,也是设计者的骗局。六年前我第一次接近她就是这个感受,后来,我索性破天荒地将这感受写成了一首诗。我对广州这个城市也十分厌倦。异常拥挤的车流人流和鳞次栉比的楼厦令人头晕目眩,满街都是马来人的面孔与如同左嗓子喊出的鸟语,让我恍惚觉得置身于河内或者雅加达。我这次来广州是要拍一部叫作《北纬20度》的电视剧,二十五集,某种意义上,可以看作我对当年南方生活的一种回顾。作为观潮者或者下海者,我觉得把那几年的生活叙述出来似乎是一种责任。一个陌生人闯入一个同样陌生的世界,那感受一定是不同寻常。另一个原因,是我需要圆自己尘封达二十年之久的导演梦。我喜欢这个职业不亚于写作,或是说这是另一种写作,用镜头写作。去年冬天我在北京组建剧组正赶上这一年的初雪,我的心情好极了,每天通宵达旦地工作,不知疲倦。或许是一个作家来当导演有几分新鲜感,那几天经常有记者来采访。这让我很不适应,我已经有很多年不同传媒打交道了。一天,我正要出门,又有人不期而访,是一个女人。这个自称几年前在海口见过我的女人很时髦,也十分健谈,但是我却毫无印象。她说,你或许记不起我了,这没关系,香客都认得菩萨而菩萨却认不得香客。这话说得让我脸红,我说,其实那时我到南方不过是试着换个活法。她说我知道你活得很轻松,也很滋润。这话听起来像是挖苦。女人说着便讪笑着看我,目光明显带有挑逗。经过这阵铺垫,女人才亮出底牌,她说:我是桑晓光的朋友,当时也是同事。我很意外,就说:你们那报纸倒了吧?女人点点头,又问:你们现在还联系吗?

你们,是指我和桑晓光。我迟疑了一下,我说我们已有很久不联系了。她就笑了,她说很久是多久?三年吧。我说,我们有三年没联系了。

似乎是从这个下午开始,桑晓光的形象在我意识中重新变得清晰。这是一个眼光透射出似水柔情、四肢散发着甜美爱意的女人。她那小鸟依人的仪态像握在手中的一块绸缎让我舒适惬意。但那已是过去,我现在不过是在挥霍我的记忆。而记忆中的她仿佛一块液晶屏幕上的影像,不同的角度都会折射出不同的色彩,一染指,就会出现污点。这个冬天,桑的形象如同我的身影,只要有光便会与我构成切不断的联系。而我却不想再拥有这联系了,真的,不希望。对于我,这是需要付出巨大勇气的,我担心如此反复重叠的若即若离会使记忆的天空失去最后一片蓝色。我需要守住我的领空。

——1998年2月20日

  那是他第一次坐飞机。沉重的恐惧感驱逐了好奇心,空中飞行的一百分钟让他心跳紊乱,莫名其妙的铃声和空姐虚伪的笑容使他一阵阵燥热。他坐在中间临窗的位置上,巨大的机翼在乌云中频频颤动。它会断吗?终于,飞机开始下降了,他长长地松了一口气。其实他知道,绝大多数的空难都是在这个时候发生的,但是一种儿童的心理在悄悄鼓舞着他:毕竟离地面越来越近了。当轮胎着陆发出"嘭"的一声时,压在心里的一块石头总算落了地。他的心着陆了。几年后,他在一次长途飞行中安稳地睡了一觉,然而梦中的那片蓝色却悄然褪去。

  在广州住过一宿,翌日上午九点他乘上了"玉兰号"轮船。这艘破旧的船载满了来自大陆四面八方的淘金者,这时他才得到关于海口的众多消息,那消息由于十分诱人而显得很不真实,但他愿意听。过了珠江口,海渐渐蓝了。不久万山群岛也被撇到了身后,海豁然开阔,他的心情也随之好了起来。昨晚在广州他感到沮丧而失落,一种对前途茫然的恶劣情绪盘踞在心,以至于久久不能入睡。他觉得自己的腿将要伸进的是一块沼泽,看上去很美但走起来吃力,甚至可能落入陷阱。他的不安在于不想转过身来往回走,那样的话,所谓的前途实际上就成了末路。这个空洞的意念很快转化为最实际的考虑——生存。我首先得养活自己,他想,养活我的女儿。那时已经很晚了,他想给犁城的家中打个电话,想听听女儿的声音。但是他又害怕这个举动会使自己裹足不前,虽然空间上远隔千里,而时间上他不过才离家几小时。这种迟疑不决牵肠挂肚的心绪是不利于一个人出远门的。后来,他在洲头咀码头上转悠了很久,望着珠江两岸辉煌的霓虹灯火,他默默发下誓言:无论如何这一步不能退。

眼下,海也沉默着,或许是晕船的缘故,乘客们大都进了舱里。几只海鸥不断从船舷掠过,也无声,如同纸鸟。唯一的声响是大海的涛声,喑哑而悲壮。在他的左侧,几个操四川口音的青年正在兴致勃勃地拍照,而右边的不远处,站着一个年轻女人,看上去大约二十五岁,穿着素雅,风勾勒出她丰满而不失匀称的身材,但五官却因一副墨镜显得神秘。他从她身边走过时嗅到了一股浅淡的香味,他很想停下来,同她说上几句话,以消除旅途的郁闷。可是她似乎窥测出他的心思,很自然地走开了。一个骄傲的女人,他不禁一笑,一个浅薄的男人。都说漂亮的女人全跑到南边来了,这差不多成了一个社会问题。他又一次想起了那个林之冰,那个来无踪去无影的女人。三年,竟然得不到她一点音讯!临行前的那个深情厚谊的电话道别仿佛是上帝打来的。现在他眼前浮现的林之冰不过是睡在大花布上的一具婀娜多姿的身体。然而记忆已变得不再美好。或许正是这个原因,使他的这次南行选择从一开始就变得十分纯粹——他需要的是一种远离而并非寻找。几年后的一个秋日黄昏,他蓦然意识到,自己不经意中所完成的其实是大陆对岛屿的选择。有趣的是,那时的他又想躲到大陆的某个角落,过一种偏安一隅的书斋生活了。这就像两面镜子的相对反映,幽深和无限只是一幅暂时虚幻的假象。

  船的倾斜越快越厉害了,涛声形成了一种此起彼伏的轰鸣。他伏在船尾的栏杆上,注视着犁痕一般的浪花。四野茫茫,水天一色,这壮阔而恐怖的形势令他兴奋不安。从萌生南行之念的那一天起,这种极端矛盾的情绪就渗透在他的血液里,现在不过是集中爆发而已。他真想对着海来一番歇斯底里的吼叫,那将是一次空洞而淋漓尽致的宣泄。大陆远去了,休养生息三十六年的大陆远远地去了。脱离意味着解放,但也意味着被抛弃,这便是人生茫然的本质。

  那个女人还在。她倚着舱壁在吃水果,像是橘子。他很自然地想到十三年前与李佳在北上火车上的邂逅。这个瞬间他突然涌起了一股莫名的激动。后来他又觉得不奇怪了,因为这女人毕竟让他想到了与自己相关的两个女人——一个是他法定而分居的妻子,另一个则是他最后失去的情人。这么多年过去了,他的女人像鸟一样纷纷飞来又纷纷离去,遗下的只是一块块回忆,供他聊以自慰。好在他如今已经适应了,有时候他甚至觉得没有女人的生活反倒单纯。人的空虚也是有单纯的,就像一张白纸,失去了想象却获得了自由。他又一次回过头去看那个女人,希望她能把那副墨镜摘下来。他想那应该是一双很漂亮的眼睛。他还有一个近乎荒唐的判断：这女人可能也一直在留意自己吧？他小心地往那边踱过去，而女人几乎同时掉过身来，他们相向而行地交换了位置，就在摩肩之际，一件意想不到的事情发生了——有人跳海了！从船艏传来的惊呼让人震颤，紧接着每个舱里的人都跑了出来。他和女人一齐冲到左舷向船尾看去，只见一块浅红色的东西飞速向后掠过，很快就从视野中消失了！轮船紧急刹车，但已无济于事。于是这个悲惨的事实迅速成为全体乘客一下午谈论的话题。他们慢慢知道，跳海的是一个十九岁的姑娘，原因可能是殉情。他心里一下显得很重，他说：这年头还有人殉情，真不容易！女人似乎还没有完全从惊骇中挣脱出来，双手环抱着身体，喃喃地说：怎么这样？这太可怕了。女人不知何时摘下了墨镜，美丽的眼睛透露出忧伤和惶恐。而这时他却走到了一边。他想起了雨浓，那也是被水吃去的姑娘，也是十九岁！雨浓的不幸也是与天杀的爱情有关——倘若那个爱慕她的老师当时不是劝她去底舱避风，她是绝不会沉到江里的。雨浓在那个遥远的秋天不幸遇难一直是他回忆的死角。

　　不久，汽笛鸣响，仿佛是对刚刚死去的姑娘的一次致哀，轮船拖着笨拙的身躯重新起航。这时候，阴郁一天的空中裂开了几道缝隙，强烈的阳光穿云而出，辽阔的海面呈现出暗红色，跳动的波光闪烁着死亡的阴影，而这触目惊心的景象又如生的警示。死是容易的，活着却很艰难。人活着是一种义务和责任。但是活着的目的远没有死的目的明确。那个十九岁的姑娘为情而死，死得明白干净，而船上这些人却茫然无措地活着。有时候

有时候人活着
生一种耻辱

丁言昭

人活着是一种耻辱。尽管这样,人还是贪生怕死的,昨天的飞行过程至少证明他就是这种人。人对肉身所承受的痛苦有着与生俱来的恐惧,这可以追溯到幼时的害怕打针,即使是一个生命垂危的人,在弥留之际,也仍然对肉身的行将消灭感到魂不附体。人对生的渴望远远超过对活着的检讨,或者说活着是本不该检讨的。从这个意义上说,人的境界远不如一只鸟。鸟的一生是飞翔的一生。鸟在生命的最后时刻会毫不犹豫地用最后一点力气飞到最安静的地方,舒缓地收起自己美丽的双翅。除了被人类所射杀,地球上是看不见一具鸟的尸体的。多么清洁!

在那个寂寞而惶惑的下午,他的心绪渐渐有些悲凉了。很多年过去——他一直觉得那是很久以前的事,这次惆怅的旅行还是像雾一样让他困惑不已。他远离了大陆,而对岛屿的向往因为这次航海漂流失去了应有的激情。一种不祥的预感仿佛浪潮追逐着他,但是没有湮灭南方的诱惑。

海口:1992年4月

摄制组在洲头咀码头开机后,通宵达旦地干了两天,于昨日上午搭乘"丁香号"客轮开赴海口。作为导演,我要沿途拍下一些带环境的镜头补充到未来的片子里去,所以我无暇去回顾当年走这条路线时的感受。记忆里的那个十九岁的姑娘殉情自杀似乎也成了一个抽象的符号。就像看一部普通的故事片,死亡不过是银幕上的一种表演。遗忘其实是容易的,然而我还是诧异这种淡漠,有时候我甚至觉得这心理很卑鄙。

现在,我该谈谈桑晓光了。你或许已经感到,她就是船上那个戴墨镜的女人。是的,那就是她。但是我需要说清楚,那一次我们后来并没有更多的交谈。船重新开航后我好像再也没有见到她的身影了。这是我们的第一次聚散——第二天中午,"玉兰号"抵达了海口秀英码头。下船的时候,我有过一瞬的迟疑,想再看看她,但我的注意力很快就被那片仿佛异国情调的椰林所牵制。然而从以后的事实看,倘若没有这次旅行,我们就未必有下一步了。人是奇怪的,重逢的意义远远大于初识——中国人爱把这现象理解成一种缘分。在将近半年后的一个晚上,我们再度相遇于一个电压不稳的电梯间,那种激动却显得异常而由衷。

上午十时,从海上就能看见海口的建筑群景观了。剧组的人

员聚集在船舷,一片欢呼雀跃,但他们哪里知道,这时离抵达岸边至少还有两小时的航行呢。对于生活在世纪末的青年人来说,面对一幅凝固的风景进行两小时的注视是需要足够的耐心的。即使是做爱,这个时间长度也会导致乏味。海口这个形象亮得太早了,当她消磨了观赏者有限的热情之后,理所当然地受到冷淡似乎在所难免。诱惑往往在于一晃而过。和几年前相比,秀英港显得萧条而清冷。有消息说,这条航线将在今年秋季来临之前关闭。这样看来我的这次旅行带有纪念意义。我忽然想到,我曾经答应过桑晓光再从海上走一趟,还设想把我们相识相爱的经过写成一篇不留底稿的文章放进漂流瓶里,在我们相视第一眼的位置上扔进苍茫的大海。这个传统而浪漫的设计在当时仍是让我们感动——我们好像以此找回初恋的情怀。做这件事并不困难,但是我们都把它忘了。

前站的工作人员把我们带入了一个叫作云海的酒店,位于龙昆南路附近。1992年这个地段可谓寸土寸金。按照市政的规划,这儿属于"金融贸易区"。海南建省之后,最先开发的区域就是这里。我上岛的时候它已经初具规模了。在海上看到的那片犹如海市蜃楼的建筑群就是这儿。但那时还没有立交桥。摄制组一行近五十人被安排在六楼。我的阳台可以清楚地看见那座过于古怪的桥梁。1995年2月的一个月夜,我和桑晓光开着一辆本田车从这座刚刚通车的桥上通过,转了几圈竟然下不来。我当时说:这座桥简直就是一个迷宫。她好像什么也没说,神情黯然。这应该是我们最后一次见面。第二天一早,我飞离了这座日渐冷落的岛屿。现在,我又来了。我不知道桑是否还在这岛上。三年前她打算买房子,后来又听说她想调到北京,去一家新闻单位供职,都没有被证实。那个北京的女记者也不知道她的消息,只告诉我桑曾经想嫁给一个马来西亚商人。这不对,应该是新加坡,我知道这件事。李佳也对我说过,她两次接到过同一个女人打来的电话。她断定对方就是桑晓光。她可能过得不太如意吧,李佳说,要不怎么会又来电话呢?我说:我不希望这样。这是去年冬天的事。

制片部门的意思是想在明天举行一个新闻发布会,所谓舆论先行。下午他们去忙着布置会场了。我的计划是把内景戏安排在第一阶段,这样美工置景人员的余地会相对大一点。于是匆匆吃过午饭,我就和助手们奔现场了。电视剧的美工任务有一半在于选景,这个景点选得不错,只需稍加改造便可以投入使用。明天的拍摄通知书我签发了,然后我对大家说:不要让记者随便进入现场,猫着腰把活干完,力争七十天封镜。大家情绪很高。现在他们对我的能力似乎不再怀疑了。在广州的时候他们是担心的,毕竟这个口若悬河的家伙只是一个作家,没有干过导演的活儿。但是等第一天的工作结束,这问题便不存在了。那时我想,要是没这两下子,这一摊还真不好收拾呢。我对导演这个行当潜心二十年之久,而眼下不过是在做一笔买卖。我公开说电视剧是个破玩意儿,但又非常能赚钱。这个戏的筹备前后拖了三年,我希望它能成为一块跳板,好让我尽早过渡到电影的制作中。我想我这辈子最后要做的事就是拍几部电影了。

我要了剧组的车。余下的时间我想去看看海甸岛——这个岛中之岛。这块闹中取静的地方曾给我带来过不少欢乐,如今却让我伤感不已。我从博爱路的老街插入人民桥,这桥突然间变得宽敞了。没有堵塞,车顺畅地通过,这在几年前是不可思议的事。我前面的那辆奔驰车玻璃上贴着"本车转让"的启事。转让给谁呢?眼下的海口是真的没戏了。才几年时间,这个玲珑剔透的城市就弄成了这样。几分钟后,我到达了当初我服务过的南岛集团公司大厦,想见见我过去的同事。但是,这座十八层的高档写字楼漂亮的玻璃大门上贴着三张不同法院的封条。不用说我是意外而惊讶的。我很难相信这是事实。对面的那家小卖部倒是还开着。我走过去买了一包香烟,售货的是阿昌的媳妇,一个干瘦的女人。她还认得我,她说:你是回来向公司要钱的吧?我笑了一下,我说我出差,顺便来这儿看看。女人说:有什么好看的呀,房子归法院了,人都走光了!阿昌也到东莞那边找活儿干去了。

人去楼空。一切都已成为过去。

——1998 年 2 月 25 日

那时候岛上的一切都令人兴奋。他坐在一辆机动的三轮车上,去省政府宿舍区找冯维明。在广州上船时他曾打算挂个电话,结果没有人应答。冯维明现在是某个部门的处长,三年前他随岳父举家南迁时心情显得比较暗淡。这个本该去做西班牙语翻译的同龄人在犁城莫名其妙地卷入了一场权力的角逐,大伤了元气,最后不得不靠选择当高干女婿来寻求保护与解脱。不过如今的情况彻底改变了。他的岳父是省里的要人,他妻子据说对他也很体贴。他们还抱养了一个女儿,比他女儿还大半岁。他原想在冯维明那儿先落一脚,可是当他找到门口时,邻居才告诉他冯处长出差去北京了,而家属则住回了娘家。他有点失落,就去找作家协会的一位朋友。这位朋友上岛几年了,靠办一份纪实性刊物为作协挣了包括房产在内的家当。于是他被安排到了作协的客房,一个被称作五公祠的地方,风景独好,蚊子也多。

在这间不大的屋子里,他第一次看见了红尾巴的壁虎和猫崽一般大的老鼠。然而它们仍然和椰树杧果一样叫他兴奋。几年后,他甚至觉得自己对海口的记忆就是从这一刻开始的。安顿好之后,他便去了街上,这时天色已近黄昏,蓝了一天的天空逐渐涂上了玫瑰红色。他想,该给李佳去个电话了。

  李佳似乎是在等待这个电话。铃过一声,李佳的声音就传过来了。他说,我到海口了。李佳说我怎么觉得你还在中菜市买菜呢?他们笑起来。这种轻松的感觉真是久违了!这感觉注定要在他们分开之后才能产生。然后他向她介绍了对海口的第一印象,他说这是一个接近疯狂的岛屿,连老鼠都不可一世。他女儿抢过了话筒,女儿问道:爸爸,你什么时候回来?他愣了一下,然后说很快。女儿说:你骗人。他的心里顿了顿,情绪又变得沮丧了。他突然意识到自己是到了一个硕大的岛屿上,而且不是半岛,四周被海包围。在观念上,他是漂浮的一个东西,就像一片叶子或者一根羽毛。但是他不是自费来这岛上旅游的。我来干吗?他不禁自问,看热闹吗?到这儿来写小说?现在他对自己的决定改变了看法,他想自己走出这一步显然过于匆忙了。

  夜来得很迟。海口的夜充满着惊心的活力,情形如同一只刚被剁掉脑袋的公鸡,扑腾腾地乱飞乱叫散发出血腥气。所谓夜生活无非是找个小姐去歌厅酒吧或者床上泡泡。那些光怪陆离的霓虹灯和各式各样的名牌车让他想到香港的庸俗电影。但是这怪异的活力还是让他觉得十分新鲜。当地的土著称那些来

自大陆的人叫"大陆人"——这是一个有趣的称呼。这称呼有一种亲和力,仿佛所有来海口的大陆人全成了亲戚。显然海口是一个具有移民倾向的城市,这特别对他的胃口。当人与人的背景全部虚化之后,人可能就拥有了一份类似鱼的自由。对他来说,无论将来发展如何,海口都不过是一个码头。这一点很明确。我只想玩玩,他对自己说,我当然要玩尽兴的。

这天夜里他沿着几条老街闲逛,暂时把下一步搁置到一边。老街残存的那些南洋风格的旧建筑让他愉快,几个想谈生意的小姐同样让他愉快。毕竟这些在大陆还是罕见的。逛街的时候他留意着玻璃店,但直觉又提醒他,那个林之冰即便没有离开这个岛,也不会在此开一个玻璃店的。那是个心比天高的女人,怎么可能甘心守着一个寒酸的店铺呢?她自然也不会守着一个男人,哪怕这男人是总统。想想和林在犁城的那些日子,不觉有些恍然若梦。可他又想,难道在如此之小的海口就再也见不到她了?从地图上看,海口的面积不过是北京的一个区,作为省会的确有些勉强。或许某一天,他想着,我会在街上碰见她。可是,碰到了又怎么样呢?对她说,你为什么不和我联系为什么不打电话?他自嘲地一笑,把烟头弹向路边的一摊水里,听见了"嗞"的一声。后来他就回到了五公祠。作协的客房外间是阅览室,他找出当地的几家报纸随便翻翻,觉得很有趣,每份报的版数都不少,广告铺天盖地,创意却千篇一律。几乎每家房产发展商都宣称自己的物业是别有洞天是皇家花园,好像海口的居民全是皇亲国戚。海口真是一个不可思议的地方。他又注意看了那些招聘广告,自然没有招聘作家的。不过,他想着,凭自己的能力在这岛上找个临时饭碗应该不是件难事。这也挺好玩的,不妨明天到几家公司看看去,除了写作,我这种人是否还能派点别的用场。他躺到床上,舒展开四肢,这时传来了敲门声。

是作协的一位领导,似乎带有象征性的慰问。但这是个不苟言笑的中年人,他的一举一动令人狐疑。这人的言辞也十分干巴,远没有他的小说那么具有感染力。我听说你来了,领导说,我来看看,我想知道你打算在这儿住多久,我就这个意思,我没别的意思,最近我们想调几个同志来,房子很紧张的。

他说:我懂你的意思。我不过暂时住几天。

领导说:你最好说清楚,几天是多久?

他说:三天。

人有时候坐着是不舒服的。想给屁股找一把合适的椅子并不是一件容易的事。对于我这类天性懒惰又喜欢养尊处优的男人,需要每天增加运动量。我不能坐着,况且那椅子是别人的。我在别人的椅子上已经坐了很多年头了,所以总是不舒服,或者我舒服别人不舒服。这个于人于己都尴尬的局面确实到了该改变的时候了。我必须得找一把属于自己屁股的椅子或者永远站着。第二天,我记得是1992年4月13日,我给南岛集团公司秘书处挂了一个电话,向对方通报了自己的情况,说希望能同他们的总裁刘锐谈谈。接电话的恰好是刘的秘书,一个口齿伶俐的上海男人,姓钟,给我的感觉很精明,也很亲切,我们在电话里谈得比较投机。他让我留下电话,说尽快给我安排。放下电话,我突然有了一种预感,觉得在南岛公司那幢漂亮的写字楼里,有一间屋子将属于我。尽管那时我还不知道这家名气很大的企业在什么方位。我之所以要和刘锐谈,是昨天夜里看了他一篇关于投资环境的论文,我不懂经济学上的术语,但作者洗练的文笔让我重视。我也曾听过所谓儒商一说,到南方来倒想有意识地接触一下这类人物。更何况眼下我正面临着被人扫地出门的境遇。所以将要发生的那场谈话对我至关重要。

然而一天过去,南岛公司的电话并没有来。

我在极度焦虑中度过了2月13日。这个不吉利的日子。那一天里我哪儿也没去,是典型的困兽犹斗。我的窗外是郁郁葱葱的热带植物,绿得极不真实。关于五公祠,我仅仅知道从前这儿应该是一个悲凉的地方,据说苏东坡落难时也在此歇过脚。如今却成了海口的风景名胜,为市政创造财富。这现象不知怎的就让我想到伤疤与奖章的关系。看着那些前来观光的游客,我的心情开始变得有些复杂了。黄昏又至,我走到那座水泥亭子里,看着天上的蓝色一点点退去,有些忧伤地想起许多事。十八岁那年,我被人从公社中学赶回了田里。二十五岁大学分配让人从省里赶到市里。两年前又让人从机关赶到了人民团体。我这种人好像注定一辈子要让人赶来赶去。所以我干脆自己赶自己。这至少能给我带来自由,尽管这自由并不怎么轻松。不轻松的自由还是比轻松的统治好。这么一想,我就觉得焦虑似乎是没有理由的。我既然敢于迈这一步,就不会轻易把脚收回。

现在,我得考虑明天的拍摄计划了。在上午的新闻发布会上我自我吹嘘了一通,说要拍出一部让人欲哭无泪的片子。有记者问,这部片子是否带有个人自传的性质?我回答说不是,但我又说:我的感受是十分真实的。我在这个岛上前后生活了三年,目击了她的潮起潮落,一切皆历历在目。下午,摄制组进入现场,开始拍剧中的一位打工者上岛后租房的那场戏。环境布置得比较肮脏,美工担心有些过了,便问:导演,像那么回事吗?我点点头,我说我见过许多大陆人,刚上岛时住得比这条件还差。我那位作家朋友就是其中一个,曾经点过半年的蜡烛,从井里打水喝。同他相比,我的运气好多了。1992年的海口已经很像样子了,但是疯狂也是从这一年开始的。你只要看看街上的红绿灯为什么那么矮,就应该猜想出有多少小车需要这种独一无二的照应。海口是全国小车密度最高的城市,这大概要追溯到1984年的倒卖汽车的狂潮。那时从空中看,海口就像一个硕大的麻将场,只要有空地就会有汽车,整整齐齐地摆放着。六年后,这副牌洗开了。

今晚没有安排夜戏。剧组的人晚饭后便三三两两地逛街去了。对于一个陌生人,海口永远是有吸引力的。而在我眼中,她无疑是美人迟暮,风情万种一去不返。一个城市衰老得如此之快是不可思议的。这种可怕的神奇让我至今不知所措。这或许正是我要拍这部片子的原因所在。

窗外月光明媚,这个季节的海口气候是怡人的。在大陆,姑娘们还在穿羽绒服,这里的女人已经换上裙子了。发明裙子的人和发明旗袍的人一样值得尊敬。他们包装了女人却又加倍地把女人暴露给了男人。他们懂得服饰的真谛。那一年在海上,正是桑晓光的那条印有阿拉伯图案的长裙首先夺去了我的视线。桑是一个懂得打扮的女人。在我后来与她相处的日子里,几乎每一天,她都给我崭新的形象。她现在该是什么打扮？她还在这个岛上吗？1992年,岛上正流行着一首叫作《今夜你会不会来》的香港歌。现在我打算把它用到《北纬20度》中去,但只是背景音乐。

——1998年2月26日

南岛集团总部位于海甸岛人民大道的西侧。1992年这座十八层大厦云集着来自大陆十八个省市自治区的三百余名大学生。其中硕士四十五人,博士九人。这样的人才结构在海口称得上首屈一指。4月14日,海口又是一个晴朗的好天气。上午十时,钟秘书驾车把他接到了这里。总裁刘锐的办公室在二楼,那是一个宽敞明亮、陈设雅致的空间。尤为令人瞩目的是正壁上悬挂着一位中央首长的亲笔题词。这似乎暗示着他曾经在中央某个部门工作的履历,又容易使人对他的背景产生一种莫名的神秘感。他走进去的时候,刘锐正在打一个国际长途,间或使用着英语,所以他最先看到的是刘的背影。这是一个颇有气势的背影,给人以亲切的震慑。当刘锐转过身来时,他发现,这个四十出头的男人是英俊而稳健的,而他的东北口音也给人一种天然的信任。刘锐很健谈,言谈话语中透彻地反映出他出色的逻辑思辨和语言组织能力。刘的知识面很广,在后来两小时的交谈中,内容从东欧政局的变化到邓小平的南方讲话,从日本的综合商社到中国的国有、民营企业,从汤因比的《历史研究》到杰克·伦敦的《马丁·伊登》,称得上是海阔天空。但最让他得意的是,刘锐说:我看过你的小说,好像挺现代的。这时候刘锐起身踱了几步,接着说:我倒是希望你能够留下来,在南岛办一个文化公司。

这让他始料不及。他说:我没有办过公司。不过我愿意试试。

刘锐说:你尽快拿出一个方案来,我可以给你二十万。

他问道:借我?

刘锐说:是投资。你最好今天就住过来。

一切听起来是那样的难以置信,但却是真实的。离开刘锐的办公室,钟秘书就安排车随他去五公祠取行李了。当天下午,他住进了南岛集团的招待所,那是一幢刚刚装修完工的别墅。行前他没有忘记把作协客房的钥匙交给那位领导,他说:我说过只住三天,其实才两天。他真想说我一点也不感谢你,因为这些房子并不是领导挣来的,而是我的朋友们。晚上,他去看望那位朋友。对方以为他是辞行,要离开,就送他一条烟,说带在路上抽吧。他说,我一时恐怕走不了了。然后他就把白天的事对朋友说了,津津乐道的。朋友笑着说:你是真想大干一场呢还是赚一把钱就走?小说呢?还想写吗?

他也笑道:我不过是玩玩。写小说也是玩。

以后的几天他便投入文化公司的筹备中。虽然一切都是陌生的,但非常刺激。南岛集团实际上属于官办民营企业,既有堂皇的牌子又有灵活的机制,主要从事金融和房地产业务。现在刘锐想办一个文化产业的子公司,大概出于整体经营上的考虑。

在那次谈话之后,他感觉刘的志趣远不在生意上,这位拥有博士学位和高级职称的男人其时已经是省政府的高级官员。公司不过是一个舞台,刘要唱的则不仅仅是经济的戏。这个人是大有作为的,他想,这个人的梦想也远远不在海南。他又想到自己,尽管一切来得有些措手不及,但仍需有一个大致的计划。我是个做事不计后果的人,他躺在床上这么想着,这种人注定做不了什么大事,但可以先把事做了再说。我是凭兴趣干事的,我喜欢走一步看一步。问题是现在情况有些不同,我拿了人家的钱。二十万,对于1992年的文人来说,无疑是个天文数字,不谈怎么赚钱,就连如何花掉也是一个头痛的问题。压力和刺激几乎是接踵而至,看来不认真花点心思对付还不行。筹备在紧张地进行着。他的办公室在十楼,全新的用具令他欣喜。然而从他进驻的第一天起,这些不说话的东西都是要算钱的。房租、水电、电话、交通以及固定资产折旧,全要算钱。当工商注册税务登记办下来后,集团的结算中心主任陈元田便通知他:你已经花掉三万六了。

他吃了一惊:怎么会那么多呢?

陈元田说:搞公司可不是写小说,容不得随心所欲。刘锐给你的二十万花起来是很快的。显然,陈元田的这句话带有情绪。这个留过洋的上海人是当年和刘锐在北大荒兵团的战友,在某种意义上,现在是集团的内当家。从来没有见此人笑过,而每天这幢楼上都能听到他的叫喊声——和其他子公司老板争吵。好像除了刘锐就再没有人喜欢这个陈元田。

和陈元田简短的谈话给他的触击很深。他不由得想到,别人的钱并不是那么好花的。从这个意义上看,与其说刘锐给他的是二十万,倒不如说是一次机会。而他也不想在此充当一名门下食客。是公司就意味着赚钱,这里的所谓文化不过是赚钱的另一种手段罢了。诚然,刘锐并不指望他能赚出多少钱来,但也不会源源不断地让他花。这是十分自然的事。眼下一切手续俱全,就看他怎么练了。原先考虑的那些项目怎么看都有些海阔天空,不是投资过大就是关系不好协调。一时间他感到茫然无措,沸腾了半个月的心陡然冷却下来。这天夜里他在给李佳的电话中显得有些沮丧,他说我现在每天都在花人家的钱,像流水一样,我担心这么下去会弄得不可收拾。李佳说:不是说好了算投资吗?投资就意味着风险。他说:要是这样的结果,那我在道义上就欠了刘锐了,而且我也失去了一次难得的机会。李佳说:那你看着办吧。你这种人心血来潮惯了,这事磨磨你也好。

后来他就到了这儿,白沙门。这应该是海口的最北端,对面就是雷州半岛。晴朗的下午,你可以越过琼州海峡见到大陆的边缘。你看见了你就感到特别温暖,就觉得自己还没有被大陆所抛弃。你像一个胆怯的小男孩,走出来玩得很开心却又不时回过头去看看自己的家门。月光很好,海上升腾着朦胧的雾霭,这本是一个幽雅的夜晚,现在却变得忧伤。如果有一个女人陪伴,情形肯定就大不相同了。这一次他没有去想林之冰而是在想船上的那个女人。当那个十九岁的姑娘跳海时,他们奔到了船舷,她不禁抓住了他的手臂。这个细节他记得很清楚,他甚至

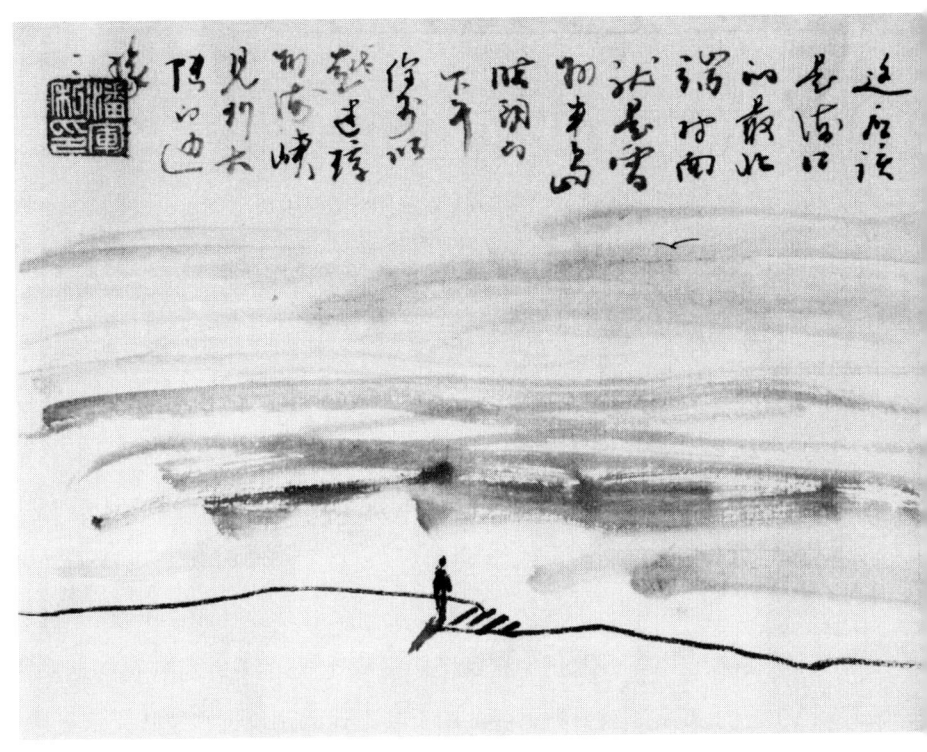

记得女人的手很凉,像鱼的皮肤。现在他仔细地想着女人的容貌,觉得与某部电影里的女主角十分相似,但那部电影本身却非常糟糕。涛声渐渐响了,海边的情侣也慢慢多了起来,而他已在考虑离开。他走过一片沙滩,在坡上停下来点了支香烟,然后又转过身,忽然想到一首流传不广却很精彩的诗——

一眼望去,
街上全是美女,
都是别人的。

犁城:1992年6月

两个月不知不觉地就过去了。文化公司没有做成一笔业务。我每天坐在那把黑色的大班椅上晕头转向地忙着,和一些乏味的术语、数字打着交道。没有业务却又招了三个人,这让陈元田很恼火,有一天吃午饭的时候,他在电梯间碰到我,劈头就是一句:你是不是打算把刘锐划给你的二十万全部花光才开始赚钱呀?当时边上还有我的一个员工,我觉得好像挨了这小子一耳光,竟无言以对。陈元田说:四个人,倒正好是一桌麻将。电梯停下,我一把揪住陈元田的领子,把他拖到楼梯拐弯处,对他说:没错,我就是来花钱的,花完了就开路!我的脸反映在他的两块近视镜片上很无赖。陈元田有些紧张,说:你想干吗?你不是个作家吗?我说:作家并不吃素,我讨厌干活时边上站着一个拿摩温。

当晚我就打算去找刘锐,想同他谈谈陈元田的事。可是我突然想到这个结算中心主任经常与人的争吵,刘锐不会是不知道的,我敢断言,陈的指手画脚是得到了刘的默许。他们是一起滚过稻草的战友,而我不过与他萍水相逢。这对搭档正是习惯里常说的那种红脸白脸,是统治手段,是政治。那一刻我对刘锐的印象发生了转变,我想世上真是没有无缘无故的爱,在这个梦里都疯狂的岛屿上,谁会大把地拿钱让你大把地花呢?我开始悟到了刘的用意,他仅仅是给我支一个台子让我表演,一旦戏唱开了,我不但要自己养活自己,还要与他实行票房分账。无论刘锐是多么的有水平有学位,但他是个商人,而天下的商人是没有肯做赔本的买卖的。我这才觉得自己实在是天真得可爱。

然而这又很公平。你能因此就埋怨刘吗?你能认为刘在对你玩心眼吗?刘说过给你的二十万是投资,投资就意味着回报,尽管李佳强调的是风险,但是对我而言问题的两个方面都不是好滋味。我想起多日前与李佳在电话里谈到的道义一说,不禁有些难过。这倒不是懊悔我的自作多情,而是瓦解了我对刘锐的信任。我后来之所以要离开南岛集团,最初的动因便是这种觉悟。事隔六年,南岛集团由蒸蒸日上到负债累累以致资不抵债全面崩溃,我想除了客观上的原因之外,与作为总裁的刘锐失去大家的信任感关系甚大。现在我的眼前还浮动着那三家法院的封条,一种近乎悲凉的情绪困扰着我。在北京的时候,我曾多方打听过刘锐的消息,也很想再同他一起聊聊,但都没有如愿。有消息说他去了美国,又有说四处躲债行踪不定,还有说已失踪了两年。总之,这个绝顶聪明的人退出了历史的舞台,不再是红极一时的风云人物了。

这个下午我想得太多了。剧组的发电机坏了,看来一时修不好。我躺在树下的一张吊床上,听几个小子神侃。昨夜组里有人出去找小姐了,一人说,很便宜,只要一张。又有人说,个别女演员已经两晚没有回来住了。剧组就是这么一个烂摊子,鸡鸣狗盗在所难免。昨天夜里制片主任就找到我说起过这事,显得忧心忡忡,他担心这样下去会惹出许多的麻烦,要我去骂几句。我笑道:这是个不改革也开放的年代,何必去操那份闲心?我只能在现场说说,工作之余还是自负其责吧。下午的活儿没法干了,不如早点收工,晚上安排夜戏的计划。于是我便宣布解散,大家提议去白沙门游泳,这是个好主意。

　　这儿的面貌变化很大。已经建成了一个带有娱乐性质的天然泳场。1992年这里还是不毛之地,没有任何建筑。那时我没事就来白沙门,躺在白色的沙滩上,看海,看天上的云。它们都是富有动感的东西,让我喜欢。有时候我觉得海的喜怒无常和云的变化莫测是人生的自然版本,是启示录,但更多的时候我凝视的是它的美丽。有一天,那也是一个下午,我看到了一朵奇异的云彩。它从

海平线上升起，骤然向四方扩散，一会儿工夫便拔得无限地高，形同蘑菇，并向我紧紧地逼过来。我仿佛置身于核爆的中心，一种强烈的恐惧感缠住了我，以至于我头晕目眩，险些栽到了地上。

那几分钟里我的意识出现了真空，我也听不见自己的声音，这种状况我一生中只遇见两次。另一次是我十七岁那年，我梦见太阳破了，熔岩像蛋黄一样流淌下来，地上的一切全都浇铸成金灿灿的如同塑像。很长时间过去，我仍然不能从这美丽的恐惧中挣脱出来。那云是白白的、软软的，无声地向你逼来，却足以把你击溃。

白沙门，蕴含着某种暗示。

——1998年3月2日

看人脸色的日子是难过的。在文化公司的会议上他这样告诉大家，花人家的钱总是心虚，要想踏实，那就看看我们在座的有没有本事，自己挣钱自己花。到南边来其实就得自己养自己，我不想让别人养着，你们也别指望我养。赚不到钱，我们就得在这栋楼里见人矮三分，或者趁早散伙。大家的心情一下子变得很沉重，以后的几天里公司像死了人似的，除了电话铃声便一片沉寂。账面上只剩下不到十万块了，其实真正的开销顶多四万而已，让陈元田那么一算就变成了这个结果。他把全年的房租费和固定资产折旧首先提走，就是说，这个公司还没有开张便花掉了六万。然而还得服从，一点脾气也没有。南岛集团内每个子公司的财务全由结算中心统一掌管，刘锐这一手很厉害。但他的解释又十分冠冕堂皇。他说结算中心的性质是内部银行，资金统筹运作会最大限度地发挥资源效益。这看上去似乎无懈可击，然而却也对他手下的人造成了最大限度的伤害——不知他是否想过。

一天，他记得是在6月，他到华侨饭店去看一位从水市来的朋友，就是以前在市委机关工作时的同事陈涛。陈涛来海口调查一个案子，先找了冯维明，后者还在北京学习，无意中得知他也在这岛上。陈涛还是一副白面书生相，和多年前相比，显得更为瘦弱，但当初的那种要干一番伟业的热情显然是消退了。1983年机构改革那阵子，陈涛和冯维明的呼声都很高，但是冯维明所处的位置要好一些，在仕途上，市委办公室自然强于政法委。冯维明现在已经是处长，而且从北京回来是肯定又要往上提一下的，这一提便成了高级干部。陈涛还只是个科长，如果没有奇迹发生，冯维明的现在便是他陈涛毕生努力的目标了。不过陈涛似乎也看开了，他说官场上就这么回事，如今是商品社会，最过硬的东西莫过于人民币了。陈涛说：还是你好哇，来去自由又有钱花，你这人生才叫个人生，我们不过是活着。

陈涛诚恳的语气传达的却是讽刺的意味，让他感到尴尬，而他又不能露怯，还装出一副春风得意的样子请吃饭。他们边吃边谈，他差不多是即兴说了一些虚张声势的谎话，说自己如何如何想点子挣钱，如何如何在这人才济济的海口打下了一块地盘。陈涛听得津津有味，奇怪的是连他自己竟也被这子虚乌有的辉煌弄得热血沸腾。结果陈涛说：老兄，你这就是我的一条后路了,要是今年不把我动一下,我就到你这儿来干,我情愿给你打工。说得他心下一顿,心想不等你陈涛来,我兴许就溜之大吉了。

他走出华侨饭店,心里越发不是滋味。好像街上的人都用嘲弄与鄙夷的眼光看他。甚至那些路灯也是居高临下地对他不屑一顾。

他便盯着这些灯杆出神。他所处的这条滨海大道挂满了庆典的彩色条幅——那时的海口几乎天天都是像过年一般。忽然,他心里动了一下,他想如果把这些灯杆利用起来,作为广告的发布位置,一定是异常醒目的。这个突如其来的创意仿佛在心里拨亮了一盏灯,让他激动不已。他立刻就想着手操作,去同市政部门交涉,先拿下灯杆的广告发布权。但冷静一想,却又顾虑了。他觉得像这种无须投资的项目很容易让人偷了去,不等你手续办完,别人就已经利用它把钱赚到手了。与其这样被动,倒不如先斩后奏。于是当天下午,他就去了一家正待推出新楼盘的公司,他直接找到老板,开门见山地对他说,我可以一夜之间让你的物业家喻户晓。很巧,那老板从前也是个文学爱好者,办公室里有一份名气很大的报纸,这一期副刊的栏题恰好是他的题字——这似乎表明他还算得上一个名人,很自然地增加了对他的信任感。而且老板对灯杆上插满彩旗的广告效应十分欣赏,说这很像迎接一位外国元首的规格。不到一小时,生意居然就谈成了,合同金额六十万!合同一签,便给了他一张二十万的支票作为订金,还强调说不要回扣。交个朋友吧,老板说,有机会送我几本你的大作,我好好拜读。他说这没问题,其实他心里在说:我的大作刚刚完成呢。

几天后,海口的八条大街上飘满了彩旗,简直成了一大景观。人们还没弄清是怎么回事时,他们就赚了三十多万了。他让人给市政部门交了几万的管理费,因为及时,便逃脱了罚款。这第一笔生意给了他很大的鼓舞,他给大家发了丰厚的奖金,又正式通知陈元田:刘锐划拨的余款九万八我不要了,如果需要把以前的投资再划走也可以,但那样我就得离开南岛集团了。陈元田倒不无幽默地说道:你自由了。那时他心想:自由?在这个充满欲望的岛上,狗屁的自由不过是靠钱赎回来的婊子。我他妈的就当了几十天的婊子!

他想现在该回趟犁城了。

那时海口与犁城的直达航班刚刚开通,我上午还在海口,两个半小时后,就出现在犁城的洛川机场。6月的犁城天气应该很热了,但这些日子由于第三号台风在海南文昌一带登陆而变得有些凉爽,仿佛秋天提前而至。我离开家已有两个月了,这是我自结婚以来离家最长的一次。想到很快就要见到女儿,我心里非常激动,想这孩子一定又长高了,在幼儿园又学到了不少东西。我匆匆走出机场,突然发现了李佳站在出口的栅栏边,这是我没有预料到的。我们结婚七年,这是她第一次迎接我。而且这次并没有因为近视而受影响,她很远就注意到一个西装革履的男人是她法定的丈夫。李佳挥了挥手,脸上的笑容让我想起我们在大学的年月。

李佳说：这么快呀，飞机还真方便。

我说：其实花几个钱给天上也就当在家门口上班了。

女儿在幼儿园，这时候正睡午觉。我还是跑去了，贴着窗户玻璃看她——她没有睡着，对我偷偷地招着小手。这时，年轻的女老师走来同我打招呼，说下午是游戏课，我可以把女儿提前接回家。这个女老师很开朗，一年前我送女儿来报到，她就告诉我，说曾经因为读我的一个长篇小说剖鱼时割破了手。她似乎感觉到我和李佳之间有些隔阂，就试探地问道：你们还好吧？你这次回来还走吗？我说还走。女老师说，那小孩她妈一个人带孩子可够辛苦的了。我说那是，目前还只能这样。

和幼儿园女老师的简短谈话给我造成了沉重的压力，刚才的兴奋不觉淡了下去。想到我和李佳的婚姻现状，我一下就回到了以前那种情绪。女儿一天天地大了，她的父母竟越走越远，这样下去对孩子没法交代。我这次回来给李佳带了一枚蓝宝石的戒指和一根纯金的项链，上面缀有五颗心。但这似乎已不是迟到的爱情信物，也不能说是变相的报答，准确地说，应该是一种纪念——我们毕竟一起走过了多年，毕竟是夫妻一场，过不好则是另一回事。至于下一步怎么办我心里仍然是没有底的。关于南方的谈闻掩盖的不过是暂时的现象，我想，用不了多久便会自然而然地故态复萌，回到我们从前的轨道——这是上帝预先设定的轨道，改变或调整都将困难，甚至根本不可能。这个感觉李佳其实也有，她不想做出任何性爱方面的暗示，而是替我晒了垫絮换了床单并买了一些我喜欢吃的菜。晚上，一家人热闹了很久，等女儿睡了，我和李佳换到书房里说话。她问我到底赚了多少钱。我说钱是赚了一点,我不能贪污但可以支配。李佳说那你一辈子就是这么赚钱花钱呀,那又有什么意思呢?我说一步步来吧,以后的事谁能预料?我想我最终还是会回到我的书桌上写我想写的东西。李佳突然说了一句伟大的话:文学救了你却害了我。这些年过去,我对这句话仍是欣赏。我想当初李佳如果不爱好这个文学也就不会爱上我,也就不会那么多愁善感顾影自怜了。所以她现在很怕她女儿重蹈覆辙,除了《安徒生童话》,她便不许女儿看其他文学书。可是这孩子已偷偷把《红楼梦》看了两遍。

那天晚上,李佳后来问我身边有没有女人。我摇头,我说暂时还没有。李佳笑了一下,那意思是认为我在说瞎话。她大概想说你这家伙在犁城这么一个落后的地方都不安分,谁信你到了大特区的海口会老实呢?而我暗自吃惊的是她谈论这个话题的语气,那是一种局外人的从容语气,就像谈论数月前"霞飞"广告的风波,好像我的堕落与否对她无足轻重。我不禁又猜想,或许李佳已经安排好一条后路了,眼下不过是离婚的一支前奏,采用的是渐进的方式,由弱而强。

以后的一个月里,除了大把地花钱,我好像无所事事。这期间我回了一趟石镇,父母现在才知道我已经去了海南。我父亲显得忧心忡忡,总觉得离开单位自谋出路是一件危险的事。而我母亲的担心是不希望自己的儿子日后成为一个小老板,以为那并不光彩。我于是做了些解释,说自己的打算是挣了些钱后再来安心写作。我说我不想做一个寒酸的文化人。然后他们就问到了我的婚姻状况,说这样下去终归不是个办法。李佳自从和我结婚,这些年就没再来过石镇,每年的春节我父母都要用诸如节日加班值班之类的理由去搪塞街坊的疑问。我们的关系其实已没有好解释的,但作为父母,总不希望儿子在这个问题上越陷越深。我母亲总是叹道,失败的婚姻那可是比死了父母还伤心的事啊。

一天夜里,我无端地梦见了远在美国的韦青,醒来觉得有些奇怪。似乎每当我陷入情感的困境时,这个韦青便不经意地出现了。她好像在我家的院子里喂鸡,优雅的手势和温柔的话语给我带来了幸福。那时这个院子没有第三个人,韦青的背影在秋日的阳光下显得有些瘦弱,等她转过身来,我不禁吃了一惊——她已经完全是个老妇的形象,牙齿差不多落光了!我看不见自己的面目,但想象中的我则更为衰老得可怕。我便是在这时刻从梦境中挤了出来,一脸是汗地靠到床头,忧伤的心情一直延续到天亮。这种对衰老的恐惧感在那个深夜显得异常地深刻,这或许也从另个方面反映出我的情感生活是多么的苍白。我后来在日记中把这段时光称作情感生活的真空时期。

我在《北纬20度》的导演阐述中指出:我要表现的是一种海与岸之间的焦灼状态。这其实也是我那时的心情指标。在我所接触的"大陆人"中,极少有人把海口当家的,哪怕你是无家可归者。海口似乎天生就不具备家的条件,我无法在一个岛屿上去解释家这一概念。海口就是个码头。所以后来刘锐征求我意见是否正式调过来时,我不假思索地表示了谢绝。我希望能够保持住玩的精神状态。但是,在犁城住上半月后,我却像泄了气的皮球似的,突然就失去了继续闯荡的情绪。我每天接送女儿,买菜做饭,不再像以前那样烦躁和敷衍了。而且我自己也感觉得到脾气好了许多。公司不断有电话来,谈话的末尾他们都要问上一句:老总,你什么时候回来?不会就此把大伙撂了吧?我这才意识到自己还肩有一份责任,比起过去的日子,显然平添了些沉重。然而这么快地就让我离开女儿,心里还真不是个滋味。孩子就要放暑假了,可以整天和我在一起,但是我却想着要离开,这种折磨让人心累。于是我便与李佳商量,想让她和女儿随我去海口度假,这样我也就不再分心。她迟疑地同意了。几年后,李佳回顾这次海口之行不免感叹,她说我发出的是一个极其错误的信号,她以为这将是家庭重修于好的开端,但是没想到罪恶在她离开后不久就他妈的发生了。我太傻了,她愤愤地说,我差一点儿还打算把家搬到海口呢!

  这几天的拍摄进行得还算顺利,平均每天的镜头量达到七十,制片方很高兴,今晚让大家加餐,之后是去一家夜总会跳舞。我想把前几日拍的素材从头到尾过一遍。我在浴缸里泡了一会儿,看着自己日益臃肿的身体,一种老之将至的感觉油然而生。冬天的时候,我在北京的一家饭店里安静地度过了四十岁生日。只有我一个人,窗外飞着雪,那时候我的心情黯淡到了极点。我几乎不敢面对四十岁这个事实,我总觉得我还属于青年。我讨厌人生的中年就像讨厌滴在稿纸上的一团墨水。这个阶段的人尤其是这个阶段的男人有着所谓成熟的思想和丰富的阅历,同时还有旺盛的精血,因此他们会变得格外地贪婪。他们的欲望极端膨胀,充斥视野的全是疯狂。我不知道我将怎样去面对我的中年,我脚下的土地显得极不踏实,以至于每走一步我都气喘吁吁。

我就像一匹在沙漠上行走的骆驼。

——1998年3月6日

犁城在1992年的夏季表现出前所未有的可爱。南来的寒流形成虚假的秋意镶嵌在夏天的镜框里,于是人们充分享受着这种自然错位的实惠,同时为空调的缓购松了一口气,以期进一步的降价。街上的行人衣着绚丽步履从容,满怀喜悦地品味着这四季如春的感觉。海口有这么舒服吗?你还是赚一把钱回来算了。几乎每天都有人这么劝他。他说,我也没打算在海口待一辈子,不过我也没打算将来老死在犁城。那时他心里却想:我的家装在我口袋里。

这天下午,他去街上给女儿买玩具,在一家工艺品商店,他发现了一种金属珐琅挂盘。他仔细察看着,其实不过是搪瓷制品,但经过特殊的工艺处理,它的表面呈现出一种磨砂效果,看上去很有美感。他打听到这东西就是犁城搪瓷厂生产的,便立刻赶去。在车间,他找到了那位年轻的技师,问道:这东西能成批地生产吗?技师说除非是固定的图案,否则不行。技师说厂里搞这东西原意是作为广告公关的,没想要大批量地进行开发。街上的那几件都是脸盆底弄的,成本很小,功夫花在手工制作上。他琢磨着,又问道:如果是我指定的图案,你有把握做出来吗?技师说:只要不复杂就没问题,你看一眼你就会干了,工艺流程很简单。他说:我现在就想试试。他果真就按技师的指点做出来了一只挂盘。当挂盘从电炉里出来时,他的考虑也完全成熟了。

他准备做一笔买卖。

第二天,他电告公司,立即将海口的几家大公司的企业标志电传犁城。下午,他带着这些标志图案去了搪瓷厂,同负责业务的经理开始交涉了。他说:我要一万只。这个数目对日益不景气的搪瓷厂无疑是有诱惑的,况且他出的价格又很优惠。于是不到半小时,双方就草签了协议。他留下图案,要求看到样品后再做正式合同并付订金。他又去了一家皮革厂定做了几只与挂盘配套的包装盒。那盒子采用仿羊皮包装,内衬蓝天鹅绒,外加烫金字样,看上去让人爱不释手。这么一加工改进,原来的挂盘便一下子升了格,连搪瓷厂那个年轻的技师都怀疑这东西还是不是脸盆底制成的了。真是货卖一张皮,他满意地笑着,现在这东西就算得上个玩意了。他想,等自己把这件礼品送到这几家公司老板手中时,他们能不吃惊吗?他们怎么也不会想到自己公司的标志是怎样嵌入了这件"金属珐琅挂盘"里的。他们能不高兴吗?只要他们高兴你会没有钱赚吗?至于价格,余地是十分宽广的,因为这是工艺品,工艺品是不好估价的,你能按一块黄杨木的价格去收购一件黄杨木雕吗?工艺品卖的就是一个喜欢。

那几天他因为这件事兴奋不已。现在文化公司账上有钱了,那个陈元田便不好再作梗。在合同签署之后,他一个电话过去,第二天预付的订金款项就到账了。对这个顺手拈来的项目他信心十足。而且他估算着,只要一万只挂盘顺利脱手,价格没有大的变动,二十万的利润便垂手可得了。这么一来他的公司就挣了五十多万,一年半载是花不完的。他长吁了口气,想起前些日子在集团内部的忍气吞声,就感觉是做了一场噩梦。看来人确实是需要一点压力的,他想,现在老子可以大声地宣布:我在南岛集团喝的每一滴水都是自己挣的!

李佳颇有些诧异,她没想到这个连"头寸"都不知道的小文人竟真的把钱赚到了手。工艺挂盘这件事就发生在面前,凭直觉她认为也是会赚钱的。在李佳看来,这个男人的确不笨,只要他兴趣所至,便会把一件事干得很像样。但是李佳又非常清楚,这个男人仅仅是凭兴趣做事的,这便不会在某一件事上耗得太久,大概只有写作是个例外。对待女人他也是一样的德行,所以这种男人将一辈子生活在恋爱中,这种男人根本就不配有家庭。

这是李佳对他失去信心的根源,然而那时的女人又重新陷入了矛盾。本来她的设想是彼此拉开距离适应一下,结果恰恰是因为分开反倒加深了男人对家庭的看重与眷恋。这情形很像当初他们的恋爱,如果那时这个男人不是离开犁城到水市工作两年,他们肯定就彻底分手了。现在,他又提出一家人去海口度假了。李佳在那个凉爽的夏季真正感到了迷惘,她隐约觉得在这宗漫长而疲倦的婚姻中,自己第一次处于了被动地位。她发现自己对这个男人开始有了依赖,与当初的企图摆脱差距甚远。对于女人,这无疑是一颗不幸的种子,女人日后的痛苦已经在所难免。

很多次,李佳对1992年的海口之行懊悔不已。在南方的几十天里,新鲜的风景和新鲜的菜肴使女人不知不觉地完成了心态转化。她仿佛预见到了一种全新的生活正向自己款款而来。海口的面貌以及阳光、空气和水都给李佳留下了好印象,于是以迁徙摆脱过去的策略在她头脑中逐渐酝酿成熟。那时她想,如今孩子大了,男人发展得也不错,与其各奔东西还不如齐心协力把家庭搞好。李佳想过些时候,等男人把基础再打牢一些,如果没有其他障碍,她便准备办理调动手续了。我们可以重新开始,她私下里这么想,一旦家搞漂亮了,这个男人也就恋家了。她觉得应该换一种方式与男人相处,这便是尊重他的选择。看来重塑一个男人是过于理想化了。三十岁的少妇李佳在那个夏季对计划中的未来显得信心十足,却不知道这仍然是命运安排的一个陷阱。

我们是那年的7月初由犁城飞抵海口的。集团又安排我们住进了别墅。副总裁齐之荣还专门在望海楼设宴给李佳接风。齐之荣是军人出身,为人厚道,对文化人显得比较尊重。我进南岛后,与他的接触中一直是很开心的。他希望我能尽快调过来,并说刘锐对我的印象不错。而我已经有了我的判断,只是难于言表罢了。老齐在李佳面前把我夸赞了一番,说一个文化人能在海口施展开拳脚,并能把钱给挣出来,实在是很不容易。我似乎也有点飘飘然了,席间大谈工艺挂盘项目,还将带回的样品请他过目。老齐看过,觉得很意外,说这个项目抓对了,并说它已经具备了实业性质,如果这一炮打响,他就建议刘锐投资兴建一个工艺品厂。老齐和我谈得兴致勃勃,一旁的李佳则更为欢欣,因为一切迹象似乎都印证了她的判断。那天晚上,后来李佳谈到了实质问题。她说她回去准备同父母商量,要是他们没意见,她就着手与海口这边联系。审计部门还是缺人手的,她说,这样的话我还在小政府,你在大社会。我听说这种家庭结构最合适。李佳的话让我感到意外,像这种大动作依她的性格是根本无从谈起的,而现在她居然还打算实施。我立刻打消了她这个念头,我说海口只是个临时码头,你见过在码头睡一辈子的人吗?李佳却不以为然地反问道:那你的家在哪儿?我一下没话了。这正是我最大的困惑,我想,难道我的家果真装在我的口袋里?我的沉默引起了李佳极大的不满与气愤。她刚刚培养的憧憬遭遇了毁灭性的打击,于是她便即刻返回到了原有的思维定式——这个男人的确是不可信赖的,自然就更谈不上有所依靠了。半个月后,李佳带着一腔怨恨提前结束了假期,登上了返程的海轮。我记得那是个阴霾四伏的天气,海面上笼罩着乌云,气压低得让人感到窒息。我建议她推迟几日,等订到机票再走不迟。但她执意不肯,说走就走,她说:我是需要家的,我的家在犁城。

几年后李佳回忆起这次旅行仍不无感叹。她说当海口的景物在她眼前开始晃动时,她的泪水不禁夺眶而出。她说她有生以来第一次真正尝到了幻灭的滋味。她说对于女人,痛苦不过是片刻的不幸,幻灭才是一生的灾难。

此刻我就站在秀英码头。今天要拍的是1992年"大陆人"抵达海口的戏。我们雇了两百名群众演员,副导演正安排他们做出

卖力的欢笑表情。码头上拉起了大红横幅,上书:大特区热情欢迎你！我们企图制造一个虚假的繁荣景象来唤起大众对海口昨日的回忆,但是从整个剧情看,这个喜气洋洋的布置恰恰是对悲剧效果的一次铺垫。趁着灯光还没有布置好,我走到一个僻静的角落安静地抽了一支烟。我的眼前呈现出李佳离开时的那个伤感的天空,我依稀记得或者仿佛看到有一只白色的鸟在追逐着那艘笨拙而沉重的海轮。那应该是我。我的女儿随她的母亲又一次离我而去,我却像一根锈锚扎在了这个孤独的岛屿上。那一天里,我沉浸在无限的忧伤之中,这揪人的感觉时至今日也未从我的心头彻底走出去……

——1998 年 3 月 15 日

海口：1992年9月

男人从秀英码头返回公司已经是黄昏时分。那艘船离岸不久海口的天空就下起了大雨。不知这场雨是否也淋到了那艘船上，他这么想着，今天真不是个离开的日子！李佳的脾气就像最近几天的天气，变化之快让人猝不及防。但他明白李佳的心思，他想李佳是带着怨恨走的，同时夹带着受伤的尊严。那天晚上的交谈后来草草收场了，但是他却一宿没合眼。女儿睡在他们之间，头靠着母亲，手拉着父亲——这个姿势保持了很久。等孩子翻身，他便悄悄下了床，去了隔壁的酒吧。他倒了一杯人头马，灭了全部的灯光，然后坐到靠窗的沙发上。月光散落在他身上，效果很像一张低调处理的照片。在那个漫长的深夜，他的身体被月光和黑暗所分割，而他的心似乎已大卸八块，受着痛苦的煎熬。他回想起与李佳相处的前前后后，觉得自己就像一只蚕蛹，被一团团剪不断理还乱的情丝紧紧纠缠。但是这只蛹迟早是要变成长翅膀的蛾子的。长翅膀的未必就是蛾子。苍蝇也有双翅，而这虫子的飞行轨迹不过是一个圆圈……

雨越下越大，码头上腾起一片雾霭。他退到候船室，惦念着那艘船。后来他就渐渐睡着了。他梦见了一片蓝色的空间，有一双翅膀在风中鼓动着，然而他却不知它们属于什么身体。这个困惑追随了他很久，仍是一个悬念。

不知不觉中又过去了一个月。如果不是那笔生意，他怀疑自己能否轻松地打发走这段特殊的时光。与大陆相反，8月的海口除了正午有一阵暴热，其他的时间并不难熬，尤其是晚上，从海上吹来的风夹带着椰子的清香拂过城市，产生了惬意的凉爽。工艺挂盘项目进展得十分顺利，他所到的每个公司都产生了同样的效果，客户们皆表示出意料之中的满意。刘锐也认为这个项目不错，但他的思路不是要办一个什么厂子，而是企图把这个项目引到法国。我们可以借题发挥，刘锐说，在欧洲建立一个桥头堡，这样我们就伸出去了一条腿。我们另一条腿自然要落在美国。刘锐让他暂时把这种转手贸易停下来，花工夫就该项目在欧洲运作的可行性做些分析。他觉得这事开始变得有些荒唐了，这算他妈的什么项目呢？欧洲人要你这个烂脸盆底干什么？他明白刘锐的意思是醉翁之意不在酒，不过是巧立名目借风过湖。而且他觉得刘锐也有了些妄自尊大，一点破事便是欧洲美国，开口闭口就是跨国公司，好像他是个国际商务使者，到哪儿都是畅通无阻。尽管这样，他还是按刘的意思做了，果真弄出了一个"可行性报告"交给了集团总部。几天后的一个下午，他在楼梯上碰见刘锐，就问报告看了吗。刘锐说看了，但同时又通知他，这个项目从现在起他可以不插手了。这是他始料不及的。

这是什么意思呢？他后来想了很久仍是弄不明白。于是他去找了齐之荣，想搞清楚刘锐的用意。齐似乎有些难言之隐，就只好说:按总裁的意思办吧。直到下个周末的晚上,他才无意中得知了实情。这一次又是北京来人了,好像是一个部长,刘锐自然要设宴款待。每逢这种场合,刘锐都要让几个具有代表性的人物作陪。刘锐要介绍说谁是博士,谁是教授,谁是高级工程师,谁是作家,然后免不了要加重语气来一句:我们这儿什么人都有!言下之意是我刘锐的旗下人才济济。这话并不过分,但是他总觉得如坐针毡。部长并不认识我,我也不需要认识部长,何苦要受这份罪呢?他这么想着,忽然听见刘锐说,南岛集团下一步是把重心向国外市场倾斜,为实现集团的跨国公司目标打好基础。我们已经派人去法国考察了,刘锐说,想先与巴黎的一家公司合资办一个开发中国民间工业品的厂子。他感到吃惊,原来刘锐不过是让他做了些下手活,这与会议上所说的"谁的项目谁负责到底"完全是两码事。那个纸醉金迷的晚上,刘锐的侃侃而谈对他已失去了吸引力,等宴席撤去,转入卡拉OK式的轻歌曼舞时,他便悄然离开了。

外面是一个姣好的南国之夜,椰风习习,月光妩媚,然而他已失去了好心情。街上的行人已经很多了,这将又是一个疯狂的夜晚。有人说海口的一天是从晚上开始的,这话不准确,应该说海口的一天到晚上才有看头。他沿着滨海大道往海甸岛的方向走着,看见人民桥的南端有当地的土著正在搭台唱戏,唱的是琼剧《三看御妹刘金定》。琼剧的腔调和粤剧很接近,那个女主角嗓门洪亮,唱得热血沸腾,但是他一句也不懂。于是就离开了。他想,做一个看客其实是很舒服的。他本来就该做一个看客,充其量做一个票友,而大可不必粉墨登场,结果他真的下海了,唱出来的腔调连自己也弄不懂了。不多会儿,他回到了集团的大楼。他想今晚写几个字。很久没有写作了,尽管此刻心情黯然,但写的欲望却显得格外强烈。进门时他瞥了门前的石狮子一眼,不禁暗自发笑。我他妈的就是这个东西,而且我还得缴纳场租费。然后他就进了电梯,门正要合上,忽然听见后面一个女声叫道:等一下。

他急忙用身体挡住电梯门,那女人便从他的腋下进来了。电梯间就他们,气氛自然有些尴尬,他们都侧身而立,各自有不同的视点。女人一直看着脚下,但是他从不锈钢镜面的反映中觉得她并不陌生。

接着他认出她就是"玉兰号"上见过的那个戴墨镜的女人。

我心里顿了一下。电梯很快就到了十楼,我得下去了。我想如果我再不吱声,兴许这辈子我们都没有说话的机会了。于是在我离开电梯前的一刹那,我说:我们见过是吗?她抬起头,显得有些紧张,但是她很快就想起来了。她脸红红地说:是你呀,你在南岛?我说我在十楼的多少号房间,请她待会儿来玩。她点点头说她要去贸易公司看一个老乡。我便又强调了一句:待会儿见。电梯门合上,我的脚下突然轻松起来。

这个晚上我显然是不能写作了。似乎有一种感觉从我心里升腾而起,它至少表示我们给对方留下的印象是良好的。我做出一副平静的姿态坐到写字台前,闲览着当天的报纸,而我的内心却越发地不平静了。我在等她。我在想着即将进行的交谈的第一句话。这种感觉显然已超出了普通接触的范围,带有暧昧的色彩,从而奠定了某种基调。实际上我是在期待着某种印证。如果那个晚上她没有来到我的办公室,自然就不会发生以后的一切了,我的这种感觉便会迅速解散干净。但是没过多久,她来了。当那几下略带迟疑的敲门声响起后,我仿佛对我们未来的图景一目了然了。我有了一种类似征服者的喜悦,这超前的欢欣实在有些莫名其妙。

我现在可以正视她了。她的眼睛非常漂亮,而且明净灵活,让人心动。桑晓光这个名字也给我以好感。这个来自武汉的女人原是一家报社的记者,如今虽然还在报业工作,但大部分的精力却用在广告策划与房地产中介上。在她走进我这间办公室之前,她已经从她那位老乡那里知道了关于我的一些情况了。所以我们的交谈从一开始就比较从容,话题仍然是从半年前船上的邂逅引出。她说她一眼就看出我是第一次到海南来,因为只有初上岛的男人才会穿一条短裤。而她已经早来了一年。我本来是打算坐飞机的,她说,可是前一晚我做了一个噩梦,就改乘轮船了。她没有解释那是怎样的噩梦,但我感谢这个梦魇。我说倘若没有你这个梦,我们现在就不会这么面对面地坐着说话了。我以为这句话会带来轻快,可是我注意到她的脸色陡然出现了凝重。我又给她拿了一瓶矿泉水,降低声音说:你怎么了?我是不是说错话了?

她很不自然地笑了一下,说没什么,只是觉得没有必要再提那个梦了。

谈话就此打了一个结。这之后我们完全是东扯西拉地谈了一些不着边际的事,什么封岛呀,特别关税区呀,再造一个香港等等,我们仿佛成了电视台某个专题节目的嘉宾主持。那时大约是临近十一点的光景,她挪动了一下身体,似乎表明要走了,又像是等待着我的进一步挽留。于是我说:要是没什么事就多聊一会儿吧。她反问道:你有事吗?我是不是耽误你很久了?今天是周末。我说我没事,我每个周末都没事的。这句话明显带有暗示,我似乎急于向她表明我身边没有女人。她笑了一下,她说她觉得有点奇怪,居然在电梯里又见面了。我说其实在船上我就预感到我们还会再见。

你那么相信预感吗?

我只相信我的预感。

我记得当我说出这句话以后我们便陷入了沉默。1992 年夏季的那个晚上对我是重要的,在序幕之后,我和桑晓光的故事就是从这个晚上正式开始的。此刻,我离开了剧组的驻地,正沿着那个晚上我们共同走过的路往前行,这是一条靠近海甸溪的小路。

你现在看到的是昨日的风景。但这却是我用心复制的画面。这条小路我们仅走过一次,然而它却是我们开始的路。旧时的足迹早已不复存在,我也无找寻之意,不过是借此把我的记忆再描一下,因为我虽然害怕重蹈覆辙,但还是不希望这块记忆的天空受到污染。我说过我需要这片蓝色。

然而,一件意料之外的事出现了。我看见在这条小路的尽头立着一个女人的身影——是桑晓光!她显然已等候我多时了,这一回是我走进了她的预感。

怎么是你呢？我走过去说，我没想到你还在这个岛上。

我一直在。不在的是你。

我始终把这儿当个码头。

这回能靠多久？

两个多月吧,已经过去半个月了。

可我印象里你已经失踪三年了。要不是从报上看见电视剧拍摄的消息,还真难得一见呢,你现在谱大了。

我是想等忙过这阵,再说我还得打听,你电话号码换了是吗?

我早换了。

是不是骚扰电话太多了?

是又怎么样?

不怎么样,这说明你魅力不减当年。

你这人怎么一点儿没变?说话还是这么酸溜溜的!

都四十出头了,没法变,好坏就这样了。要是你不忙的话,找个地方喝茶吧。

后来我们就去了一家叫作"子夜"的茶楼。她开着一辆新买不久的白色都市高尔夫,驾驶娴熟,还是那么有派头。我们在茶楼上坐了将近两小时,却没有说多少话。她保养得还是很好,只是气色显得有些疲倦,眼神中透出不易察觉的黯淡。我想她过得并不如意——李佳曾这么说过,但是现在我又能说什么呢?我甚至几次想中断这种不伦不类的接触——我乐意去做一个恋爱中的男人而不想扮演一个旧日情人的角色。我想还是让过去成为记忆吧,这是最明智的考虑。到了分手的时刻,我说:回去晚了点,你那位不会有意见吧?我突然想起,几年前的那个夏夜我也说过同样的话。

我已经厌倦被人管的日子了,她说,我厌倦。

——1998年3月17日

沉默在一个夏夜出现在一男一女之间是意味深长的。你预感到什么呢？他想着，你是否预感到一会儿这个漂亮的女人会投向你的怀抱？你对这个女人印象深刻，几个月前在白沙门你就认真地去想过她，可是你没想到眼下她就坐在你面前！

隔着一张写字台就这么沉默着。这一刻显得多么的安静。似乎谁都不想首先去打破沉默，或者说两个人都在寻找打破沉默的方式。他看着她，那目光已经是赤裸裸的，毫无遮掩，但她始终在看她的手——它们交错一起不停地动着，像刚脱壳的鸟雏。这时，他觉得一句话该说了，他轻轻地喊了她，她抬起头便被迎面的目光击得一惊，脸色骤然泛起了红晕。女人的紧张还没有过去，男人的话就已经脱口而出：

我可以爱你吗？

女人绝对没有想到男人会这么直截了当。那一刻，女人感到不知所措，但她内心的激动则通过她丰满的胸脯暴露得一览无余。女人没有吱声，咬着嘴唇，又把头埋下了。她听见男人说：我是认真的，不过现在你不要回答我。什么回答都不要。如果你觉得我们还可以一起谈谈，三天以内给我一个电话。

要是过了三天呢？女人说，还见面吗？

不，男人说，那会很累。现在我送你回去。

这个男人很霸道，女人这么想着。可是正是这一股霸气使她在那个夏夜辗转反侧。

电梯间仍然是两个人。女人有些顾虑，所以把双手抱在胸前。但是男人并没有做什么,甚至都没有拿正眼看她,与刚才判若两人。很多天后,女人这样对男人说:你这家伙是个高手,引而不发,好让我自动上钩。女人说要是那天晚上你就动手,我会一耳光把你扇开的。

后来他们就走上了那条小路。在路的尽头他问了女人:回去晚了点,你那位不会有意见吧?女人说"那位"出差了。女人以为他会说那我送你到家门口吧,但是男人没有说。男人拦了一辆出租车,撂给司机二十元钱,说:把这位小姐送回家。然后就替她拉开了后面的车门。

这个晚上他不打算回宿舍了,因为他预感到女人会来电话。他冲了个凉,光着身子坐到阳台上。从这个位置可以看见很远的海以及海面上夜航的船舶。这时,他想到了李佳和女儿。和以往一样,每次面临新的情感,他心里都显出隐隐约约的不安。将近三年,他没有新的艳遇,于是那颗浮动的心也渐渐沉落了,现在突然出现了变化,他毫无准备,这种不安便更为强烈。他似乎已经感到,与桑晓光将要发生的情感是无法阻挡的,也不会是过眼烟云的逢场作戏。尽管这个女人有家,但从她今晚的表现来看,这个家对她没有吸引力,也不至于有多少束缚。这是典型的外遇,他想。这种感觉不好,是赤裸裸的通奸。通奸之于爱情总有剔除不尽的亵渎,不干净。问题是这个女人又非常可爱,她的顾眼流盼彻底地打动了男人,充分调动了男人的爱意和性欲。这个时候,性就是一条蛇。

一切都没有发生,他不过是在假想中见到了那条蛇。

电话突然响了!

他用力使自己平静了一下,才拿起话筒,女人的呼吸便传了出来。

还在呢?

我在等你的电话。

又是预感?

没错。

看来我太老实了,我是怕……

你不来电话,我会很着急,一宿都不会睡的。

你现在困吗?

我们接着聊。

那你说吧,我很喜欢听你说,也能想象出你说话的样子。

我说得够多了,你说,你的声音很漂亮。

我该从哪儿说起呢?

桑晓光那个晚上在电话里说的事令我吃惊。话题还是从那艘船谈起的,她说她刚在武汉的家中做过流产,静养了一个月回来上班。因为她丈夫每天忙于公司业务,加上她又到广州看一位亲戚,所以就没有让男人来接她。船到海口,她兴冲冲地赶回家,没想到家中已经住进了另一个女人,而且那女人还微笑着问她:你是谁?她说:这话应该由我来说,你是谁?那女人就明白了,然而并不怯,仍旧是微笑着说:问你丈夫吧。桑晓光被这突如其来的灾难气得差一点晕倒,立刻就住到了一个朋友家。那时她想起在广州做的那个梦,她梦见自己变成了一只白鸟,在空中盘旋,翅膀一直在滴血……

我早该想到,她这样说,我忘了这儿是海口。

现在呢?我问道,你打算怎么办?

我想我迟早会离婚的,她说,这块阴影在我心头过不去。

然后她就哭了,哭得很伤心。怜香惜玉是我们这种男人的劣根性,况且电话那端的女人今夜已经走进了我的生活。一股虚夸的英雄气的东西鞭策着我,好像这个女人自九霄落下,而我能将她接住。我说你别再哭了,这

没什么,真的没什么,等一个好天气去把手续办了吧。

　　我好像说得过于简单了。其实我真正想说的意思是:没关系,有我呢!在那个深夜,我的确想对桑晓光承担些什么,似乎这已是义不容辞的责任。而且那种通奸的罪恶感也自觉地消解了,我把她视作了一个独身女人。这一点很重要,我并不想成为第三者去肢解他人的家庭。这与其说我还有残余的道德观,不如说我在怜惜自己——我无法容忍一个刚从丈夫身边醒来的女人又爬到我的床上。我承认我是一个自私的男人。

　　电话一直打到了天亮。第二天是星期日,我便去了一家新开业的酒店包了间客房,舒舒服服地洗了个澡,想好好睡上一觉。可是由于过度的兴奋竟不能成眠,眼前总浮动着桑晓光那张明眸皓齿的脸,这张脸的表情随着她昨夜的电话故事不断变化,支配着我的想象力。我在宽敞的床上翻来覆去,直到黄昏才勉强睡了会儿。我醒来已是晚上将近九点的光景,觉得该给桑打个电话了。我便呼了她,不一会儿电话过来了。你怎么在那儿呢?她说,我以为你就在办公室里打个盹呢。我说我得踏踏实实地睡上一觉。她就问,睡踏实了吗?我笑道:马马虎虎吧,意思到了。她说不好意思,弄得你这么累,昨晚的电话打得太长了,我从来没有打过这么长的电话。我说我也没打过,算是填补了个人生活的一项空白吧。然后我又说要是没别的事,就过来接着聊。她似乎有些犹豫,但我已经把电话给挂了。我起床把自己收拾了一下,望着镜子里的男人,觉得他还有几分英俊,我不禁自嘲一笑:我他妈的又成恋爱中的小伙子了!然而我一点也不轻松,和以往的经历相比,我总觉得多少带有一些勾引的成分。一切来得都非常突然,一个电话就传达了全部的意思,很可能一会儿就将上床——这是不是太快了?我很自然地想到了那个林之冰。当初在犁城我们也是一步登天,结果呢?

桑晓光很快就来了。她显然也没有休息好,脸庞有些浮肿。和昨晚明显不同的是,她的情绪忧郁而低沉,好像完全是另一个人。她也是腼腆的,我们在电话里已经把两个人交往的性质挑明了。我一边倒水一边观察着她,我想她此刻一定很矛盾。因为她在电话里是这么表明的,她说:如果我打算离婚,才有可能去接受新的爱,而我爱的那个人是我所信赖和依靠的。我要的是真爱。这其实是说:你能给我这样的爱吗?桑晓光所说的"真爱"无疑是以婚姻为最终结果的,而这个结果至少目前我还不能给她。更何况在我深层的意识里我是不会因为一个女人去同另一个女人离婚的,那是赤裸裸的抛弃。尽管我和李佳的婚姻是无望的婚姻,但是这也应该与第三者无关,有朝一日的离异仅仅是表明当事人的无能,而不是外来干涉的结果。

气氛不是我们所预期的那个样子。现在我仔细回想起那次的见面,觉得我很像一位心理医生,正面对客户的咨询。而她所言的那些恰恰是我自身的难题。我们开始陷入一种沉重的局面,对下一步似乎都没有底,都不敢轻易迈出。所以这一次理性占了上风,在简单的几句交谈之后,我建议她洗个澡,而我需要出去吃点东西了。然后,我带上了门。

外面的空气很好。地面上的热浪已被海洋所吸收,清爽的凉风掠过我的胳膊很舒服。我走到一个大排档,要了一份炒面和海螺冬瓜汤。那一刻我显得十分的清醒,既然我已经看见了未来的路并不平坦,我何苦非要惹火烧身呢?如果这个女人为我离婚再等候我的迎娶,仅此一副担子便可将我压垮。我害怕这个。我要承担的不是这样的后果。

等我返回酒店时,桑晓光已经和衣躺在床上了。她睡得很沉,昨晚的事对她而言也一样非同寻常,她应该更累。我不认为她是有意做出某种暗示,她的确是累了。我走近她,替她脱了鞋子,又盖了床毛毯,然后将床头灯熄灭。时间又到了十一点,这个晚上还会发生什么事?我无意去想。后来我就坐到台子前打算写点什么。镜子里反映出女人的睡姿是优雅的,但是我发现,她的手不美,比较短粗,像孩子的手。我于是又熬了一个通宵,写下了一堆废话。黎明时分,桑晓光醒了。她这才意识到自己在一个陌生的男人身边过了一夜,显得有些慌乱。她说你怎么不叫醒我?这多不好。我说这没什么,就当是在火车软席车厢吧。说这话时我仍在写写画画,连头都没回。她走到我的身后,一只手像鸟一样轻轻落在我的肩上。

这个平常的动作出现在镜中却成了令我感动的画面,至今也没有褪色。我在这部《北纬20度》中有一组男女主角握手抚摸的叠化镜头无疑是受此启发的。我和很多女人握过手都没有太多的感触,而这一次竟让我怦然心动。我握着的这只手并不漂亮但我却握了很久。没有更多的接触,就这么握着。很长时间过去,我产生了这样的理解——我们是想竭力抓住对方,而命运往往做出相反的安排——你越想抓紧的便叫你彻底失去。

——1998 年 3 月 20 日

　　桑晓光自从家中出事后便与丈夫实行了分居,在靠近府城那一带租了一间民房。现在他们认识了,他便建议她住到海甸岛这边来。她自然是同意了。桑晓光的乖巧让他满意,他想李佳就特别缺乏这个。李佳的个性太强,所以他们的生活总是针尖对麦芒以至于两败俱伤。他喜欢没有主见的女人,尤其喜欢有知识而无主见的女人。这倒不是自以为是,让女人什么都听他的,而是他从中获得了一份信任。他觉得女人的信任是对男人能力认可的一种标志。房子很快就落实了,约好今天搬家。他安排公司的员工忙了一上午,大家似乎看出了他们的关系,干得很起劲。只有广告部的邢蓉显得有些神色黯然。这个来自成都的姑娘平时是很活泼的,今天却一反常态,寡言少语。他注意到了这个变化,但没有往心里去。几个月前,这个二十出头的女孩来公司应聘时,他就意识到某种意义上这个女孩是冲着他人来的。这个文静的姑娘在大陆就读过他的小说,而且他们还时常交谈一些关于美术的话题。说她对他怀有几分崇拜也不为过。但他没别的想法,他觉得如果在自己公司内部搞出些名堂是可耻的,那情形无异于教师诱奸女学生。所有的女人都是同行,看来张爱玲这句话很对。但是上个月李佳来时,邢蓉倒与她相处得不错。她们在一起的时间比他还长。法律有时候还是威

严的,他想,这个邢蓉不敢轻视李佳是因为后者占着妻子的名分,而桑晓光不过是另一个女人,一个有夫之妇,一个微不足道的小报记者。到了中午,桑晓光请公司的员工去饭店吃饭以示答谢,邢蓉便借故离开了。那时桑晓光正沉浸在新的感情生活里,因此无暇留意这个细节。一旁的他却看得很清楚,但那时他还不知道在未来的日子里这个叫邢蓉的女孩子是多么重要。

那天他兴致勃勃地作了一幅画,是泼墨大写意的山水。这幅画挂在床头是非常合适的。画使这个空间发生了变化显而易见,他本人也很满意。好久不画了,所以作画的过程他有些兴奋,画得大汗淋漓,以至整件衬衣全湿透了。桑晓光说:去冲个凉吧,洗澡间在外面平台上。他看了女人一眼,突然抓住她的手,把她也拉进了洗澡间。桑晓光被这突如其来的举动弄得有些紧张,说:你怎么了?他说:我想要你!女人迟疑地问道:现在?男人点点头:对,现在。说着男人把女人搂到怀里,同时拧开了水龙头。

水像刀子一样切下。水很快浸透了他们全身。女人的身体在湿透的衣服下面产生的诱惑超出了男人的想象。那是一种立体而朦胧的诱惑,具有无与伦比的震撼力。水像是冰冷的酒,他们浸泡在这酒里,他们不能不醉!水最终还原为水,但已浇不灭他们的欲火。他们是在水中燃烧!当他们的身体完全结合到一起时,那扭动的身躯如同升腾的火焰,他们发出的叫喊声仿佛火在风中的呼啸……

这是1992年9月的标志。是南方之南的标志。是岛屿的标志。

广州:1992年10月

南方没有秋天,这是我多年前的断言。现在看起来,这或许是我后来决意要离开南方的原因之一。我无法忍受生命中剔出这个忧郁伤感的季节。我生于秋天,我的恋爱也基本上发生在秋天,我在秋季承受过许多侮辱和打击,而我最得意的作品也是在这个季节里完成的。

和桑晓光的相爱无疑是我在1992年的一件重要的事。但是在开始的时候,这爱情是极不真实的。在某种意义上,这不过是一个独处三年的男人和一个分居六个月的女人共同炮制的一场风花雪月。尽管女人一直在强调着"真爱",男人在自欺欺人地改变着通奸的性质。性从最初就支配着一切,这甚至可以追溯到他们相遇的那艘旧船上——当那个十九岁的姑娘跳海时,女人害怕地紧靠着男人,而后来最值得男人回味的却是女人光润细腻的肌肤。像鱼或者玉,他自语道,有着凉爽的表面。

从那个黄昏以后,我们的接触自然越来越频繁。她那时供职的报社很忙,每天都是早出晚归。但有时候中午我们还想见面,于是就那么紧紧张张地爬到床上,例行公事似的做爱,然而质量又非常之高,每一次都是大汗淋漓气势汹汹让人欲罢不能。这种性默契是难能可贵的,我珍惜这个,实际上它也是我们难以割舍的原因所在。在那前后几十分钟里我们忘记了一切烦恼,不知身在何处。我记得有一次停水了,自来水龙头拧开忘了关,结果等两个人完事了才发现水什么时候又来了,流得一地都是,鞋也漂了起来。我的性爱经历不算贫乏,但与以往相比,这一次显得尤为强烈。桑是一个好女人,我时常私下这么感叹,也是一个女人味特别足的女人。然而我也想从中找出性与爱的比例,总希望感情的砝码重一些,好以此对自己的人格做出响亮的证明。我很想从桑晓光身上找到过去与韦青的那种感觉。

高潮转瞬即逝。快感之后便是困惑。这困惑又需要新的快感来慰藉,需要高潮迭起。1992年夏季在我印象里是过于漫长了,那时我并不知道秋天其实已经来临,太多的汗水模糊了我的视线。

很多次我脑海里浮现出这样的画面,可我又不能对其做出充分的诠释。我只是隐隐约约地觉得它蕴藏着某种暗喻。我没有把这个感觉告诉桑晓光。不久,她去北京参加一个新闻学习班,计划要住两个月,这对我们无疑是不好忍受的。本来她想放弃,但据说学习班颁发的结业证书将对职称评定有利,我还是劝她去了。我说你和我不一样,职称对你还是有用的。她说如果你能养活我,我就立刻放弃。这自然是一句笑谈,但也透露了她的某种安排。桑就是一个需要依靠需要归宿的女人。虽然当时她不过二十五岁,但已有了一次失败婚姻的记录。婚姻无论对女人还是男人构成的影响都是巨大的,它会让人很快老起来,这与婚姻的成败无关。

我的心思重新回到生意上。文化公司的业务已逐渐做起来,日子不愁过,但是自从工艺挂盘那件事之后,我和刘锐的关系开始疏远了。他可能并没有什么感觉,在他眼中,这个公司只要不向他伸手要钱,只要我还在他的旗下,就没有事可操心的。而我也失去了想干一番事业的好心情,原先打算做的像城市雕塑、拍摄大型电视专题片那样的项目,再也不能给我以激情了。我的生活开始变得奢侈,大有挥金如土之势。我奢侈得心安理得,因为这钱是我挣的,我不能贪污但大把地花它则是天经地义。这天,我找陈元田交涉,想买一辆奥迪车。我说按集团规定,下属子公司在自身财力许可的情况下可以添置包括汽车在内的固定资产。陈元田当即查了我们的账,说文化公司账面上只有十几万。这怎么可能呢?我质问道,我们起码还有四十几万才对呀!我要求查清账目。陈元田说,集团自身订的那笔挂盘礼品购置费先挂着;另外贸易公司借了你们十五万暂时周转,下个月还你,利息照算就是。我生气地说:这事至少该同我打声招呼吧?不料陈元田反问道:有这必要吗?我高声说:有。在文化公司我是爹!我告诉你,这车老子买定了!

我是有意这么嚷嚷。我知道陈元田很快就会到刘锐那儿告状的。我必须要让刘锐清楚我不是一个电视小品里的白面书生。我回到办公室,静等着刘锐的传唤。我是打算今天把一切全摊开的。然而一天过去,刘锐并没有找我,第二天约我谈话的是副总裁齐之荣。老齐开始不切正题,还是像以前那样夸我,然后才说集团最近扑了几个大项目,资金需要量很大,难免对子公司的用款有所限制,但这只是暂时的。我说这本来不该成个问题,只要事先有个商量。我没赚到钱时看人脸色,难道赚到钱了还看人脸色?再说,上面说话得有信用,光许愿是行不通的。你们今天讲承包,明天讲入股,后天又说给子公司的老总分一套别墅,能兑现吗?不能兑现又怎么办?这么下去谁还愿意跟着你们干呢?齐之荣听了面色有些沉重,但最终也只能一笑置之。

那天晚上我感到伤心而沮丧,觉得自己像是落入了一个又深又黑的陷阱。几天后,我去了广州,这个始终不能让我感兴趣的南方大都市那时却有一个开心的笔会。我见到了我的一些久违的文学朋友,海口的那些烦恼便很快忘却了。我现在写东西很困难,时间全出卖给了金钱和爱情。我的一些朋友倒是硕果累累,一夜间都成了当代中国文坛的著名作家,有的差不多是明星了,所到之处都有记者跟踪和读者签名。我不知道自己是羡慕还是嫉妒,总觉得混在其中有些不伦不类。很长时间过去后,有朋友这样说我:只要看见某某人的小说不断,就知道这家伙的生意做砸了。这真是肺腑之言。

昨天,桑晓光又来了电话,说她的一个熟人正要自费出一本小说集,问我能否替他作序。那个人我一点也不熟悉,自然也就谈不上读过他的小说。我有些犹豫,说等看过他的作品之后才能决定。她在电话那端不以为然地笑了,说你是不是把自己太当回事了?我说至少要负责吧,不看作品我从何谈起呢?她就叹了口气,说你当初要是拿写字的态度来对待我们的关系,我们也不至于落到今天这步田地。后来我们就谈到了广州——这段往事我们曾多次说过,但是每一次谈它的感受都不尽相同。我忽然想到刚刚辞世的日本导演黑泽明的那部不朽之作《罗生门》,故事中人所做的表述之间出现了远远大于故事本身的空间,那是叙事的空间而并非想象的空间。然而无论是作为当事人还是叙事者,我觉得要说明白我们的关系,仍是一件难事。

——1998 年 3 月 22 日

笔会很快就散了。羊城的朋友想留他多住几日,看看在广州能否找点项目。在朋友眼中,他是个能折腾的人,是老板,但他们不知道他是个说了不算的老板。一想起临行前和集团结算中心闹得不愉快,他就觉得眼下这日子很窝囊。这样的时候他自然就想回犁城了,他想,在犁城虽然过得沉闷,但不需要看任何人的脸色,李佳不会再管他了,他能整天和女儿在一块儿。这次来广州,他就想顺便回去一趟。他已经踏上了大陆,不回去是办不到的。于是他给家中挂了电话。是保姆接的,告诉他李佳前两天去了深圳,也是开一个会。他就要了李佳住地的电话,心想隔得这么近总不能不联系。倘若时间赶巧了,他们可以一块儿飞回犁城。结果李佳他们去珠海观光了,会务人员说需要两天才能返回。他似乎有了一点失落感,这感觉显得奇怪,也令他困惑。他想假如李佳是他的情人而并非他的妻子,那个下午他肯定就追到了珠海。现在这么近却无法联络,好像也是命中注定的事,没准等你到了珠海她又回了深圳,失之交臂,缘分尽了一张纸就是一堵墙。

这时手机响了,是桑晓光从北京来的,说他们的学习班提前结束了,明天就可以飞回海口。他说,我现在人在广州呢。桑晓光问那你什么时候回去?他迟疑地说:我想顺便回犁城看看女儿,想住些日子。桑晓光停顿了片刻,说:我们已经有四十多天没见了,你这一去时间又不会短的。他说,孩子她妈也出差了,家里就只有保姆,这时候我确实想早点回到她身边。桑晓光说:那我们就在广州见一面吧,我现在就去改票。

翌日中午,他去白云机场接到了桑晓光。那个时刻,李佳大概正在珠海开往深圳的豪华游轮上。据几年后李佳本人的分析,当她把疲惫的身体放到深圳的床位上时,在几十公里外的广州某个宾馆里,一对狗男女的偷情刚刚走向尾声。那一天里我都觉得眼中有揉不去的沙子,李佳说,而且我嗅出了一股腐朽的青草味——那是某个女人裤裆里发出的气味。李佳相信自己作为女人的直觉一贯是惊人的,但是她却隐瞒了同时间发生的另一个事实。

就是这样,高潮中透射出隐匿的阴影。从中午到黄昏,他们就一直在床上。轮番的做爱使他们成了一条在波峰浪谷里颠簸的船,在此起彼伏中度过每一秒。纵欲掩盖了一切,观念成为虚无。在那几个小时里意识已接近死亡,连肉体最终也失去了意义。室内的光线越发暗了,他碰碰女人,该离开这张床了。女人只买到了晚上的机票,海口如今是热线,如果今晚不走,就只能拖到三天以后,或者改乘轮船。但他不想女人一个人再在一望无际的海上漂流二十几个小时,那将是寂寞而乏味的。他说,就晚上吧。你一到就给我电话。我明天回犁城。女人接受了这种安排,女人说早去早回吧,别把我一个人放在岛上太久。这句话听了让他心酸,他第一次感到女人很不容易。在广州的时间仅仅是几小时,然而却意外地改变了他的观念——他觉得这时的自己是真的爱上了这个女人。

飞机正点起飞。广州至海口的飞行时间大约五十分钟,等他从机场返回,他想桑晓光一会儿该到了,就匆匆洗了个澡,然后躺到床上等女人的电话。女人的气味还滞留在这张床上,使他陡然感到了寂寞。这时,羊城的朋友看望他来了,他很高兴,于是就把自己与桑晓光的爱情故事一一谈出,越谈越激动。不料那朋友说:你以为你这辈子就只爱她了?可能吗?他反问道:为什么不可能?朋友说别抬杠,你这种人我见得多了。再大的热乎劲也就两年吧,不信咱们走着瞧。尽管头上淋了一瓢冷水,他还是热血沸腾,他说你不了解我,你更不了解她。朋友说我只了解时间,时间的结论会更精彩。

一提时间他便看了一下表,已经过去近两个钟头了,桑晓光的电话还没有来。他想女人这会儿大概在洗澡吧,于是又同朋友继续聊下去。他的神色显得心不在焉,他说:我在等她的电话。朋友说不是刚走吗?他笑了一下。朋友说,都一样,你这不过是第一阶段,算热恋吧。但是男人越往后去这热恋就他妈的越短。不信你到六十岁的时候再热恋一回看看,恐怕时间就只能用秒计算了。朋友显然是个高手。但他说:我不信这个,我只信我的感觉,我现在离不开这个女人,我想我一辈子都会离不开她,我就是这么想的。朋友说:要是她死了呢?你能打几十年的光棍?你别这样看着我,我不过是开一个玩笑而已。他一下陷入了沉默,片刻之后他轻轻地说:我可以为她去死,你信吗?朋友愣了一下,说咱们别谈这个了,你还是等电话吧,我去洗个澡。

时间在一分分地过去,已经是临近十一点的光景了,桑晓光的电话还是没有来。隔壁的洗澡水稀里哗啦弄得他心烦意乱。怎么回事呢?他拿起话筒往海口拨过去,那一端仍是忙音。忽然,他从嘟嘟的忙音中觉出了一种不祥之兆,便立即又给白云机场值班室挂了电话,询问那次航班是否安全降落在海口机场。他说我有一位亲人在飞机上。一个冷漠的声音对他说:不清楚,我们只负责它安全起飞。然后电话就挂断了。又是一串忙音。他顿时觉得眼前一黑……

朋友从洗澡间出来吓了一跳,连忙扶起他:你怎么了?

他一把抱住朋友说:出事了!她的飞机出事了!

然后他像个走失街头的孩子似的号啕大哭起来……

所谓走火入魔也不过如此了。那一夜我真不知道是怎么过来的。当时我似乎认定了那趟航班已经失事,桑晓光遭遇了不幸。而这不幸全是因为我,是我杀了她!我不能想象她为什么不来电话,没有任何理由。我的神经质也弄得我那位朋友不知所措,他甚至懊悔自己的那句玩笑之语:要是她死了呢?我们好像陷在死亡的气息中,周围弥漫的都是血腥味。后来,那时大概已是翌日凌晨五点钟,他陪我到珠江边走动,一路劝着我,说不会是空难,绝对不会。我便想到不久前发生在桂林的那场神秘空难,那一天,我正好在天上,而且是同一时刻。我相信我所乘的这架飞机与失事的飞机在一万米的高空中有过相遇,但死神的手落在了它的肩上。

天渐渐亮了,我们回到宾馆,还是没有海口那边的消息,电话还是忙音。我的朋友已经支持不住了,一躺下便呼呼大睡。我仍沉浸在虚妄的悲切中,为我的女人祈祷。我已决定今天不回犁城了,没有桑晓光准确的消息我是不能做出后面的安排的。到了上午九点将近,屋子里突然响起了电话铃声,是她的!原来昨夜她的电话坏了,就这么简单。我心里的一块石头总算落地了。我说,哦,是这样。她大概听出我的声音有些异样,就问:你怎么了?我说没什么,现在一切都好了。

我这次从广州来,那位朋友还在用这件事笑话我,说那一夜搞得他不得安宁,鸡飞狗跳。但他又感叹道:男人对女人能有如此的惦念,对双方无疑都是一种幸福。我说这话现在听起来像是挖苦,我们当初的争论算是有结果了。两年,也就是两年。不过这两年应该是我一生之中的最好时光,到今天我还是这么认为。现在,我的窗前正下着雨。剧组上午休息,摄影师带人出去拍空镜了,我告诉他我需要逆光下的雨。需要雨在老街的黑屋脊上流淌的那种感觉。但我还不清楚这些镜头将来用在片子的哪些段落。雨这种情绪的东西对我是永远的需要,就像我的生命中不能脱离秋天。

1992年秋天开始的时候我在羊城逗留。那场人为的虚拟劫难过去后,我的心绪好到了极点。那时我根本不知道真实的劫难已经找上门了,含糊的敲门声被我忽视得一干二净。几小时后,我登上了广州至犁城的飞机。由于忙着为女儿买玩具和服装,我差不多是最后一名上飞机的乘客,自然机票签到了后舱的末排。没多会儿,飞机就升空了,我这才看到真正的白云。后舱有些颠簸,我的心脏便有些不舒服。于是我站起来想做些调整,根据以往的经验这样做很有效。突然,我发现中舱靠近窗口的位置上坐着一个熟悉的背影,竟是李佳!这简直是戏剧性的情节,我真不敢相信自己的眼睛。我正想走过去,这时看见坐在身边的那个西装把手轻轻放到了她的肩上。我心里一挫,脚下便迟疑了。我不认识那西装,我想他应该和李佳在一个单位或者一个系统。但他们未必是在会议上才认识的。他们低声谈笑着,好像涉及音乐,因为西装的手指不停地在李佳肩上敲着节奏。这种暧昧的情调让我不舒服,我厌恶那只手,但是我不厌恶李佳。想起昨日在广州的所作所为,我只觉得这似乎是天意。我唯一懊恼的是不该搭乘这趟飞机。

  天转瞬暗了下来,飞机一头钻进乌云,碰上了某个地区的雷雨天气。机舱里红灯亮了,接着空姐发出通知,解释情况让大家系好安全带。西装的手也随之落了下来。我回到座位上,觉得飞机越来越颠得厉害,但我不想系安全带。那个瞬间是一片死寂,我在想要是真的出事了我会一下冲到李佳那儿,把她紧紧地抱住——这也是命运对我们最慷慨的安排。

  很多次,我被这幻想的画面感动得热泪盈眶。我这个内心虚弱的人却愿意活在如此惨烈的氛围中。在那个遥远的二十四小时里,我连续两次面对了死亡——尽管那是虚妄的死亡,但死亡的阴

影是无比真实的。死亡赋予我的意义是真实的。我为我的情人祈祷担忧,我愿意和我的妻子一起粉身碎骨,但是肉体的劫难却疏远了我,命运留给我的是无以穷尽的另类浩劫。我没有告诉李佳这件事。飞机安全降落在犁城洛川机场后,我在附近的一家小馆子里吃了晚饭。我破天荒地要了一小瓶二锅头,慢慢地喝。那时李佳应该到家了,或许正和女儿一起玩耍。李佳能如此调整自己,对我倒是个安慰。事实上我们这些年狼狈不堪地过下来,她也没有怎么委屈自己。我就是这么看的。我们之间除了一个孩子的牵扯就再也不剩其他了。眼下不过是等待,等待孩子再长大一些——这话她重复过多次。我们在等待中度过了一年又一年。天空中又响起了巨大的轰鸣,又一趟航班进港了。我这才离开了小酒馆。

  意外的是李佳并没有先我而归。保姆只说孩子妈妈也是今天回来。我突然感到有些气愤,为我女儿感到不平。有什么理由可以把女儿扔到一边呢?我很自然地想到那一年她和那个老马的破事,她当时准备和我离婚,却忘了与我争一争女儿的监护权。她甚至明确地告诉我,她愿意放弃这个孩子!对李佳,这一点我是永远不会原谅的。我和女儿一起玩着,这孩子明年该上一年级了。我有些后悔,那一次离婚由于我的优柔寡断半途而废,如果斩钉截铁,这孩子我就会送到石镇,放在我父母亲身边。石镇的教育在这个省是名列前茅的。这孩子一定会是个好学生。我想起她"抓周"时的情形,十件东西她三次都选了一本书。我记得当时我的眼泪都溢出了眼眶。现在,我得给我女儿打个电话了。犁城的房子去年冬天装修好了,她有了一个不错的书房。但是她最近的兴趣是迷上了那些卡通漫画。李佳对此很生气,说这样下去学习成绩会直线下落,每回电话里都要嚷这件事。我却不忍去说,一想到女儿的书包有十八斤,我就憎恨时下的教育。我觉得那些制定教育方针的人没有一点人性,而且也是无能之辈。但这就是中国,一个历来忽视人的天性的古老民族,一个自己不会玩也不让孩子玩的东方文明大国。它的想象力哪里去了?

——1998 年 3 月 25 日

犁城:1992年11月

他在等待着李佳。那时候女儿和保姆都已经睡了,窗外的路灯在风中孤独地摇晃着。犁城这一年的秋天似乎来得太早,不到11月,树头的叶子便开始飘零了。这一个多钟头他感到非常不舒服,闭上眼好像就出现了李佳和那个西装调情的场面,那差不多是他和桑晓光在一起的赝品。他们做爱了吗?他觉得这个问题在深沉的夜里实在是显得天真,那就像第一次看毛片时的心情,总想知道别人与自己在方式上究竟有何不同。这种下流的好奇心每个男人都有,但此刻他关心的是李佳是否真的把自己交出去了。从前他一直在寻找种种理由来对自己进行安慰,总以为李佳不过是和自己过不到一块,她渴望的只是另一种生活而非外遇。他

甚至以李佳从不撒谎为骄傲,自然也就谈不上什么欺骗了。现在他发现自己简直就是本世纪最后一个理想主义者,自欺欺人得可爱。他又想到了桑晓光,这个女人至今也还是有家的,但她会对自己的丈夫——哪怕是即将要离婚的丈夫说:我有外遇了?或者说我已经爱上了别人?类似这样的言辞在电影里倒是经常出现,所以电影总是不真实。

他听到了李佳的脚步声,但听上去并没有想象中那么轻快。钥匙在门锁里费劲地转动着,他立刻就把门打开了。李佳吓了一跳,说你什么时候回来的?他说没多久,我在外面转了一圈。

什么时候离开海口的?

有十几天了。

去哪儿转了?

广州有个笔会。

你今天是从广州飞过来的?

不,上海。你呢?

我是从广州。

广州到犁城的航班应该早到了,晚点了?

晚点了几个钟头。

那趟飞机总是晚点。

这次回来能待多久?

随便吧。

下次就该到春节了。春节还回来吗?

回来,我想带孩子回石镇。

你休息吧，时候不早了。明天我不上班，我有话和你谈。

不能现在谈吗？

我累了，明天吧。

然后李佳就去洗澡了。他回到自己的书房里，习惯性地掩上了门。刚才他们以谎言进行的对话他觉得很有意思。看来说谎并非一件难事，他想，说谎而不脸红也可看作一种修炼的。他突然想到十几年前在北上的火车上第一次见到李佳的情景，他怎么也忘不了那女孩对他说的第一句话：你吃橘子吗？这么一句话竟然能打动他是多么的不可思议！那时的李佳会撒谎吗？他觉得不会。一个干净而体面的女孩应该与谎言无关。明天李佳要同他谈。谈什么？是立刻摊牌吗？把三年前夭折的那幕离婚大戏接着演完？现在孩子倒是大了，就此脱离母亲的手臂似乎也是水到渠成。这个小事精明的女人习惯超前为自己找一条后路，就像把全年的卫生巾和感冒药一次性批发回来。她一旦想通了便动作很快。夏天的时候她还在考虑是否举家南迁，秋天才到她又着手安排离婚了。这实在是一个难以捉摸的女人。对这种女人唯一的方式就是随她去，想什么都显得多余。他也累了，的确到了该放松地睡上一觉的时候了。

这个梦境是在黎明时分出现的。他不知其意，只觉得自己的手被一团纸状的东西缠住了，但无论怎样也挣不脱。他像是从一块巨大的石头下面拱出来似的累得气喘吁吁。外面的天刚见亮，早起锻炼的老人的脚步声显得很空洞。他不想再睡了，靠在床上抽完一支烟就去拿奶了。红门大院此刻一片沉寂，空气很潮,看来今天又是个阴雨天。果然到了李佳起床的时候,雨绵绵地落了下来,居然听不见一点声响。李佳梳洗好,突然提出让保姆回家休息两天。保姆说她想等到中秋回去。李佳脸色阴沉地说:你现在就走,我和小孩他爸爸有事要办。当时他在客厅里收拾昨夜女儿弄乱的玩具,李佳的话就是当着他的面说的。李佳似乎是让他做好心理上的准备,这也就意味着将要开始的谈话的严肃性。于是保姆很快就收拾着离开了。男人为自己泡了一杯茶,然后坐到女人对面,他说:你现在可以说了,其实你不说我心里大致也清楚。那时他真想再说不就是离婚吗?这事如今并不令人惊讶了,无论是你还是我。然而从后面的事实看这个男人显然是过于自信了。当李佳把话题打开时,他一时间竟是瞠目结舌。李佳问:桑晓光是谁?

李佳说一个长得还可以的小报记者是吗?

李佳说你们通奸那么久了对我不打一声招呼是不是太不够意思了?

这是我一生中最懊恼的事。我一直在等待着回犁城,希望能当着李佳的面坦率地陈述一切,而现在的事实是她向我揭露了一切,就像捉奸在床。这慢了半拍事情的性质就改变了,导致的后果可想而知,它虽然对婚姻的前途无损,但是却瓦解了我的内心。我本可以力争去做一个诚实的男人,现在却沦为一个虚伪卑鄙之徒,为女人所不齿。尽管我立刻承认了一切,但是已无济于事,因为在李佳眼里这已是招认,并非坦白。那天李佳说完这些就回娘家了,我深陷在无限的沮丧中，自觉精神已被彻底击垮。这是以往没有的感觉，是一种人格失败的感觉。后来我就开始想李佳是如何知道这一切的。慢慢地我便想到了那个成都的女孩邢蓉，她应该是李佳的眼线。至于她是自愿还是受托来担任这个角色的，我就不得而知了。我不想去追究，也不会去对一个局外人制造麻烦，我只希望李佳不要以此为借口（其实不能算是借口）来与我离婚。我们离婚只能是一个理由，那就是我们的能力都不配来维系一个正常的家庭。这是唯一的理由，也是最真实的理由。或者毫无理由也行——婚姻又有多少理由可言呢？

说来很怪，我正思考着离婚，桑晓光的电话就打来了，她也在考虑同样的问题。她说她觉得离婚怎么说也不是件小事，所以想听听我的意见。我于是给了她这样的答复：不要为任何人去离婚，包括我。然而这句话她显然没有听懂，甚至是误解了，她说：我没有要赖上你的意思。我暗自一惊，觉得她也是一个敏感的女人，而且脾气也不小，这是几个月前我从未想到过的。我就说：你误会了，桑。我的意思是，是否离婚纯属你个人的选择，不要因为外部的某个原因去调整或者改变这个选择。我又说：倘若我和李佳离婚，那也绝对不是因为某个第三者的存在，而是我们这个婚姻本身没有前途。桑晓光在那端沉默了，过了很大一会儿，她才叹了一口气说道：看来你也是个怕负责任的男人。

电话就此挂断了。

这是一次不愉快的通话。我没有说李佳已经知道了事情的全部真相。我不知道为什么没有说。现在看来，当时不说的理由或许就是怕给桑晓光的离异加重砝码吧！我不想在她的离异过程中有意无意地去扮演任何角色,更不希望她因为我而离异。这绝对不是她所言的那个所谓的责任问题,而是为了维护某种尊严。我不认为一个女人为我抛家别子是一种荣誉,但我坚信男人为一个女人抛弃另一个女人是耻辱。尽管古今中外不少文学作品一贯地讴歌这个,我仍然固执己见。然而直到今天,桑晓光还是把我当时的出现看成了与前夫离婚的一种动力。她后来一系列近乎丧失理智的做法皆源于此。就在刚才,我接到她的邀请,要我晚上去一个叫"假日海滩"的地方与她见面。电话里她似乎和以前的感觉没什么二样。只要我稍一迟疑,她便以激将的口吻说:你来不来？不来我就收线了。我笑道:你是不是该改改口气了？她说我为什么要改？就凭我为你拼掉了一个家庭我也不会改的。说完她自己也忍不住地笑了。这笑声令我心颤。我的眼前仿佛又呈现出另一个桑晓光来,那是个开朗而给人带来愉快的女人,一个善解人意通情达理的女人。那个女人称得上美丽。

因为这个,我修改了我的工作计划,把原定要拍的两场夜戏挪到了明晚。制片主任有些不悦,说一切都已安排妥当了,希望我还是能如期进行。我说我想要雨后的街道,要地上布满水迹的反光效果,难道你愿意雇消防车浇吗？这时一个剧务人员说,天气预报讲明天会有雨的。主任便高兴了,说晚上就算了吧,让大家轻松一下,到歌厅跳跳舞去。我说你们去吧,我想去看一位朋友。主任就问是女朋友吧？我说还真让你讲对了,但她马上要做别人的老婆了。

"假日海滩"坐落在秀英港以西的一片海湾。1994年我离开时,这儿还是和白沙门一样的不毛之地。现在它成了颇有名气的露天浴场,前来游泳的人还真是不少。我到的时候,西天的晚霞尚未完全消失,辽阔的天空上扯着彩练一般的玫瑰色。这景象颇似我初上岛时的那个黄昏,当时我寄居在五公祠。

从这神而往之的图画中我能悟出那时期我的状态,是那么的游移而难以把握。那是一个典型的浪子,一个彻底的游人,他的脚下有无限的可能性,而心中却没有任何目标。我怀念那段称得上辉煌的人生岁月,但此刻我的怀念多少带有祭奠的意味了。一切都已成为过去,这是无法改变的。

按照约定,我在停车场等候她。我刚抽完一支烟,她的车便到了。我想她一定在某个地段等待我的车过去,但我没必要点破。她对我招招手,说你能待多久?我说晚上没事。她点点头,说那就好,然后就把一晚上的安排说了:先游泳吧,过后我请你去唱卡拉OK,在宝岛。还有几个熟人一块儿,你不介意吧?

我说我不介意。

她摘下墨镜,似笑非笑地看着我,突然说:要是我说我今晚嫁人你介意吗?

我也笑道:就是我介意又怎么样呢?

她问道:你什么意思?

我不想再说了。

——1998年3月26日

事情的发展完全出乎了他的想象,李佳在发泄完自己的一腔愤怒之后却没有顺势提出离婚问题,而是做出了一个惊人的决定:你给我回来。李佳说如果你不打算回来也行,那就把孩子带到海口去。

李佳只字不提离婚。他一下就不知所措了,他不明白像李佳这么一个天生要强的女人怎么会突然变得如此的宽容?直到一年后,在一个风和日丽的下午,李佳才无意中道出自己这个秋天里的心思。我就是要再拖上一年,她说,我的东西即使我不用了,我也不愿让另一个女人大模大样地去使,我宁可把它给摔了。他不禁为之心惊。他想在这个与自己做了八年夫妻的女人眼里,自己不过是一件东西,就像挂在门背后的一件旧衣服。1992年的这个秋天,男人又一次被赶到了命运的十字路口。他原以为一个女人会把他推向另一个女人那里,这样他也许就会轻松一些,但是这个女人不仅没有这么干,而且还把他给扣住了。女人的心理实在是太怪了。她们对任何"东西"都有着与生俱来的占用欲。女人和男人的占用欲是截然不同的。男人的所求只是一旦的拥有,女人则是终身的霸占。这是天性使然,而改变天性是人力所不可为的,唯一的指望在于天性自身的妥协。或者命运中某种机缘的出现。那个秋天具有嘲讽意味,他陷入了两难的困境,李佳却获得了空前的自由。李佳像挂一顶帽子似的把孩子挂在了他身上,自己倒是变成了一只蝴蝶来无踪去无影地轻松飞舞。这个家对她而言如同免费的旅店,兴致好时就吃上一顿睡上一觉。他只能认了。几天下来他便觉得累得不行。保姆没来,他想这又可能是李佳的设计,女人似乎是以这种方式在对他进行惩罚。同时也是一次漫不经心的试探——你究竟能够走多远?这话他也多次自问过,但是好像永远没有答案。这是典型的进退两难,他不想退回到这个家,也从未想过将要和某个女人去组织另一个家,他的爱实际上早已不可避免地分成了两半:爱这个女儿和爱让自己心动的女人。很长时间过去后,在北京的某个寓所里有人曾这样对他说:爱一个已婚的男人是危险的,而爱上一个有女儿的男人简直就是在走钢丝了。因为纵使是天下最自私的父亲也决不想推卸最后一项责任,那就是自觉成为女儿的守护者。而不与女儿分离则是起码的要求。这话倘若出自某个伟人之口,无疑就是真理。回顾和李佳相持的这些年,几番潮起潮落,起的原因各有不同,而落的理由只有一个——为了女儿!(假如他们生的是一个儿子必定是另当别论,至少他会割舍的)上帝偏偏让一个多情的男人得到一个女儿,用心可谓良苦,也带有几分险恶。

在犁城的那些天他和桑晓光通了几次长时间的电话。彼此交谈的调子似乎越来越低沉。他能感到她的内心很苦,因为她已打定了离婚的主意,而对这之后的前途又显得毫无把握。谈话的末尾,女人都要哭上几分钟,女人说你还会回来吗?你要是不回来我怎么办?他就劝慰说:我会回去的。即使不为你我也得对公司那一摊子负责呀,我很快就会回去的。有一天,桑晓光突然说了这么一句:我觉得我做错了一件事。他就问:你做错了什么?然而女人没有解释。后来他又几次问起这个话题,女人还是不回答。女人只说:认识你我并不后悔。这也就是说,所谓的"错事"与他们相爱的事实没有关系,但那究竟是件什么事呢?他感到困惑。不过一些天过去后,他又暂时把它给忘了。

趁着中午没人,他又给李佳的单位去了电话,想让她抽空回来一趟。他说:我们得谈谈。李佳就问:我们还有什么好谈的吗?他说这么拖下去总不是个办法的,有什么不能当面说清楚呢?李佳说:既然你能背着我与人通奸还有什么需要当我面说的呢?他说:我们还是好结好散吧!李佳就在电话那端冷笑了,然后说:你总算把心里的话说出来了,但我明确地告诉你,我现在不想和你散。你要是等不及就上法院好了,我奉陪到底。说着便把电话给挂了。他气恼得真想立刻就去把女儿接回来,然后赶下午的班车回石镇。问题是这孩子毕竟还是小,这么早身边就离开了父母亲是残忍的。李佳再怎么样也是孩子的母亲,她离不开这个女儿,女儿也离不开她。这与几年前的情形已大不相同,用她自己的话说,我好不容易把孩子带大了,我能就这么轻而易举地把她交给你吗?当然还有另一个方面,那就是这女人目前还没有将自己安排好。飞机上的那个西装未必就是她的意中之人,所以她才有心思不厌其烦地来与他周旋。这应该是问题的关键所在。女人就是这样,他想,女人如果爱上一个男人往往是不顾一切的。然而对于有过一次婚姻失败记录的女人而言,下一步的选择自然是慎之又慎,但仍然是不顾一切。

很自然地他想到了突围这个词。军事学上这个词语是指对一次围击的突破,意味着杀开一条血路。这个词若是挪用到情感上则预示着焦头烂额的局面难以收拾。1992年的秋天对这个男人而言是难熬的季节,而眼下不过是开始,将要发生的故事会更精彩。在一个雨后的傍晚,他在犁城的一条不起眼的小街上获得了一个令他大为惊讶的消息:那个整整销声匿迹四年的林之冰此刻正囚禁在海口的大狱里!传递这一消息的就是他曾经在酒吧见到的那个眼镜(他已记不起那人的姓名了)。那人说林之冰涉嫌一宗汽车零部件走私案,上岛没多久就栽了,判了五年。为什么不早点告诉我?他问那人,我至少可以去看看她

的。那人觉得有些奇怪,就说我根本不知道你也到了海口。说这话时这家伙取下眼镜擦了擦,重新戴上眼光里便含了不屑:为什么要告诉你?你以为你们有一腿就他妈的牛×吗?他没再搭理那小子,匆匆走了。回来的路上他的心绪变得十分复杂,他埋怨林之冰的糊涂,替女人落到这番下场难过,却又为解开了一个疑团感到安慰——林不是一个水性杨花的女人,断了联系只是身不由己。林甚至算得上是个能替人着想的好女人。

　　他觉得是该回海口了,也许能找人为林做点什么,比如说保释。他自然就想到了冯维明。去海口这么长时间了他还没有见到这个同乡朋友,据说他在北京的学习结束了,极有可能要往上拔一下的。于是,他便很快给冯维明的办公室去了电话,结果让他兴奋不已——对方说,冯处长眼下就在犁城!

我首先给石镇维明母亲那儿挂了电话,打听他在犁城的下落。但是他母亲不清楚,只是说维明三天前离开石镇的,这次回来主要是替他父亲迁坟。犁城不大,够上档次的酒店没有几家,找一个人不是难事。这样我就抱着电话簿一个劲地拨,结果还是查不到此人。这时我便有些着急了,总觉得这个兆头不好。一想到林之冰还在监狱里待着,我心里就很不好受。这也许与我当时的心境有关,我处在两个女人的夹击中,她们以不同的方式对我施压,然而我竟从第三个女人那儿寻找到了突破口。所以我在那天下午毫不迟疑地告诉李佳,我必须立刻赶回海口,接着就把关于林之冰的一切和盘托出。我说:我得想法子把那女孩弄出来。李佳对这个"借口"显然感到突然,沉默了片刻,她说:你有这能耐吗?我说:我至少要试试。

正如我预料的那样,在这件事上李佳不好阻拦。她甚至都不敢来嘲弄我这类似堂吉诃德式的动念,但眼睛里透露的却是难以觉察的忧伤。我又说:你给我一个月的时间,我去把这件事办了,然后回来处理我们之间的事。李佳颇有些轻视地看着我,说:你怎么一下如此尊重我了?我说你没有必要来讽刺我,我们之间这么耗下去终究不是个办法。李佳说:你现在别跟我提这个,什么时候该提了,我会通知你。要抛弃也该是我他妈的先来抛弃你。说完这话她就去出席一个同事的生日宴会了。犁城到海口的直飞航班每周就星期五一趟,这天是星期三,就是说我后天才能回去。我立刻预订了机票,然后就给桑晓光挂了电话,但是我并没有说明我是因为另一个女人才急着赶回海口的。有一点让我觉得意外,桑晓光在电话里的情绪并不是我想象的那么高兴,相反,让我感到比较低沉,就像她已经知道我的成行并非她的缘故所致似的。我说:后天就能见面了,要是有空去机场接我吧。她淡淡地答道:看吧,我争取去。这实际上是说她不会去。我心里便觉得重了,因为这与半个月前我们在广州"飞行幽会"的那种狂热相比显然冷却了许多。或许是离婚的事处于箭在弦上这种状态令她伤感吧,我想,这应该是唯一的原因。

说来也巧,我踏破铁鞋寻找的冯维明就在这天晚上到了我家里。当时我正在给女儿洗脚,冯维明衣冠楚楚地坐到了我面前,吓了我一跳。几年不见,这家伙发福了,和犁城当秘书那阵子相比整个地大了一圈,和人们概念中的"官"十分吻合,一望便知。我就说,你这人真是神龙见首不见尾,我一门心思去海口投奔你,你家的门却总是对我锁着。冯维明四下看了看,轻声问道:和李佳的事办妥了?我笑着摇摇头,把女儿送到了里屋床上,让她去玩冯维明带来的那只电动熊猫。这时,冯维明劈头就是一句:你去那岛上赶什么时髦?我早就听说你去了,怎么样,尝到文人下海的滋味了?

我不知该作何解释,就说:这不是一时能说清楚的。

冯维明说:你在刘锐那儿能练出个什么名堂来?也许你能挣个两百万,可对一个有钱的人来说,这叫钱吗?中国像这样的小老板不下三千万,但中国有几个好作家呢?

我说:我从来没有想过要做一辈子的生意。我到南边主要还不是为钱。

那为什么?冯维明进一步质问道,为女人?大陆就找不到一个好情人？

为轻松,我说,特区的确要宽松一些。

冯维明说:真要是为你想的那种轻松,你应该考托福去美国。你这人还越活越小了,莫名其妙。

这的确是一个悬而未决的问题。我为什么要去南边？我的种种解释都不能自圆其说,我没有习惯上那种非去不可的理由。当初我只是想出一趟远门,就这么简单。我说过我是一个做事不计后果的人。我就对冯维明说,我们别理论这个了,总之走出这一步我不后悔,也从没想过要把脚收回来。冯维明就问:下一步呢？是打算在海口扎下来还是见好就收？我说我还没有想到所谓的下一步,只能走一步看一步,走到哪算哪。不过,我又说,我没打算在海口扎下去,那只是我停靠的一个码头而已。

冯维明似乎很认真地听着我这番话,也像是在替我进行思考,这倒让我觉得惭愧了。我好像成了一个大问题,差不多所有的人都来关心我了。我记得我离开机关时,那位金一凡金典同志与我做了临别前的交谈。那时我因一件被他们认定是严重错误的事扫地出门,所以金一凡的话听起来是句句语重心长。他说你很聪明,你很年轻,你只要好好搞将来是会大有作为的。但他自始至终没有向我说明什么叫"好好搞"。或许他私下认为只有像他那样才称得上"好好搞"了。我当时就按捺不住地笑了。金一凡大惑不解地看着我,亲切地问道:你笑什么？我没有一点讽刺你的意思。我就说:我笑我以前怎么就没有好好搞。他就更觉得不可思议了。在他看来,那个时刻我应该哭才对,才与他倡导的"好好搞"相匹配。

我觉得我和机关里的人说话特别费劲,老合不上调子。当然冯维明的情况不同,毕竟我们是朋友,年纪也差不多,他讲的那些也不是没有道理,那就看我从哪个角度去理解了。眼下,我急着要谈的是林之冰的事。林之冰他见过,也知道我们之间的关系不同寻常。于是我就把情况介绍了,我说反正人是给判了,现在不过是让她少受点罪。冯维明想了一会儿,答应回去了解一下。他说只要原则上没问题,他可以帮这个忙。然后这家伙还奚落了我一句:看不出你不仅是个情种,还是个侠客。

这样,两天后我和冯维明搭乘一架麦道 82 型飞机飞回了海口。正如事先我所预料的那样,桑晓光没有来机场接我。那天海口是个阴雨天气,飞机在空中盘旋了好几圈才降落着陆。一看到雨中的那些椰树,我就骤然感到自己又一次回到了一个硕大的岛屿之上,而再大的岛屿也不能脱离孤独这个词语的笼罩。

——1998 年 4 月 2 日

海口:1992年12月

桑晓光在他到达海口的当晚来到了他的寓所,那时候他刚洗完衣服,正在阳台上晾着。所以他看清女人是打出租车来的,而且为找零钱和司机磨蹭了一会儿。那司机可能是找不开一百元的票子,还欠了她几块,于是她便让司机去路边的小店换了。这个平常的生活细节给他的刺激却很不平常,他突然觉得女人身上的那股激情可能消失了,这再次印证了他在犁城时的某种判断。但他不想平静地去面对女人。既然是爱,那就不能是平静的。他感到是等了好一会儿才听见了敲门声。

第一眼看上去女人是明显的瘦了。他们拥抱着,然后接吻。女人说:对不起,没去机场接你。他说没什么,见到你我就踏实了。女人问:真这样?他点点头,他说相爱的人分开简直就是犯罪。但是女人却说:我的感觉正好相反,你不觉得我们在一起的时候有犯罪感吗?

他内心剧烈地顿挫了一下,然后就轻轻把女人给推开了。

这之后便是难堪的沉默。他点上一支烟去了阳台,有些茫然地看着那条南北走向的人民大道。夜色已十分地浓厚了,海甸岛新起的别墅群在彩色的效果灯光照射下给人以强烈的视觉诱惑。但在离市区不足二十公里的一所监狱里,还有个女人在受苦。那也是我的女人呀,他这么想着,倘若我早来这岛上半年,这个女人肯定就不会错走这一步了。对林之冰眼下的处境,他时常觉得内疚,而刚才桑晓光那段不合时宜的开场白,又使得这种内疚之情急转为刻骨的思念。很长时间过后,他在一个北方的深夜突然想到这个晚上,感触颇深地发现自己这颗男人心竟是那么的脆弱与敏感。桑晓光不过是片刻游离了他的情绪,而他却毅然地去想另一个女人了。但他不承认这是薄情。他只觉得这种感觉不好,不像是有情人之间的那种"从心里笑出来"的感觉——他总忘不了母亲这句貌似平淡的话。桑晓光有心事这他能猜到,他不满的是女人以此来冲淡属于他们两人的这份感情。如果这中间存在一种所谓的犯罪感,那无疑证明李佳的结论是对的——这不是爱情而是赤裸裸的通奸。

你想什么呢?女人走近他轻声问道。

想你刚才的话。

我不过随便说说。

不,我不这么看。我觉得这种感觉你早就有了。

我的确有时候很矛盾。

你其实也并没有说错,我们的行为是通奸。

干吗说得这么难听呢?

至少也是爱情名义下的通奸。

桑晓光突然就抽泣起来,这使他手脚无措,心于是也随之软了。他紧紧抱着女人,他是在以这种方式道歉,他说:你别这样,求你了!他说我知道你不容易,我们都不容易,我们不能再这么折磨自己了!

　　然后他就把灯灭了。月光倾泻在这个狭小的屋子里,倾泻在宽大的床上,倾泻在两具赤裸跳动的身体上。这两具身体正被泪水和汗水所交融,所黏合,他们几乎是在哭喊中呻吟,在悲痛中做爱,直到仿佛久违的高潮同时降临之际,一切才平息下来。那一刻出现了绝对的寂静,连呼吸声也像是消逝了。他们仿佛成了两具新鲜的尸体……

这是一个开端。在和桑晓光接触的两年里,每当出现情感的危机时,只有一种方式才能使之化解,这便是做爱。完美的做爱成为调和感情的权宜之计,暂时掩盖了矛盾的实质。这是他很久之后的总结。

我记得就在那天晚上,在我们大汗淋漓地做爱之后,桑晓光对我说了关于她离婚的情况。她说她已经和男方谈过了,准备协议解决,下个星期就办手续。但是我能感觉到她当时的心情很不平静,而我的心里也自然地沉重了。尽管我曾反复申明,离婚只是她个人的决定,这中间不存在什么第三者,但事到临头,我还是有一种道义上的压力。倘若我不走进桑的生活,桑兴许就下不了离婚的决心,至少,她不会离得这么快。这个可能性不能排除。我给这个女人带来了希望,为她铺了一条不错的后路,所以她很快行动了。这应该是事实的本来面目,我必须承认它。这或许就是我后来屡屡对她让步的最深层的原因吧。直到现在她还觉得我欠了她一笔。那天在"假日海滩"我们又谈到了1992年底的情形,她说她那时太天真了,也太对我抱有信心,总觉得我从我那个摇摇欲坠的家庭走出来是迟早的事,就耐心等待着好日子的到来。可没想到最后竟是这么个结果,她说,你太让我失望了!

我后来不还是走出来了吗?

可等你出来,你已经变成了另一个人了。

变得你认不出了还是你不肯认了?

你是男人。你的境遇和我不一样。

这大概不错,但还不是一个弃妇的哀怨与六神无主。在我看来桑晓光的离婚顶多只是在协议签署的那个瞬间内心有过一颤。她不该有什么懊悔。她的委屈在于我这头的砝码突然轻了,我们之间失去了女人最为看重的那种平衡。虽然通奸的历史业已结束,但接下来便是安排她扮演名副其实的第三者。这就是她所言的境遇。离婚后的桑时常怀有一种吃亏的心理,那情形颇似过去有身份的女人去替人做小,自卑与霸道集于一身。我对这个变化看得非常清楚,而且更为糟糕的是,我也不自觉地产生了沾光的感觉。然而我已很难与这个女人分手了,那种需要亲近又害怕亲近的痛苦折磨了我很长一段时间。

我们开始有了争吵。而几乎每一次争吵的起因都是微不足道的。她总有一股怨气冲着我,有时甚至让我感到莫名其妙。有一次,我们竟为打麻将吵了起来,我不过是指出她少了一张牌,是"相公",只能陪打不可和牌。她一下就毛了,说:我不愿意陪打!说着,拿起挎包夺门而出,弄得在座的两位朋友目瞪口呆。我觉得很没面子,心想既然玩都玩不到一块儿了,爱又何从谈起?不知怎的,我突然感到那一刻很像以前我与李佳的生活,紧张而压抑,我何苦要守着这份日子呢?但一想到她还没有走出离婚的那块阴影,我又只好把这口气咽下去。

我觉得我们是该好好谈谈了。

那是1992年的圣诞平安夜,我们去"南天大酒店"吃西式自助餐。当时我们正好在帮一位四川的朋友做一块地,项目是桑晓光介绍过来的,让我找找看有没有下家,对方答应的佣金不薄。在当时的海口,这种事几乎天天找上门来,但真正做成的极少。像我们这种业余中介者不过是抱着死马当作活马医的心理,不敢真有所指望。然而事情很凑巧,几天前从犁城来了一位信誓旦旦的年轻老板,执意要在海口的房地产大碗里分一杯羹,一上岛就找到我,要我替他找项目。我便顺手牵羊地把那一卷红线图复印件递了过去,不料此人竟然产生了兴趣,约我们到"南天"再叙。我有了愉快的直觉,觉得此事很有眉目,因为这位年轻老板的这笔巨款是从银行贷来的,他急需选项把钱放下去,否则每日的高昂利息会够他受的。而且,桑晓光抓的那一头也是真正的土地使用权拥有者,这中间没有另外的环节。去"南天"的路上,我们仔细分析了情况,兴致勃勃,几天来横在两人之间的那种晦气因此一扫而空。很久之后,当我决计彻底离开这个岛屿时,我在万米的高空蓦然回首,才感到我在这个晚上犯了一个致命的错误——我忽视了促使我们情感转变的外在因素,那便是金钱,尽管那时我们还是两手空空。

生意上有条告诫:不与朋友做生意。因为最好的朋友也可能为钱而反目。

爱情里也应有句教诲:相爱的人千万不要谈钱。因为这个话题会导致许多麻烦。——就在几天前,我还在重复这句并不精彩但确是教训的话。当时我们浸在海水里,桑晓光对我谈论着近期的股市行情。她说你给我的那笔钱我都放到股票上去了,如果现在抛掉能赚上六千。我说,你最好别再和我谈钱,这是个乏味的话题。她就讪笑着问道:你是不是还惦着那笔钱?我说不是我惦着,是你。你以前不是在电话里说过,我们现在就只剩下金钱关系了

又是一屋子蠟燭，迢迢膝隴而姽光我凝視房如兒分純真兒女滲透兒分啊晴今我心跡但畫立夜晚定金移譜立后吗?这是你的原话。她的脸色一下就沉了下来,说:你要是还觉得那笔钱给我太冤了,我马上就退你!我笑了笑,说:不,我没觉得冤;只是觉得那笔钱来得太轻松了。

说完,我就从水里走出来了,带水的身体经风一吹不禁打了个寒战。我恍然觉得我又回到了1992年那个圣诞平安夜,那一夜我们是难以名状的愉快,因为那位年轻的老板决定买下这块地,并表示明天就与彼方见面,要是具体细节谈妥了,可以即刻签约。这个结果显然是来得太快了!从"南天"回来正是零点时分,海口的大街上飘散着人头马的香气,这个仿佛一夜之间发育成熟的城市此刻已变得忘乎所以,彻底地沉醉了。

又是一屋子的蜡烛。透过朦胧的烛光,我凝视着桑。好久了,我难见这样的容颜感觉,几分纯真,几分凄迷,几分惆怅,令我心动。但是在夜晚完全静谧之后,我又渐渐地起了不安。那个深夜我的确是想得太多了……

——1998年4月4日

后半夜的月光越发变得清冷了。他一直没睡。在又一次完美的做爱之后,他仍然是毫无睡意,这与书中常说的不一样。书中总说男人射完精便不再顾女人自个儿睡了,认为这不妥,是自私的表现。他想写这种书的家伙肯定是一个性无能者,男人为什么一射完精就要睡呢?他从未有过这种经验,但他会感到,缺乏做爱的夜晚一般是个不眠之夜,今夜的确有些反常了。那时候他身边的女人睡得很香,安静得像一条有着体温的鱼。女人的睡姿很美,她的肌肤白皙而光润,总与季节构成最为和谐的关系,夏天的时候很凉爽,现在天气转凉了,所以这身体便散发出温暖。这是一块暖玉。

月光在女人身体上反射出一层浅蓝色的光晕,这是一种悲凉的调子,与他此刻的心绪趋向一致。他悄悄地起了身,披上睡衣去了阳台。在微冷的风中,他感到这一夜将是漫长的。几天前,冯维明带来了消息,那个林之冰已于不久前给保释出狱,可能离开了这个岛。就是说他又慢了一步。尽管冯维明说你的心意到了,他还是感到十分沮丧。是谁为林之冰担保的?如果那也是个男人,就够他嫉妒一辈子了。这种失落感是外人难以体味的。那几天他对桑晓光始终是淡然处之,甚至想过,倘若女人就此与他分手,他也就认了。人就是这么奇怪,得到的和失去的在心里留下的烙印总不是一样深刻。

他又想起了另一个女人,就是韦青。整整九年前,他们也是在圣诞平安夜相聚,然后在一片烛光中分手。几年后韦青从大洋彼岸给他寄来了圣诞卡,那上面就只写了一句话——

  一个人的时候,
  过去与你相伴。

总是在最寂寞的时刻,韦青出现在他的幻觉中。那是他生命中的第一个女人,是"过去"的开端,是爱的源头。南方的夜气浓重,停留在手臂上带有明显的黏度。他仿佛觉得是韦青的手从黑暗的空气里向自己伸来,抚摸着自己颤动的躯体。他舔了一下胳膊,微咸的,这是海上来的风。此刻,海的方向是一片雾霭,他的视线完全被阻隔了……

　　文化公司在这个阶段的发展仍然是顺利的,但是发展的方向却与文化越来越远了,和其他的公司已看不出有什么区别。这倒符合陈元田的意思,这个号称留英的博士一再强调的就是什么赚钱做什么。现在的情况和以前大不相同了,陈元田对他很客气,其实是不想划出买车的款子。为这事他也专门找过刘锐,而且话说得直率:文件上是这么讲的,子公司有自身财务的支配权。刘锐却大而化之地说:你们要把精力放到进一步开展业务上,买车只是早迟的事,用得着这么急吗?这种有失信用的回答令他极不舒服。即使谈文化项目,刘的话也还是冠冕堂皇的,从来就谈不上什么实质性的支持。譬如说前些日子他想把海口的城市雕塑做起来,这就需要集团的投资并与市政部门交涉。当时刘锐问的第一句话是:这个项目能赚钱吗?他说能。他说我可以把雕塑的底座作为永久性的广告位置处理,既美化了城市的环境又替资助的企业立了块碑。他说我们只要先启动起来,在全国范围内公开征稿,再公开拍卖。我们其实不要政府一分钱就把这件事做了。刘锐打断他说:那我们赚什么钱呢?我们不承担兴建公益设施的义务。他仍坚持:只要我们敢冒这个险,我觉得至少可以赚上一点制造费。刘锐颇不以为然地笑笑,说:现在南方的形势多好,在资金成本如此高昂的情况下,我们有必要去做这种吃力不讨好并且担风险的项目吗?谈话至此,实际上已宣布雕塑项目给枪毙了。他也不想再说什么了,退出了总裁办公室。那时他想,以前只觉得刘锐身上有政治,现在倒感到他骨子里就是个商人。看来冯维明的话没错,在这种人手底下是干不出什么名堂的。他想,或许是到了该离开南岛的时候了。问题是离开之后的何去何从。

今天是圣诞节,公司的员工集体去"昌隆大酒店"聚餐。桑晓光因为临时有一个采访任务没有来。在员工眼里,她早就是老板娘的角色了,但大家都对她的印象挺好。只有邢蓉是个例外,每回桑晓光到公司来,这个邢蓉的态度总是那么平淡。而桑晓光却永远看不出这点,她以为邢蓉就是个性格内向的姑娘,从不多事。这无疑是个错误。一想到李佳对他在这边的情况掌握得如此清楚,他就觉得这女孩不简单。他一直想找机会同她聊一次,但不想责备她。换一个角度看,邢蓉并没有做错什么。兴许是桑晓光没来的缘故,邢蓉今天的表现不同往常,话明显地多了起来,而且歌也唱得不错,带有专业素质,这倒有些出乎他的意料了。邢蓉还邀请他唱了一曲二重唱《哭砂》,他突然变得紧张,以致其中的一句总是慢了半拍。玩得差不多的时候,他让大家安静下来,谈到了公司目前的处境,他说:集团对我们的支持越来越小了,我们有些想做的事看来在南岛没法做,要只是赚钱花钱,这有悖我下海的初衷。

气氛顿时就冷了。有人问道:老总,你是不是要离开?

他说暂时还谈不上。他又说:我必须想远一点,不能让别人牵着鼻子走。

这时邢蓉说:如果你认为我派得上用场,你到哪儿我都愿意跟着。

接着其他人也说了类似的话。

他谢了大家,同时为他们跟着自己没有赚上什么钱而感到内疚,他说我真想把账上的几十万块钱分了,然后让大家各自去干有兴趣的事。这虽然是句笑话,但他思考企业的产权关系却是从这时开始的。到南方来,赚钱是起码的要求,像南岛集团这种靠所谓的个人魅力以及画饼充饥式的许愿,最终是难以笼络住人心的。

其实对一个下海者而言,每天都该思考自己的下一步。

那时我最大的不踏实还是生存。假如我不想离开南岛,这当然就不是个问题,但是我既然已经看到未来的那一幕并不诱人,再做流连便是很不明智了。折腾了这么久,我个人并没有赚到多少钱;离开即意味一切重新开始,我差不多还是两手空空。然而就在此时,一件意外的事改变了我难堪的处境。

从犁城来的那位年轻老板在经过几番犹疑之后,决定要买下那块地。消息来得突然,以至我还来不及兴奋,钱就已经赚到手了。按照事先的约定,他这一头给我的佣金就达六十万,这当然不是个小数目。桑晓光应该得的更多,她那边是卖家,具体是多少,她没说,我也没问。这笔生意就这样不经意地做成了。我记得当我拿回那张六十万的转账支票时,我还不敢相信这是真的,感觉上就像拾到了一捆假币。直到入了银行户头,我才意识到自己是发财了。我进一步认识到此钱非彼钱,此钱我可以随便去花它了,无须再看他人眼色。

很多次我这么想过,如果在1993年初我带着这笔钱离开海口,回到内地的某个角落就此潜心写作,我的生活就该是另一个样子了。这笔钱并没有把我的胃口吊起来,反倒使我想收心了。这不足为奇,我本来就是个写字的人。我对钱的要求始终是够花,为钱所累在我看来绝对是件蠢事。但是,我又表现出迟疑不决,因为在某种意义上我已是个无家可归的人,命中注定我必须浪迹天涯,在流动中度过我的一部分光阴。海口又只是个临时码头,而且我也无与桑晓光再组家庭的动议——我从来就没有把这个女人看作妻子,哪怕是片刻的判断。我记得有一天我看一部关于第二次世界大战的纪实片,看到纳粹大举进攻波兰时,苏联也趁机重兵压境,于是一个完整的波兰顷刻之间便被瓜分了。波兰的不幸在于夹在两个特殊的大国之间——西边是以黩武著称的德意志,而东边又是拥有沙俄扩张传统的苏维埃。对德国,那条"波兰走廊"是到达东普鲁士的实际走廊;而俄国人心目中的西部疆界便是波兰本土。我想这与我的处境颇为相似,我的不幸是总夹在两个女人之间——她们都是了不得的女人。

还不仅仅是观念上的问题。几天后,那已是1993年1月的中旬,桑晓光突然来了电话,要我陪她去那个四川老板那儿拿钱。对方说转账不方便,干脆就直接给现金了,那将是一大袋子的钞票。桑晓光怕路上不安全,让我要辆车,并要我亲自驾驶。这当然没问

题。可是等我们驱车赶到那家公司时,四川佬已在天上了——那家伙留了一张条子,说是有急事飞回成都,务请原谅之类。条子上反映不出是怎么回事。我便觉得不妙,就说:那小子不会耍滑头吧？桑晓光的脸色一下转为苍白,口中却说不会的,朋友之间哪能这么干呢？于是当晚,桑晓光就往成都挂了电话,结果令她震惊不已——空号!

她给人骗了。这个打击对她而言是巨大的,她几乎就崩溃了。我就说:算了,这种钱丢了不要心痛,有当无吧;再说我那儿还有一份,就一人一半吧。她流泪了,边拭泪边摇头说:那怎么行？那是你的钱。我说:我们还需要分得这么清楚吗？她还是坚持说不行。于是我就换了个说法,我说:等以后找到那小子,你再还我好了。就这么定了,一人一半。明天你就把钱转过去。她说别,都放在你这儿,我需要时你帮我取就是。

这件事当时看就十分自然,丝毫没有矫情,也丝毫不带交换的意思。我不觉得有什么值得多虑的,如果换一个男人,也会这么处理,甚至会比我做得更好。

这笔钱对我很重要,在某种意义上它成为我最可信赖的一条后路。我浮动焦躁的这颗心到此时才算真正地沉静下来。我突然有了身轻若燕的感觉,思路也随之开阔了许多。我想我可以不再受制于人了,可以随时把这个狗屁公司一脚蹬开,可以躲到某个山清水秀的地方去写作或者绘画,可以把我女儿养到大学毕业再送到美国。有一天,我对桑晓光说,我真想回我的故乡石镇,去过类似舍伍德·安德森的那种日子——下午写写东西,其余时间用来喝茶聊天。当年威廉·福克纳就是受这种诱惑走上文学之道的。她感到不可思议,她说你这不是又活回去了吗？这简直就是退休生活。我说我一点也不喜欢城市。她说:可我喜欢。她说她爷爷的家乡厕所连门也没有。我说我不是想再插一次队,只是想选择一个有商店邮局电影院的小城。她一下就沉默了,好像这个计划马上就要实施,一时间神情黯然。

  我的情绪也转为低落。虽然我不过是随口说说而已,但是我清楚地认识到,这绝对不是个愿意与我结伴同行浪迹四方的女人。我放弃了这样的发问:要是我真想离开海口去一个小镇上安度余生呢?我不敢问。我也不敢奢望在二十世纪末物色到这样的女人。突然间我想到了那个四川姑娘邢蓉,圣诞节那天她轻声说的那句话——你到哪儿我都愿意跟着,在此一刻竟是那样的令我感动!我不认为这是恭维。可她为什么又要充当李佳的眼线呢?我实在有点糊涂了。那一天我沉浸在阴郁的气氛里难以自拔,其实窗外的天空是罕见的蓝色——一种接近透明的纯蓝,我梦中的背景。

——1998 年 4 月 5 日

  春节将至,南岛集团要把各下属子公司的总经理集中到三亚的某个度假村,召开一个计划工作会议。于是在这之前文化公司便放假了,大家约好在除夕之夜当新年钟声敲响之际互通电话,来年再聚。虽为萍水相逢,但是一年处下来彼此之间都有了情谊,离别时竟有些伤感了。这就是岛屿的天然凝聚力。男人分别把大家送到机场,并将返程的票款作为红包发给了他们。今天轮到邢蓉走,由于海口上空的气候不标准,飞机晚点了。趁这工夫,他们去了边上的咖啡厅。他觉得该与这女孩单独谈谈,想知道她对公司以及他本人有些什么看法。邢蓉似乎揣摩到了他的心思,所以谈得很坦率。她说她同意他对这个公司前途的判断,认为像他这样的人不能再在南岛干下去。这不是你希望的舞台,她说,你应该早拿主意,否则就被动了。他不禁叹息道:其实我的舞台不过是一张纸,我最终还会回到书桌前的。邢蓉就问:那你为什么还要拉开这副架势呢?一个作家的野心与钱不该有多大的关系,何况你现在又不缺钱了。

我也这么问过自己,他说,我离不开过去生活的一半,但又畏惧它的另一半。

邢蓉说,我懂你的意思。我能感到你的家庭不幸福,但我觉得你不该选择逃避。

我暂时还只能这样。

这么下去不是个办法。而且……

而且什么?你随便说,我听着。

我认为你和桑晓光在一起不合适,你别介意。

你讨厌她?

不,我没这个权利。我只是觉得你们不合适。

怎样才叫合适呢?

她并不真的懂你。

你能具体谈谈吗?

我现在不想谈。

他差点想说,你难道只对李佳谈吗?他担心点破这层纸会从此失去这个女孩,他不想得到这个结果。也许就是当局者迷而旁观者清,这个邢蓉从另外的角度看见了另外的东西。很长一段时间过去后,在某个雨后的黄昏他又一次想起了这回简短的交谈,不禁心酸至极。那时他已离开海口两年了,重新开始了孤身漂泊。他的身边没有一个女人,又几乎和所有的朋友断了联系,面对的却是高筑的债台与无边的寂寞。那个时刻,他最想见的,就是这个叫邢蓉的女孩子。

三亚召开的计划工作会议在某种意义上成了刘锐个人的演讲会。刘锐的口头表达能力是一流的,仍不失感召力。他从海南特别关税区的酝酿说到全国经济形势的走向,从金融房地产的势头展望到跨国公司的蓝图,自始至终回荡着一股豪气。最后一天,各子公司才开始谈新一年的计划,谈项目以及与之配套的资金支持。刘锐对此很不满意,他认为像这种一做事就向集团伸手是惯坏了的毛病,必须从观念上改过来。刘锐说:你们要懂得"南岛"这块牌子的含金量,要学会运用我们的无形资产。那口气就像"南岛"是李嘉诚的"长江实业",到哪儿都是夹道欢迎。

他实在是觉得有些可笑。

对文化公司的发展,他在会上只做了个简单的说明。他说:我只希望集团不要放弃组建这个公司的初衷,集团是个整体,各个子公司的业务范围应该有所不同,对它的要求自然也应该有所不同。如果这个公司也只顾拼命赚钱,那么我建议就把"文化"这个字眼去掉。

很显然,他带有情绪。他希望自己的发言能引起刘锐的重视,希望他们认真地交换一下意见,好让他痛快地去做几件实在的事情。但是,刘锐没有找他。会议一结束,他便听到了这样的风声,说某某人之所以在会上发一通牢骚,是集团没有给他配车。他简直给气坏了,觉得受到了极大的侮辱。他清楚这风声来源于陈元田那伙人,他们是刘锐的心腹。但他现在没什么可怕的,毕竟,他身上已有了属于自己的一笔钱。

回到海口已是暮色苍茫时分。他直接去了桑晓光那里,可是人不在。房东告诉他,女人已经有两天没回来住了。他想女人或许又出差了,那个破报纸居然还四处组稿。于是他就打了她的手机,得到的回答是用户没有开机。这时他忽然觉得很累,四肢像棉花一样软塌塌的,走到街上,他看见地上的身影就像晾着的一件衣服。不多会儿,一辆小车在他身边停了下来,是其他两个子公司的老总,他们要去府城那边洗桑拿,二话没说就把他给拽上了车。

　　府城那条街当时被称作"红灯区",沿街布满了桑拿浴和发廊,实际上就是色情行业的幌子。那些小姐肆无忌惮地拉客,生意十分红火。他们刚走进门,里面的小姐便把发绿的眼光齐刷刷地投过来。买单的哥们儿就问:先洗澡还是先按摩?他说:我只洗澡。哥们儿不屑地看他一眼,那意思是你小子装什么蒜呀?他干脆挑明说:我不按摩,我怕痒。说完就自个儿进了浴室。哥们儿也不再多劝,只说你是作家,什么生活都该体验一下,文学上不是讲源于生活高于生活吗?他心里突然觉得好苦,天知道我到底算个什么鸟!这时手机响了,是桑晓光来的,女人在一声轻吁之后只说了句:我办掉了。

海口:1993年3月

　　女人的心理总是那么难以捉摸。桑晓光在离婚之后的一段时间里,和我的接触很自然地减少了。以前,在她看来是男人欠了她的;现在法律手续一办妥,她就觉得自己对不住以前的男人了。这说明这个女人心地还很善良,倘若没有这一点,我想今天我是不会再与她见面的。1993年春节后,我因在犁城等待女儿的开学典礼,加上遭遇了一场重感冒,直到3月中旬才飞回海口。行前我没有给桑晓光打电话,而且人到海口几天也不想与她联系。但是这并不表明我在有意同她疏远,我也无心去晾她一阵,只想腾给她一段时间,好让她独自把离异后的烦恼消磨掉,再带着全新的感觉回来。我就是那么想的。直到有一天,我们在老街博爱路偶然相遇,问题才变得严重起来。她无疑是很吃惊的,并带有强烈的气愤,她质问我为什么这样对待两个人的关系,这是不是太不负责了。我当时没有做任何解释,而是请她去"泰华"喝咖啡,我说:没有发生任何事。

　　泰华大酒店坐落在滨海大道以北,一个闹中取静的好地带。以前我们经常来这儿喝茶。3月的海口就可以穿衬衫了,我不由得想到自己在这岛上已度过了一年,心绪变得有几分苍凉了。那一年是我的本命年,三十六岁,可是我对自己的前途仍然感到茫然。

我不知道我还能在这个岛上待多久,更不知道下一步往哪儿蹚。所以那次谈话从一开始就陷入了僵局,我们沉默了好久。我知道桑晓光会因此不安,可我实在是不想说什么。我眼前的这个女人尚未从离异的阴影里走出,我觉得说什么也显得多余。其实我的态度已经反映出来了,她应该明白。但是,我却不清楚她的态度,就此了结似乎不太可能,而像这么平淡地处下去又有什么意思呢?我甚至想过,倘若我们找不回那种"从心里笑出来"的感觉,这种状态将会成为我和李佳的另一个版本。这正是我的沮丧所在。

在似乎是漫长的沉默之后,桑突然问道:你又爱上别人了?

我就反问:你是不是希望我爱上别人?

如果你爱上别人就跟我直说。

你不觉得这话问得很荒唐吗?

那你为什么不和我联系?

我为什么不和你联系?你想过这个问题吗?

我变得有些冲动,我说我不希望面对一个两眼充满哀怨的女人,更不愿意她把另一个男人的影子带到我怀里来。

她慢慢站起来,说:你这人太自私了!

说完她便离席而去。不用说,这是个糟糕的结局。我似乎是第一次感到,我不是一个能够体贴女人的男人,但我实在不想对女人隐瞒我的这种心理,更无力去承担某种道义上的责任,这不能视为自私与狭隘。我担忧的是这场感情的前途。

孤独又一次走近了我。很多次,我坐在这片海滩上,望着此起彼伏的浪潮和天空中变化莫测的云层。我对面的雷州半岛是大陆

的边缘。我用朋友送的一架日本望远镜观看着辽阔的海面,这只白鸟每次都闯入我的视野。我羡慕这飞行的生物,它那舒展的羽翼令我神往。我惊叹它的力气,居然那么悠然自得地飞翔在云海天地之间。这就是时隔五年之后,我要拍摄这不朽生命的内在原因。现在,我就站在从前我习惯的位置上,摄像机支在我的左侧。监视器里的天空一片湛蓝,海面的波涛层层叠叠平和有致地推向岸边,但是我却始终没有看见那只白鸟……

半夜里,天开始下雨了。剧组一个女演员的电话吵醒了我,说是害怕,总觉得阳台上有个人影在晃动。我就说,那是你自己的影子。说完我就把电话给挂了。这种破事在剧组不足为奇,何况这个剧组又是扎在一个岛上。剧组本身就是一部戏,人们在假定的环境里却愿意演出真实的故事。近几年来我神经衰弱得厉害,醒了便无法再睡。于是我就端了把椅子坐到阳台上,看着于闪电中暴露的雨丝。渐渐地我看出了一种罕见的凄美,而我的思绪又回到了几年前另一个似曾相识的雨夜。

那一夜也是从电话开始的。

——1998 年 4 月 8 日

你睡下了吗?

刚想睡。你呢?

我在看书,丘吉尔的《战争回忆录》。我喜欢这个老胖子。

那你看吧。

下雨了,把窗帘拉上,你怕闪电。

你来电话就为这个吗?

我主要是想听听你的声音。你的声音很好听。

现在还好听吗?

我想是的。

怎么不说话了?难道声音也吝啬不成?

其实我的声音对你已经不重要了。

还记着在"泰华"的事呢?那是我的错,我可能太狭隘了。

这事过去了……也真难为你,遇上我这么个喜怒无常的女人。我以为……

以为什么?

我以为你不会再来电话了。

你觉得会吗?

我真这么想过……喂?你在听吗?喂喂?

电话突然中断了。女人立刻重拨过去,但男人没有接。一阵阵的忙音令女人感到不安。她担心自己在电话里说错了什么。雨越下越大,敲击着窗户。女人这时是真的有点害怕了,但是更加后悔,她想这个夜晚如果依偎在男人怀里该是一件多么幸福的事。他们肯定会疯狂地做爱——这将是怎么都不够的一夜!过了好长一会儿,男人的电话又打过来了,声音却没有刚才那么清晰,女人问:电话怎么回事?

男人说:出了点毛病,不过现在没事了。

你在哪儿?怎么电话里乱哄哄的?

我在阳台上看雨呢。

别淋了,当心感冒。

没事的,阳台上的风很舒服。

你这人有时候很傻。

是吗?我想我应该是个很认真的傻瓜。

别任性了,阳台上有雨。

我身体很棒的。你不觉得我很棒吗?

你别撩我。

我是问你,我是不是很棒?

你很棒。

真的?

真的,你真的很棒……干吗喘气?

我有点累了。

你刚才还说很棒呢!快进屋吧。

你不开门,我如何进得去?

你在哪儿?

我刚到你的门口……

那是难忘的一夜。当我赶到桑的住宅时,手机的电池正好用光,而我差不多浑身上下都淋透了。我索性将自己扒光,赤身裸体地站到那个宽大的阳台上,让雨来一回彻底的冲刷。我希望这场好雨把我连日来的烦恼与苦闷冲得干干净净!四野黑蒙蒙的,雨声环绕着我,每一回闪电和雷鸣都叫我兴奋不已,我真想在这样的空间里来一番狂喊,把我心中的瘀血全喊出来!

难忘的一夜。我们迫不及待地做爱,那情形就像一对发情的猛兽,恨不得撕了对方。第二天醒来,我隐隐觉得两胸火辣辣的疼,一看,那上面布满了女人昨夜留下的指甲痕,和细鞭抽过的没有二样。那时她还在睡梦之中,舒展的身体像一尊瓷器。我从不同的角度欣赏着这迷人的胴体,后来竟情不自禁地用她的口红把它画在一张方凳上。那只是信手几笔,却画得极为传神,我担心今后无法再画出这样的效果来,于是几天后,我把这只方凳的四条腿给锯了,做成了一个很不错的镜框。1994年我离开海口时,我曾想把这件不寻常的作品带走,但是桑没有同意。那时她说:放在我这里,你兴许还会回来看它一眼。对于你,它不是什么纪念,而是一个逝去的梦——你是个永远活在梦里的男人。你一生都在

寻梦。

在《北纬 20 度》的第十集里,我几乎是照搬了这个细节,今天正好轮到拍这场戏。但是要想复制昨天的图景已显然不可能了。首先,我们的审查机关不会容忍在庄严的电视媒体上来展现一个女人的裸体——哪个角度都不行。其次,我们的女演员不会在现有的片酬下完整地脱一次——还是哪个角度都不行。于是我只好把机器支在她的背面,镜头卡在她的上半身。摄影师不由得苦笑道:还不如来拍我的背面呢!

我让美工来画那幅口红速写。他画了几次都不能令我满意。美工私下认定这个细节绝非杜撰,就说:导演,你自己来吧。我摇摇头,我说:我现在是怎么也画不了了。但他执意要我试一次,我只好动手,结果完全不是那么回事,没画完我就抹掉了。最后还是让美工重画了一次,就这样拍了。我盯着监视器,心里很是忧伤,我想这或许就叫逝去的将永远逝去吧,连复制都这么困难。

这场戏拍完已是晚上十点多了。洗好澡,我躺在床上把拍下的再回放了一次,仍然是不满意,看来只能指望后期制作做些补救了。我忽然想和桑晓光通一次电话,想再听听她的声音——我总觉得她的声音通过电话的过滤会更动人。但我没有直接去拨打她的电话,而是呼了她,留言为:现在说话方便吗?过了很长一会儿,她还是没有回。我便有些惆怅,就打了她的手机。这下倒是很快就通了,我立刻就问:怎么不回话了?我呼了你。

她轻叹道:我不在海口了。

你在哪儿?

杭州。

你什么时候去杭州了?

昨天。

出差?

不,我想玩玩。我的窗外不远就是西湖。

什么时候回来?

你什么时候走?

我懂了。

找我有事吗?

现在没了。祝你玩得开心。

我想她做得很对。1994年6月我就说过这样的话:我们这辈子要想把对方忘得干净,就不要再见面了。这如同我们想分手,最便捷的办法就是离开,不在同一个城市。地理上的阻隔是平衡心理的最佳方式。那时,我们实际上是处在分手的前夕了。但我却没有这个准备,尽管我深知和这样一个女人相处,可怕的不是时间而是空间。这是个需要爱的女人。这是个感情与毅力不成比例的女人,她无法忍受的只有一点,就是寂寞。从1993年那个雨夜之后,我们的感情发展到空前的高度。而随之而来的同居生活无疑是我生命的黄金时代。我们同样害怕分离,我们都担心空间的捉弄。天各一方的境遇会使我们的感情变得空洞无物。苍白的感情将使我们的关系发生断裂。但我万万没有想到,最终敲开我们关系缺口的恰恰不是感情而是另一个东西——金钱。

很多次,一想到这层意思我便感到胸口堵得慌。我不愿意去回忆与金钱相关的种种内容。在和桑晓光接触的那两年中，最令我懊恼的，就是当初没有让她把那三十万块钱一次性拿走。虽然我不止一次地对她说过，你去银行重开个户头吧，免得我三天两头地跑。她说不需要那么麻烦，她随要随取也很方便。那时我根本不知道，她只是碍于情面换了一种提款方式而已。直到有一天，邢蓉下班时告诉我，说桑晓光来了电话，她在上海出差让人给偷了，叫我尽快电汇三万块过去。邢蓉顺便问道：你们的钱放在一起？我回答得很含糊，说暂时这么放着，谁要谁取。邢蓉就说这样不好，说即使你们是夫妻也最好在经济上搞清楚，现在一般都是"AA制"。我突然意识到了什么，不到半年，连同这一笔她已经提走近二十万了。她显然不是消费，而是拐了个弯子转款。但是我也没什么不舒服，既然我说过"一人一半"，她如何支配属于她的一半，就是她个人的事了。我只是不明白，桑为什么要以这种方式来对待我。这似乎是担心我的言而无信，怕我食言。这才让我真的伤心了，我想倘若桑果真怀有这心思，那分明是对我的侮辱，我们的戏就该彻底收场了。

那一夜我很难过，躺在床上想了许多往事。我想到 1975 年在梅岭插队，雨浓给我捎来了一篮子的鸡蛋。想到那几年我去水市，和小丹在那间低矮而潮湿的厨房里一起做饭。想到 1983 年和韦青共同度过的那个圣诞平安夜。最后，我想到的是李佳。在十五年前的那列北上的火车上，她把唯一的最甜的橘子递给我……

很长时间过去后，当我陷入一生中最艰难的处境时，我产生了这样的想法：这笔钱委实来得太容易了，因此它导致的种种报应将在所难免。

——1998年4月11日

桑晓光从上海回到海口已是那一年的5月。这趟差用她的话说是劳民伤财，但是女人的容颜并没有因此而憔悴，倒是比原来显得更白皙一些。他原以为是报社安排了这趟差事，现在才知道桑晓光是在帮一位朋友做汽车生意，这实在出乎他的意料。他说你简直疯了，居然玩起了汽车！女人说，我现在做生意还真有点入门了。女人还说在上海外滩遇见一个看相的老头，说她不久便会大发。他不以为然地笑道：你别折腾了，女人最大的悲哀就是为钱所累懂吗？女人说，要是你能养我一辈子，我情愿现在就退休，在家给你当专职太太。你能吗？他心里立刻顿了一下，口气好像也软了，他说：那得看怎么个养了，粗茶淡饭应该没有问题。女人说：我这等金枝玉叶，你粗茶淡饭地伺候不觉得惭愧呀？就是我愿意，你能给我一个家吗？他不再吱声了，他不喜欢女人又把这个话题拎出来。女人注意到了男人的情绪变化，但还是把自己的意思表达完整了。女人说：所以我必须抓紧时机挣钱，好给将来养老。我靠不了男人，就只能靠我的钱。

女人的意思其实并不错，他想，我不也曾这么想过吗？但糟糕的是它印证了关于那一笔钱拐弯提走的判断。这是一脉相承的思路。他顿时觉得倒了胃口，以至于连做爱都失去了激情。女人对此很敏感，但她没有意识到导致男人生理上变化的是金钱。

你怎么了？

我有点累。

这不像是你的东西。

你觉得不像吗？可它就长在我身上。

你是不是乱来了？

我是那种人吗？

要不就是手犯毛病了。

别废话，睡吧，明天刘锐还得找我谈话呢。

刘锐答应让你们买车吗？

他的话不能信了。

那你不能自己去买呀？

我们的账全由狗日的结算中心管着，款转不出去。

那你傻了，当初就该另设一个账号，体外循环。

那么干道义上讲不过去。毕竟刚上岛那阵是刘锐收留了我。

其实像刘锐这样的老板不该这么小气，不就是一辆车吗？

别再说车了。你是不是做汽车生意做上瘾了？

你还真别说，我那朋友手上那批车还真是不错，一水日本进口原装，有凌志、本田、皇冠3.0。

不是走私的水货吧？

所有的手续齐全，价格也比海口便宜不少。

你这回赚了多少？

我才开始联系呢。怎么样,我们再联手做一次?

算了,你没见我连做爱都嫌累吗?

你是不是有什么心事瞒着我?

我能有什么心事呢? 睡吧。

……

他依稀看见这幅图景是在翌日的黎明时分。正是这个怪异的画面使他从沉睡中醒了过来,他想读懂它,然而事实是很长时间里他都没有理解。在这个散发着咸味的早晨,男人的全部精力最后集中到赤身淋浴上,他或许是想借以清醒一下困惑的头脑,将这个不知所云的画面洗刷干净。都说日有所思夜有所梦,但这个梦是在黎明时才出现的。黎明不应该属于夜晚。而且梦一般都是流动的,具有夸张的活力和变形的色彩,可这个图景凝固而苍白。或者说这就是一个死亡的梦境。所以后来他这样劝慰自己:不是所有的梦都可以解释的,但所有的梦都具有形成的原因。

这是1993年的5月,是海口进入高温季节的起点。这个地处北纬20度的岛屿的狂热早已超出了时令的温度,也超出了人们的正常想象范围。此时,大批的"大陆人"正像潮水似的蜂拥而至,因为传说要实行"封岛",然后是"再造一个香港"——这似乎已经不是一个口号了,而是正在付诸实施的现实。但是这个男人却一点也不喜欢香港。只要看一眼香港的电影就知道那是个什么玩意儿,他这么想着,我喜欢巴黎。如果全世界选举首都,我肯定会投巴黎一票。

于是在这个清晨,男人再次萌生了离开之念。

犁城:1993年8月

人的一生是非常奇妙的也是不可知的过程。说人生是一盘棋,这个比喻虽然老套了些,但却是那么惊人地准确。一子落定便关乎全局,牵一发而动全身,倘若不慎,兴许这一盘就输掉了,悔之晚矣。这几年我时常想起当初挣到手的那三十万,然后做出种种安排设想,觉得任何一种的结果都比现在的样子好过很多。譬如说我就此金盆洗手,钱进银行,我再静心去过书斋生活,重操旧业,那日子自然是舒服而滋润。或者把这笔钱委托给善于商道的朋友,我待在书房里当一小股东,那也是轻松愉快无忧无虑。问题我没有做出类似选择,或者说由不得我决定了,于是就偏离了方向,莫名其妙地走上了一条羊肠小道。这个我慢慢再谈。

1993年8月的一天,我又飞回了犁城。这是我离开犁城时间最长的一次,将近半年。我所居住的房子要拆迁,而我已经不再是"红门"机关里的人了,有可能被趁机逐出。李佳来电话反复强调了这一点,她说无论如何不能离开"红门",这对女儿的生活起居损失太大。这样,我安排好公司的工作就上了飞机。当天下午我便出现在犁城的街头,想给女儿买点吃的。和每次一样,一跨进"红门"我的心跳就自然而然地加快了,总觉得女儿会突然从什么地方露出脸来。那时候女儿正在家门口的空地上和同学一起跳橡皮筋,打扮得很漂亮,好像一下子长大了很多。我喊了孩子,她便像鸟一样地飞来,却不再让我抱她,拿了串香蕉似乎是很不好意思地跑开了。我心里有点不是滋味,这孩子已经开始摆脱大人的手臂了。抑或是这一年多我和孩子相处的时间太少了,孩子见我才如此生分。一种莫名的忧伤顷刻流遍了我的全身。

没多会儿李佳下班了,见面就把电话里讲过的内容又重复了一遍,然后说:本来我不想打扰你,你不在家时我和孩子过得挺好,可这件事非你回来不可,我插不上手。

这等于是骂了我,而我却无言以对。好在这时电话响了,她先我一步去接,也就是找她的。电话现在已经移到了卧室,她说了几句,然后把门关上继续去说。我想这应该是某个男人的电话,看来我不回来她的确过得挺好。但这毕竟还是我的家,我待在我的屋子里竟反倒不自在了,事情居然会变得这么怪。记忆中也就是从这天起,这怪异的感觉像影子一样盯上了我,我在自己家里不知不觉地成了一个客人,总担心由于自己的不慎而妨碍了李佳。那天晚上,我就像是道歉似的提出上犁城最好的饭店去吃一顿,李佳也欣然同意了。吃饭的时候气氛还是很好,到了差不多快结束时,我让孩子去一旁玩游戏机,然后征求李佳的意见,说想正好趁拆迁这个空当带女儿出去玩一趟。李佳就问是海口吗。我说不是,我说是带孩子去她没有去过的地方,譬如说苏州无锡。李佳微笑着问道:是去那个地方和哪个女人会合?不等我回答,她用警告的口气对我说:我绝不允许你让我的女儿去面对另一个女人。这孩子永远都只有一个妈。我说你想到哪儿去了,我不过是想让孩子暑假生活过得有意思一些。

你现在觉得有意思了？你以为带孩子遛一圈就把一切都弥补了？

这也是为女儿好呀,我难道连带女儿玩的权利都没有了？

你根本就不配当一个父亲！

可我就是她的父亲怎么办？

不行！

回家的第一天就这样结束了,不欢却不能散。这天晚上我躺在床上想了很久,觉得这是个问题,和以前完全不一样了。自从女儿上一年级以来,李佳的观念和立场都彻底地改变了。她从对这个孩子的自动放弃转移到加倍呵护,并以此对我进行报复。这是我无法忍受的。我感到很是不安,因为这个问题将成为日后我们离婚的阻碍,我们会像那些受难的男女因中间存在一个孩子而继续受难。当然最不幸的还是孩子,跟着我们无辜遭罪。所以无论如何我都不能放弃这个孩子。李佳呢?她会怎么想?她是否也这么考虑?倘若是,那么我们之间就不是一下子可以解决的问题了,这场漫长而艰难的马拉松很难看到终点。就像即将开始的拆迁一样,我心里乱成了一团麻,面对全面毁坏的秩序,我难以理清头绪,不知该怎样来收拾这个焦头烂额的局面。

那真是个沉闷而烦躁的夏天。

——1998 年 4 月 13 日

对于中国人,在某种意义上房子是作为家庭的象征或者外在形式存在的。每一次拆迁都会使这个形式得到改变,人们把毕生的积蓄用于新房的装修,以便使这个纯粹的私人领地变得更加可爱,成为一个越来越漂亮的匣子,至于这匣子里装什么东西则另当别论了。家庭也是需要包装的。大街上经常出现的那些成双结对的夫妻,想必出门时都经过了一番精心的打扮,并且在人前都夸张地做出相敬如宾的样子,然而有趣的是没有人觉得不自然。大家早已习以为常，大家也差不多都是这么做的，笑别人等于是在笑自己。所以拆迁仍然是家庭的一件大事，未来的新房子尽管不能安慰自己，但足以取悦别人。

眼下这次拆迁让他很为难。他不可能会有激情——一对即将离异的夫妻还需要新房吗？有一天，他忽然这么想：要是这次的拆迁提前几年进行，他和李佳的关系会怎么样呢？会因为这个契机一举改变吗？他会把新房子装修一番，再添置几件时髦的电器，他们会珍视这个家吗？过去的那些不愉快会像扔旧东西那样扔干净吗？这个可能性不能说一点没有。而现在已不是那么回事了。哪怕是住进一套豪华的别墅，他们也无法找回新鲜的感觉。李佳说得没错，拆迁就只是为了孩子。"红门"离女儿的学校仅隔着一条街，而且这里的生活设施配套、卫生、安全、环境在犁城是首屈一指的。就是说，他不能离开"红门"。他也没有任何理由离开，他是拆迁户，理应是优先考虑安排的对象。但是，事情后来却不这么简单。很快，办公厅房管处找他谈话了。那位体态臃肿的副处长开门见山地对他说：你是外单位的人了，按我们文件的规定，你必须搬出去，由你现在的单位解决住房。他说：我是拆迁户。文件上说拆迁户的利益首先要保证。副处长说，拆迁户是指还在省委机关工作的人，你已经到文联了，那是人民团体。他说：这个大院里住着许多不在省委机关的人，你们能让那些人都搬出去吗？要是这样，我立刻就搬。副处长说，现在的文件做了调整，我们是按新文件精神办的。这人然后就两手一摊，做出一副爱莫能助的样子。

他说：我不会搬。你们可以强行把我的屋子拆了，也可以把我绑走，但是我不会搬！

事情一开始就这么不顺利。与此同时，文联的几个头头也做出了无关痛痒的反应，没有人来替他与办公厅做解释，他们只担心这只球会踢到文联来，只反复强调文联没有房子，文联解决不了这样的问题。他感到不可思议，心想这事还真他妈的见鬼了，我本来是有房户，难道拆迁了还成为无房户了？天下居然还有这样的拆迁？

李佳也很着急。她担心的是被大院扫地出门，她实在是太喜欢这个完美无缺的居住环境了。这天她下班回来说：你不能就这么硬抗，要去活动，找找人。

他说：我是拆迁户，我不过是要求住在我原来的地方，这还要找人吗？

李佳说：问题是你有可能住不了。

他说：难道还不讲理了？

李佳说：讲理？理是什么？权就是理！

他说：我决不找人！

李佳说：你一辈子就是吃了这个亏！

他说：我愿意！

两人就这么吵起来了。李佳生气地把手中的茶杯一摔，厉声说道：你要是这回被人撵出去，我就带女儿回娘家，你一辈子也别想见这孩子！

这天李佳果然就带女儿回了娘家。地上这只摔碎的瓷杯嵌入了他的记忆。后来有很多次,他都想起这只破碎的杯子形象,觉得很像他自己,谁都可以来摔它,而摔烂它竟是那么的容易!他并不埋怨李佳,只是有点儿替自己可怜。他不禁想到那句旧诗词:百无一用是书生。他想这也应该算是千古绝唱,一句感叹却是那么高屋建瓴。一个书生就是一只瓷杯,选择陶瓷制造是因为会使它变得干净而且有一定的装饰性;它是器皿,既可以用来装人的饮品也可以用来插花养草,在痰盂缺乏的情况下可以权且充当痰盂,在某些时候还可以供人撒气;它拥有光洁接近透明的表面,但无法改变脆弱的本质,所以一摔就烂。但在几百年后,后人有一天从地下挖掘出它的碎片,又视它为珍奇文物,摊放到红丝绒上供人瞻仰。所以梁实秋说:一个诗人在历史上或许还有点作为,但住在隔壁简直就是个笑话。

在这个"红门"里他历来就是句笑话。几年前他调离机关时,几乎所有的人都在笑他。他们热烈地鼓掌,这举动公开的解释是表示对一个同志离开的欢送,其实他们眼神里流露的内容是:你小子栽了吧?而单位的领导同志则毫不掩饰他们的欣慰,他们这才松了一口气,觉得清除了一大隐患,纯洁了队伍。他们改变了前辈的做法,不希望他"哪里跌倒哪里爬起来",而是让他这里跌倒那儿爬起。或者不爬起也没关系。但他们有一点很觉意外,这个已经跌倒的家伙居然对他们说了一声"谢谢"——这是他娘的什么意思?感谢组织上的关怀吗,还是不堪一击神经弄错乱了?我们并没有把他怎么的呀?我们一直是抱着"治病救人"的态度处理问题的呀。这家伙真是个笑话!我们是省委的重要机关,机关是不能容忍笑话存在的,这起码是不严肃。我们身边出现笑话是一件不幸的事!所以这样来看李佳也是可以理解的,她应该比任何人都不幸,因为她和"笑话"同居一室,深受其害自然胜过"隔壁"。那个下午后来,他就蹲在地上收拾瓷杯的残片,感觉就像在整理自己的遗骸。有一小片溅到了方桌底下,他伏身爬进去将它拾起,然后对自己说:

这是牙齿。

在那个夏天,我实际上心里对即将来临的拆迁也没有底。虽然我知道把我撵出"红门"很难,但是继续居住在这个格格不入的环境里我也很不舒服。那时我真想拿那笔钱去买上一套房子,这样至少会省去许多我不愿意面对的事。那个时候,我打心眼里希望李佳能是一个与我患难与共的伴侣,我们可以远走他乡,离开"红门"离开犁城离开一切我们不愿意面对的环境。我们甚至可以住到偏僻的山里,去过一种与世隔绝的生活。当然这不过是妄想。在我这半生中,我是从来不曾求过人的,如今却因为这种不平等的拆迁制度让我去求那些我所不齿的人,我实在感到恶心。可是我得想着女儿,同时我也必须维护自己起码的生存权。时间已到了8月的下旬,老楼的拆迁已经开始了,除了我这一家没有动,其他人家都相继搬干净了。每天我的耳边都充斥着最原始的拆迁声,民工们挥舞着大锤在砸烂墙壁和门窗,不到几天工夫,老楼就成了一片废墟。接着水电也断绝了。

就是这样。那时你只要在夜间从这片废墟前走过,你就能看

到一盏灯；要是你有兴趣凑近那扇窗口你就能看见我。我躺在一捆捆书籍中，身边放着脸盆、毛巾、牙膏、牙刷和一纸箱矿泉水。陪伴我的是一支蜡烛和一盘蚊香。这是一个肮脏而有诗意的氛围，有一种墓穴的感觉。几年后，我为中国一家颇有声望的演出团体写了一台叫作《废墟》的话剧，应该是1993年拆迁的启示。在这个剧作里，我企图表达人的一种无可奈何的情绪，一种绝望，一种于黑暗中对光明的祈祷。

房管处的人每天都来巡视，质问我：你什么时候搬？我不理他们,安静地读我的书。他们就进一步威胁道:你别当钉子户,这样对你没好处! 我反问道:我倒要看看是怎样的没好处,逮捕我还是开除我? 来人冷笑道:我知道你是个作家,作家又怎么样? 我告诉你,你就是再有能耐,你也抗不过最软弱的组织。我想这人的话没错。我算什么? 个人算什么? 人算什么? 但是我不想退却,我必须捍卫自己。如果他们强大,那么就把我埋在这片废墟里好了!

几天后,事情起了变化。

那位副处长又来了,这回事先在宽阔的脸上布满了微笑,见面就说:你的问题解决了。要是你坚持住新房,原来的面积不能给你,另外楼层只能是七楼,就是顶楼。如果你放弃新房,我可以帮你换相对旧一点的房子,面积稍小一些,但楼层绝对好。我就问:为什么我不能住原来的面积和原来的楼层? 那人说,你别再"为什么"了,能留你在"红门"里住就很可以了,毕竟你是外单位的人嘛!这话说得真他妈的慷慨大度而无耻。我还是要问:这院子里外单位的人还少吗? 那人笑道:他们都是厅以上干部,这是政策规定。

我想我不需要再说了。

经过权衡,我选择了换房。这样我至少不需要去当一年的拆迁户。李佳对此非常不满,她指责我不负责任,同时也十分鄙视我的无能。她说:你清高什么? 你以为找找人就跌了你的面子? 你这面子值几个钱? 我说:我的面子一文不值,但是我还不想去跌。敝"脸"自珍是我的权利。李佳气愤地说:你别再自欺欺人了! 要是你当初在机关好好搞,也落不到今天这般的下场。让孩子跟着你倒霉你还好意思谈什么面子! 我沉默了好久,最后轻声说了句:

我一定要离开这个城市。在那个下午,我对今后的生活大致安排好了。我的想法是在和李佳办完离婚手续之后就彻底离开犁城,带着我的女儿,我要为这孩子选择一个干净而美好的环境。等孩子长大了,我要把她送到世界上最好的城市去。问题在于,李佳会不会把女儿给我?她现在的主意似乎变了,而且通过这回房子的事,她越发地不信任我了。这是我所忧心的,争夺女儿不是我想看见的一幕。

然而今天这个结果也是我当时无法预见的。一小时前,我刚和女儿通完电话。她一个人在家,无聊地看着电视。她向我诉说了作业之苦和考试之累,说毫无意思整个儿人成了学习机。她说:爸,我想念完初中就去美国。我就问:年龄是不是太小了?她说什么小呀,我比妈妈个头还高呢!反正我是不想念这种破书了。我说这事得和你妈妈商量,她大概也不会同意你这么小就出去的。女儿便不高兴地把电话给挂了。

也许孩子的选择是对的,我想。

——1998 年 4 月 16 日

这是他在废墟里的最后一个晚上,屋子里除了没有搬完的几十捆书,就没有多余的东西了。这是一个雨夜,雨从黄昏下到现在势头不见减弱。他拿着蜡烛,去每间屋子看了看,觉得腾出的空间居然如此之大。但是这个偌大的空间从来就不曾有阳光的光顾,阴冷而潮湿,而他的一家竟在这儿生活了八年!(几天

后他住进交换来的寓所,清晨五点他就醒了,窗外的光线——不是阳光,竟刺得他睁不开双眼!)这八年的代价却没有使他得到一套新房,他换到的还是七十年代所盖的旧房,他拥有了阳光,但生存的空间却变得狭小了。没有办法,他这么想着,这是人家的地盘,"能留你在'红门'里住就很不错了"。这种侮辱你还得忍耐,这种不讲理你还得面对。这就是中国。尽管"CHINA"的本意是陶瓷,但你不过是一只摔碎的瓷杯。这不是比喻,而是宿命。

雨声在这个夜晚显得空洞而虚无,废墟透露出阴森,四周是逼人的寒气,这是个背叛季节的夜晚。他像一个幽灵似的在这个空间转悠着,巨大的身影写在石灰剥落的墙壁上。告别是沉重的,因为这不是彻底的告别,只是一次挪动,连转移都谈不上,他还将可耻地赖在这个叫"红门"的大院里,年复一年。他躺下了,不禁流出了两行眼泪,泪水淌到嘴角,竟是和海水一样的咸——难道世界上所有的海洋里盛的全是眼泪吗?难道海洋的发源地是人眼?那是几代人的泪?

这时,他隐隐约约地听见了敲门声,敲得十分犹豫。

他拿着蜡烛去开门,刚打开,一阵风把蜡烛扑灭了,但他看清了来人的面目,竟是五年未见的林之冰!这太意外了,以致他好大一会儿都慌乱得点不上蜡烛。他们在黑暗中说话。

真是你吗林?

是我,不是鬼。

可我是鬼,你不觉得我像个幽灵吗?或者像个盗墓者,守着这片废墟……

不,我不觉得。你好吗?

谈不上好,只是比以前自由了一些。

这就好。我刚刚才有自由……你听说了吧?

我很迟才知道,我一直在打听你的情况。

我知道,谢谢你。

你这么说让我惭愧……

我是真的谢谢你,点上灯说话好吗?我现在特别怕黑……

蜡烛重新点上了,林的脸在烛光中显得很不真实,可他并不感到困惑,五年了,这张美丽的脸庞只是偶尔从梦中一掠而过,像风中的一片云。他又点了一支蜡烛,却不敢拿正眼去看女人,他的心跳也紊乱了。他们就这样站在一堆书中间,面对着两支蜡烛,似乎都有些局促和不安。短暂的沉默之后,林之冰说:要是你这儿走得开,我们出去走走好吗?他点点头,说:这儿太乱了。林之冰说,那倒没什么,我只是想你再陪我一回,在这个城市里走走。他突然意识到他们之间的状态已经改变了,女人今夜是来告别的,告别他和这个城市。他点上了香烟,然后轻声问道:你要走了?

女人没有应答,眼睛凝视着蜡烛。

会走得很远是吗?

女人点点头,两眼含着泪水。

这是我们最后的一面?

女人背过身去把眼泪拭净,但还是不想说什么。

他长叹道:都变了……

女人这才轻声问了句:你怪我吗?

我怪自己,他说,当初要是我陪你一道去南方就好了。我最懊悔的就是这个……

女人也叹道:那时我就想你能在我身边。是真的想。可我知道你走不开……我哪能想到你这么快就过去了……

我几乎找遍了海口每一条街上的玻璃店。

那时我住的地方没有一块玻璃……

别再想它了,就算是一场噩梦吧,都过去了。

不,它没过去,它还在追着我,所以我得逃,逃得远远的。

……

那个雨夜后来他们就沿着这条老街走去了。雨渐渐地小了,天空意外地明亮了一些,能看见稀薄的云层在快速地流动。这本该是个有月亮的夜晚,一个不该忧伤的夜晚。无论是刚才在烛光里的道别还是眼下在细雨中的茫然而行,都让他们感到痛苦。命运不负责地把这两个不堪一击的人集合到一起,却又无端地将他们拆开,他们无力反抗,只能听从这种摆布。几天后,林之冰将去澳大利亚的墨尔本,将以陪读的身份去和一位旧日的同学朝夕相伴。这已是无法改变的事实。我觉得这是最好的选择,她说,我必须彻底地换一个环境。他默默地点了点头,心里突然涌起了一阵酸楚。这是一种极复杂的情绪,他既替女人可怜又加倍地可怜自己,既为女人即将开始的新生活祝福又为自己目下的处境伤感。他或许还羡慕女人,因为女人还有嫁人这一条出路,但他却无力来保护自己的女人不受侵害。好几年前,一个叫韦青的女人就这样去了美国,这一幕现在竟又重演了!而他却仍然只能目送她们像鸟儿一样飞去……

如果我现在离婚了,你还会走吗?他轻声问道,但立刻就感到后悔。

你别做这种假设,女人说,我现在经不起任何的"如果"了。

他自嘲地笑了笑,说:林,按你的选择做吧,我们都还年轻。我希望你记住我的最后一个"如果",就是——如果有一天你在澳洲住厌倦了,就回中国大陆,无论我在哪儿我都会去机场接你。

……

海口:1993年10月

林之冰在那个雨夜曾问我:你打算出去吗?

我摇头,我说我是写小说的,离不开我的母语。

她又问:你现在不是在做生意吗?

我说:我不是在做生意,而是在挣钱,我现在需要钱,但我这辈子命中注定的还是写作。

这些年有许多人这么问过我,在他们看来,在挣钱中写作或者边写作边挣钱是一件不可思议的事。有人甚至谴责我这是亵渎神圣的文学。这倒是奇怪了,居然把手伸进了我的私生活!好像我干什么事先要请示他们,要经他们批准,要听从他们的指手画脚,简直莫名其妙。对这种病态的家伙我自然不想理会,但我发誓要用另一种方式去收拾。我不能无端地被人欺侮。但是,我却无力面对一种无形的东西。我时常想起我刚上岛时,在白沙门海滩看见的那一面恐怖之云,那是我一生中在光天化日之下亲历的噩梦,而它的形式又是美丽的。这些年我总觉得像被什么东西追逐着,也似乎总在一张无奈的大网里左冲右突,我在疲于奔命中度过我生命的每一分钟,日复一日,身心交瘁。我一直渴望着宁静,渴望着无忧无虑,但这种生活总在垂手可得之际屡屡与我失之交臂。

1993年9月,我在犁城刚刚安排好拆迁,就接到公司邢蓉的电话,说她在食堂吃饭时听见陈元田和一个陌生人聊天,说要把文化公司给卖了!邢蓉说她不懂这是什么意思,但觉得不会是好事,问我能否尽快赶回来。我也很困惑,居然还有卖公司一说。我想所谓卖,大概不是集团对文化公司的人事变动,或许是进行资产改组,把南岛的全资改为股份制,然后把控股权转让出去。这中间肯定要包含所谓的"无形资产"——否则便谈不上卖了。这个文化公司当时在海口已做出了一些名气。这么一想,我便感到了不安。于是第三天我飞回了海口。

这次我首先去了冯维明那儿。我想了解南岛集团近期的发展情况,想知道官方对这个企业的看法。冯维明说最近省政府要对一些担任企业领导的人员做些调整,其中包括不再允许某个人政企一肩挑。按照这种精神,冯维明说,刘锐就存在一个选择问题,要么放掉南岛安心回来做官,要么辞职一门心思去搞企业。冯维明判断后者的可能性更大,因为在他看来,刘锐天真地犯了一个常识性的错误,以为搭一个经济的小舞台就能唱一出政治的大戏。冯维明说:海南是特区,但这还是中国的特区呀,政治永远决定一切。政治可以叫经济活起来,也可以很快叫它死掉。经济永远也无法改变政治——经济基础决定上层建筑,这不过是理论上的一句口号而已,我们不是喊了几十年了吗?但哪一回是靠经济来"决定"的?

我觉得冯维明的解释是对的。在我印象里,刘锐的"政治情结"从来就没有打消过,他的抱负一直是在政治上,他希望能靠南岛这个经济舞台来圆政治的梦,但几年下来,南岛不过是供一些高官吃喝玩乐的夜总会,那些人压根儿就没打算来帮这个年富力强的男人实现在政治上的进步,倒是花了他不少的钱。刘锐如同政治上搁浅的一只小船,眼下他只有一条路,那就是守着这个集团公司——他或许早有了这种准备,所以商人的气味越发浓重了,包括要把当初当作一块门面的文化公司给卖掉。冯维明认为我当初考虑太草率了,没有和刘锐就文化公司的产权关系达成法律协议。你至少要坚持"技术入股",冯维明说,这样你就能占25%的股权,现在等于你赚再多的钱也是他刘锐的,你一个子儿也是带不走的。

可我当时怎么能想到这些呢?我面临的是一个全新的生活,既兴奋又心虚。那时我只想努力把这个公司搞起来,只想别让刘锐对我的信任落空。我哪里能知道拥有经济学博士学位的刘锐会有这一着后手棋?

要是刘锐决定把文化公司卖了,你怎么办?冯维明这样问道。

我还没想好,我说,这事太突然了。

还是带上那些钱回犁城吧,安下心来写你的东西。

写东西没错,问题是我不想回犁城,那是个找不到感觉的城市。

可你的女儿在那里,你总不能带着孩子去过一种高贵的流浪生活吧?

难就难在这儿,有时候我真想回石镇。

废话,你还没到七十岁,谈不上落叶归根。

我只想活到女儿三十岁……

这句话说得让我自己心寒。人活在这世上确实太累了,我想休息,我想安息,但我必须把我的女儿带大,陪她到三十岁。这是无法推卸的责任。从冯维明那儿回来已经是晚上十一点了,我冲了个凉,然后就坐到阳台上接着去想自己今后的安排。那时候桑晓光正在家乡武汉继续与朋友合伙做推销汽车的生意,这段时间我们的联系也相对减少了,每回的电话都不过几分钟,而一年前的一次通话总不下一小时,有时甚至长达数小时。我想这两种状况都是反常的,问题是我们彼此都已习惯了。我意识到不对,但是无心去改变它。不知从何时起,我有了这样的感觉:桑晓光不是我要找的那种女人。或者说,她能做我的情人却不能做我的终身伴侣。从她身上我很难找到相濡以沫患难与共的感觉。我不知道这是否与我在犁城再见林之冰有关,在那个晚上,这感觉变得十分地强烈,可我为什么又不同她分开呢?我们之间究竟让什么牵扯着?是性吗?难道果真是完美的做爱使理性的种种不适变为和谐,还是因为那笔钱的转移使我变得小气?说实话我很困惑,而且我对我们之间的这种状态也十分忧虑。我不喜欢一个女人整天为钱所累,钱对女人是危险的,但女人天生就离不开钱,上帝造女人似乎就是让她们到这个世界上来支配钱的。如果说挣钱是男人的责任,那么花钱就是女人的义务。其实,人生在世又能花多少钱呢?如果我们是真心相爱,就不该再这么下去,是到了换一种活法的时候了。

  那天晚上我想了很久。鉴于刘锐处理文化公司的动议,我也不打算在南岛继续干了,至于下一步朝哪儿迈,我想等桑晓光回来认真合计一下。我希望能说服她(这已谈不上是默契了)按我的意思做,支持我安下心来写作——我已经完成了挣钱的任务,如果再陷在商海里拔不出脚,那就不是我了。要是她不能体谅这一点,那么我们就该考虑分手的问题了。

我不知道那时桑晓光最实际的想法是什么,因为后来发生的事全都超出了我的设计,而我从此置于了极其被动的地位却别无选择。那是1993年的10月间,我记得很清楚,我在这个大岛上经历了第一次也是最后一次的台风……

——1998年4月20日

你经历过台风吗？你要是有过这种经历你就会认为自然的力量无与伦比，你就会觉得那是一次世界末日的彩排。但同时你也领略了一种声势浩大、恐惧惊心的壮美。

台风是下午里挟着暴雨抵达海口的。其时天昏地暗，整个城市像奴隶一样匍匐着，一任风雨狠毒地鞭笞。满街的椰树仿佛吞了大麻似的在癫狂地舞蹈，不一会儿就有一棵被拦腰摧断，发出的咔嚓声如同房屋的坍塌。而真正的房屋的坍塌声在风暴中听起来犹如远雷。雨是密集而犀利的，即使是铝合金的窗户也无法阻挡，雨水竟能从几乎没有的缝隙中渗透到室内。雨打击着玻璃，好像随时都有可能把它射穿。机场关闭了，港口也关闭了，大街上看不见一辆行驶的车，电路被迫中断，一时间海口仿佛成了一座死城！

那时候他们正赤身裸体地躺在床上。做爱的高潮恰好是台风的起点，他们已有不短的时间没有在一起了。不知是久别重逢的格外喜悦还是台风制造的这一特殊氛围的影响，这次的做爱达到了前所未有的辉煌。是两次。第一次匆匆而过，好像热身一般；第二次则十分地漫长，他们不断地变换着姿势，那劲头简直是在拼命，在高潮临近的时刻他忽然产生了这样的感觉：这是一场你死我活的战争。我们是在以对方为敌，我们恨不得以爱的方式来杀死对方！这就是战争，有趣的是这是一场拥有双方胜利的战争，或者说他们都以为自己征服了对方。他们唯一没有想到的是失败。

男人在这个黄昏情绪变得很好。在经过半个月的考虑后，他已拿定了主意,就是彻底从商海里抽身而出,回到自己的案头。他想把那笔钱连同以前赚的一齐放到一家金融机构,全部变换成有价债券,这比银行储蓄要好得多。另外,公司的邢蓉向他提供了一个信息:深圳有个老板有意投资文化产业,比如说搞影视之类。那人是邢蓉的一个远房的亲戚,据称曾经也写过诗,想与他面谈一次。他想这或许又是个机会,最让自己看重的是能够把挣钱与兴趣结合起来,他早就想过一把导演瘾了。所以这次桑晓光一回来,他就想对女人宣布这个消息。可又担心这消息来得太突然会使女人不安,女人的情况和他不一样,她是正式调动到海口的。但是他说了刘锐想卖掉文化公司的事,而对此桑晓光并不感到意外,她反倒责备男人何苦这么在南岛忍气吞声。女人说:你又不是自己不能干,你早该离开单干了。我不懂你到底欠了刘锐什么。男人不由得摇了摇头,说:我现在不欠了。那时他想去深圳发展的念头更为强烈,细一想,实际上自己在海口也一直是找不到感觉。他当然希望女人与自己同行去深圳,而不是挑头单干。

但是他没想到女人于不经意中谈起了一个话题。女人说:你买辆车吧。

开始他以为女人不过是随口说说,就也随便答了句:等我挣了几百万,我一定要买他一辆"宝马"。

女人说其实"本田"就足够了。女人说这种车性能不错,又特别省油,价格最适合"中产阶级"。女人说她朋友手里的这批车中就有93款雅阁2.0型的,比海口的价格便宜不少。女人说就是冲着刘锐的那副德行你也要买一部气气他。女人说有种蓝色特别适合你。女人说……

你是不是做汽车生意真的上瘾了？他打断道：你真想我现在就买辆车？

女人停顿了一下，又说：我是觉得这是个机会。

他说：我买了车还养不起车呢，没准连吃饭都成了问题。

女人有点不悦了，说：你也别太危言耸听了，好像我是成心害你似的。我是向你做生意吗？我赚了你多少钱？是那三十万吗？你要是后悔我马上退给你！

这是哪挨哪了？他感到意外，说：你怎么能这么想呢？我不过是说现在买车时机不对……

别再提车的事好吗？

这下是女人打断了他。女人说完就立刻把自己收拾好，要走。他拦住她，问道：你今天是怎么了？

女人平静地说：我累了，不想再说话了。

说完，桑晓光就真的离开了。那时台风刚过去一会儿，外面还下着小雨，天却完全黑了。他走到阳台上，看着女人上了出租车远去。但是他内心的困惑还没有过去，他觉得刚才这事简直太奇怪了，一个玩笑居然就演变成了一场争吵。桑晓光不是那种脾气很坏的女人，尽管有时也喜怒无常，但一般来说还是通情达理的。难道就因为买车？难道她不知道现在远不是买车的时候？难道果真是为了出针对刘锐的那一口气，还是其中另有原委？他怎么也想不明白。

几天后的一个上午,有人不期而访地来到了他公司的办公室。这是个看上去瘦弱且有几分文静的男人,似乎有点面熟,但他实在想不出来在哪儿见过。于是他就问道:我们见过吗?那人说没有。不过,那人说,我经常听小桑谈起你。然后那人就将公文包打开,拿出了一摞印刷精美的本田汽车销售材料。他这才明白来者就是桑晓光的那个朋友,现在他们又成了生意上的合伙人。

那人说是桑晓光叫他把资料送来的,如果有意要买,具体的细节可以再谈。那人就说了这些,然后便匆匆离开了。

他的心思不在买车上。他觉得这一点也不像是桑晓光做事的风格,她是个极爱面子的女人,怎么可能在一场突然的争吵之后再让人直捅他的办公室呢?而且,他总觉得刚才那人他就是在哪儿见过的。这事越来越蹊跷了,他想给桑晓光去个电话核实,同时也好缓和一下两人之间的关系——他们又有好几天没见面了。正犹豫着,桑晓光的电话来了,开口就问什么人是否来过,如果来了,不要与他多说,别再谈买车了。他感到不解,就说那人刚走一会儿,说是受她委托把汽车资料送过来。一听这话桑晓光就火了,说:真是莫名其妙,我不过是说你有可能买车,那还是在武汉时在电话里随口说的,我根本就没有叫他送什么资料来!

他说:人家也是热情嘛,何必动气呢?

这种事已经发生好几次了,桑晓光说,他这个人一辈子也改不了急功近利的毛病,叫人讨厌!你别再理他。

电话就此挂断了。他突然醒悟过来,刚才那个男人就是桑晓光的前夫!他曾在桑的影集里看见过那人的照片,那时他们还是法定的夫妻。

你可以想象出我当时的心情是多么复杂。桑晓光已经和那男人离婚近一年了,现在却又两人一起做生意——在我看来这至少是另一种的藕断丝连。我虽然没有法律上的名分,但感情授权于我需要维护起码的尊严。而我更为气愤的是,桑晓光居然瞒了我这么久!一个女人竟和她的前夫一起来做自己情人的生意,这算怎么一回事?然而这事就真实地发生了!

可是仔细一想,我又觉得事情不会这么简单。桑晓光既然选择了离婚这条路,就不会轻易掉头往回走,况且是刚刚选择。她是个头脑清醒的女人,但同时她又是个处事简单的女人。总之那时候我的思绪很乱,不知道如何来解释眼前的行为。不过有一点似乎很坚定,那就是该和桑晓光分手了。无论是爱人还是情人,分手都不是件容易的事,一般都需要某种契机的出现。就拿桑晓光来说,当初如果不是她在家中撞到另一个女人,那么也就很难说要和丈夫分手了。然而事情又有它的另一面,契机对分手起到了强制性的作用,但却难以磨灭旧时的情感,在某种意义上还存在着加深的可能性。因为感情一旦丧失,便意味对它的眷恋。这就是人的情感怪圈。

现在我就面临着这个怪圈。我的契机出现了,分手在即,但我怀疑自己在这之后的漫长岁月里能否心如止水。我说过我骨子里其实是个极其懦弱的男人,多愁善感与生俱来,我的血始终是忧郁的但又很烫。在那几天里,我竭力忍受着感情的折磨,可我又不想去点破那层纸。直到一个晚上我患重感冒卧床不起,桑晓光来看望我,事情才出现了新的转机,但这又是一次预想不及的转机,从某种意义上讲,它几乎改变了我后半生的运行轨迹。

也许她觉得是时候了,桑晓光在那个晚上向我坦言了关于汽车生意的前前后后。她说她的前夫自从离婚后就一蹶不振,整天与人打牌赌钱,把以前的老底子差不多都输光了。而那个女人也弃他而去,他实际上已到了精神崩溃的边缘了。有一天在街上碰见他,桑晓光说,我实在是吃了一惊。他难过地说对不起我,说他把好端端的日子给毁了。可是事到如今还有什么好说呢？我没理他，想走，他似乎很羞怯地说：能借我一点钱吗？这句话把我的眼泪说下来了，这个人怎么就突然变成了这个样子？他以前也是个很骄傲的男人呀！我把身上带的三千块钱全给了他。过了几天，我的一位同学在上海揽到了这笔汽车生意，我就介绍给他了。我说这是我最后帮你了，你要是再不振作起来，以后就别见我了。

于是桑晓光就全身心地投入进去，那时我正在犁城忙于拆迁的安置。她之所以瞒着我是担心我会胡思乱想，她说只是在生意上帮那人一把。她说与其说我是在帮他倒不如说我是在帮自己。她说：这样我至少心里平静一些，我们毕竟也是夫妻一场，而且他是我的初恋。可是我没想到这笔生意如此难做，原先答应的几个客户一到签合同就一一变卦了，弄得我下不了台，我差不多是白忙了一场。而他每天都来电话询问进展情况，一听他那软巴巴的声音我就受不了，我是成心想帮他的，我希望他能通过这笔生意改变一下精神面貌，这样我记忆中的那个男人还是个男人，尽管我不会再去爱他。

说实话，我当时听了这些很受震动。这大概也是我内心最软弱的一块，我总不愿意看见一个女人的失望，况且这个女人是我的情人。那时我一边劝着桑晓光一边想着买车的事，其实我已拿定了主意，这车得买。就是我一天不开它我也必须买回来。一辆车对那个男人来说所挣的钱也不算多，但是能使他重新开始一种全新的生活，能让桑晓光的心情好转，也算是值得。我的潜意识里或许还有这样的考虑:你既然已经得到了这个女人,你就该割舍其他的利益,正如鱼和熊掌不可兼而得之。

于是第二天我就呼了那人,说车我已经选好了,让他来公司做合同。那人似乎不敢相信这是真的,就问:你现在就买吗?我说钱我已预备好了,就按你的价吧。然后我把具体的事情和支票交代给了邢蓉,她显得很惊讶,还以为我是冲着刘锐去的,便劝我冷静一些。她说:你这人太书生气了,何必要出这口气呢?你不是打算去深圳吗?到那边再买也不迟啊,还会省掉日后过户的麻烦。我自然不想多做解释,就说这是替一个朋友代买的。然后我就离开,我不想再去面对那个男人,让他殷勤地谢我。还是让他去谢他的前妻吧。我还对邢蓉说,如果桑晓光来电话,就说我出差去三亚了。事实上,这天下午我就是去了三亚。犁城来了位熟人,冯维明要我陪同去三亚休息几日,而且他说有事与我商量。在去三亚的路上,我谎称疲倦一直假寐,心里很不是个滋味。我想这笔对我如此重要的钱转眼间就变成了我毫不需要的汽车了,我今后的路如何走?难道陷在这个孤岛上开出租?这么一来,我还进得了书房吗?我一年的稿费连养这辆车都是妄想。我等于是拿出三十几万给自己买回来了一个豪华的包袱!几年后,当我对李佳说起这事时,她听着直摇头,她说你这人太情绪化了,怎么就这样把自己的后路给断了呢?你还不如再送给桑晓光十万元,用于她去安慰前夫。李佳这句调侃其实还真不失为两全之策,可我当时硬是没有想起。我想这可能就是命了。这便是我所说的一着走错。或者说不算大错但却是我命运的转折点。这是1993年的10月,从那时起,我开始进入了狼狈不堪的日子。

——1998 年 4 月 22 日

或许是一种巧合,就在他感到前程茫然之际,冯维明给他划定了一张新的蓝图。在牙龙湾游泳时,冯维明突然提出:我们搞个公司吧。冯维明说你与其在刘锐那儿不死不活,还不如跳出来彻底地做他一把,这样我也好帮你——我正好手头有笔钱,一百万,是位朋友托我买股票的,我可以说服他先给我们垫一下,算是启动的股本吧,你那儿能拿出多少?

这话问得他哭笑不得,他说:上午还有点,现在差不多是一点都没有了。

然后他就说了买车的事。冯维明一听就生气了,说你这是胡来嘛,无米之炊你倒先备上了一只金碗,怎么连逻辑都不讲了?

这样,他只好把桑晓光的情况说了,他说:这个时候我不帮她谁帮?

冯维明问道:看来你今后就是和这女人过了?

他说:这是两回事,不是他妈的交易。

冯维明沉默了片刻,叹道:都是为女人呀!

接着冯维明对他谈起了一件从未说过的事——

我去年在北京学习时认识了一个女孩子,冯维明说,最近来信说想到海口来发展,我不好拒绝,但又担心这事日久天长会纸包不住火,要是闹到台面上就糟了。你知道,眼下正是我的重要关口,据我老丈人说,常委会近期要研究我的工作问题。所以我就想我们办个公司,一来算是我帮了你,二来那女孩也有了个着落——她在别的公司干我不放心的,反正都是我的朋友,一举两得吧。

他想这个冯维明也确实不容易,当年在犁城为了摆脱困境选择了这么一条路,不惜娶一个连月经都没有的女人,现在有点外遇也是可以理解。但是这一百万得说清楚,是参股还是借贷,否则就不好操作了。他想要是借贷就算了,不如到深圳去当个高级打工的;倘若是投资参股,倒是可以考虑,因为这样至少还能够继续在这个岛上陪桑晓光一程,看看两个人的发展如何。他就把这想法对冯维明说了,他强调道:维明,这笔资金的性质必须说清楚,"先垫一下"是什么意思?借我还是以后会抽走?

冯维明说:当然是投资。反正我保证这笔钱永远沉在公司里运作好了。

他说:那就意味着风险共担了。

冯维明说:一切照章办事,不过我不好出面的,我全权委托你经营管理。

他说:我现在就这么一辆车,折算不过三十几万。当然我们真要搞,我会想办法再去弄点钱的。我们之间股份悬殊太大,这个家我也不好当。

冯维明笑道:你这人真有意思,有的事粗枝大叶,有的事又异常仔细。我们是什么关系?还用得着斤斤计较吗?我要是只图个人发财,还会把这样一笔钱交给你练手吗?

他倒是受了感动,对冯维明过去的那些成见似乎也在这感动中打消了。不过,他说道:亲兄弟还明算账嘛,没有规矩也难成方圆。

冯维明说:我信任你就是给了你压力,我相信你能练出来。现在海南的形势极好,据说明年有望把"特别关税区"搞起来,这是不可多得的机会,得抓住。我觉得你肯定能做得很出色,再说我自然也会在外围帮你的。

要是真做砸了呢?他打断说:我们全赔进去了怎么办?

冯维明一拍胸脯:认了。

他说:冲着你老兄这句话,我们干他一场!

两人说到这里情绪都显得有几分激动,望着牙龙湾这世界上最蓝的海水,他们想起了十八年前在故乡石镇菱塘湖的那次狩猎。那是他们参加高考的前夕,也是他们对这个世界发生憧憬的时刻。他记得冯维明的理想是将来当一名外交官,而他就想当个作家。他们设想在未来的一日一起通过巴黎的凯旋门,然后再上埃菲尔铁塔喝比利牛斯山产的一种老牌子的葡萄酒,还想去瞻仰一下巴黎圣母院和罗浮宫。他们想了很多,唯独没有想到有朝一日会合伙做生意……

日近黄昏,冯维明陪犁城的朋友去大东海买珊瑚了,他独自来到了"天涯海角"。

夕阳下的海泛着酒红的光晕,给人以沧桑感。游人已在相继离去,海边渐渐变得清冷。一个中年的乞丐向他乞讨,他给了

那人十块钱。但就在他给钱的一瞬间,他从那人呆滞的瞳孔里看见了自己变了形的脸。他不禁心里顿了一下,继之一股忧伤的感觉汹涌而出。他默然向海边走去,浪打透了他的双脚,极不舒服。他的眼前还浮现着自己那张变形的脸,便再次转过身去看那乞丐,但是那破败的人形已消逝得无踪无影!这使他非常的困惑与不安起来,他怎么也不相信那个人会这么快地就不见了。在这个迷惘的黄昏，男人最后竟被一种不祥的气氛团团围住了，以至于在返程的路上失去了方向感，平白无故地在城里多绕了一圈。很长时间过去，他在一次醉酒之后想起了这次奇异的经历，仍然有点魂不附体。那个时候，他正处在命运的低谷。

三亚:1994年4月

我现在就站在几年前站过的地方。我身后是那块著名的礁石。海似乎变小了,从前的水痕深深地刻在石上。剧组今天一早从海口出发,计划用两天的时间把三亚的几场戏拍完。考虑到大家没有到过这块旅游胜地,我向制片主任建议先安排游玩,以便之后集中精力把戏拍好。与海口相比,三亚的风光则更为迷人,透露出自然的美丽与天生的野性。海口太过于雕琢了,当年几百亿资金撂到那里营造的却是一个俗不可耐的氛围。如今除了那些空洞的楼宇像碑一样耸立着,剩下的就是叹息与哭泣了。这两个月的拍片让我把这个城市又梳理了一遍,面对这满目接近凄凉的风景,我已不再为之动容,欲哭无泪,然而我并不后悔。

昨天夜里,桑晓光来了电话,她还在杭州。她问我片子拍得如何,什么时候封镜。我说快了,也许就十来天的时间吧。她说:这恐怕是你最后一次与海口打交道了。她的语气明显地带着伤感,似乎是说这也是我们最后的交道了。我自然有些难过,就说:未必吧,这地方冬天还是令人向往的。我想这句话或许有语病,海口不存在冬天,连有没有秋天也值得怀疑。我应该说,在大陆下雪的时候,我想念这个岛屿上的阳光。北纬20度,阳光直射。有人断言,这里拥有地球上最好的阳光、空气和水,这是人生命的三要素,所以这里的人寿命一般都很长。但他们忽视了另外的一点,就是这里的人天生一副老相——憔悴而衰老的面容却拥有漫长的生命。这正好与城市的面貌相反:年轻的,但却是短命的。

1993年是一个不寻常的年头。这一年里竟发生了九起劫机事件,这在当代中国是空前的。另一件震动全国的事,是北京长城机电公司沈太福的十亿元非法集资案,春天里就闹得沸沸扬扬,沈太福在京举行了两次新闻发布会,声言要状告中国人民银行。但到了夏天,这个人就在首都机场给逮捕了。国家工商局开始对其进行检查,而中央也决定由国务院副总理朱镕基兼任央行行长。在一个温馨的夜晚,副总理面对中央电视台的摄像机镜头打了个有力的手势,宣布了"宏观调控"的开始。这在热浪蒸腾的海南岛引起了强烈的震撼。人们似乎对"宏观调控"这个新鲜的词组感到陌生,但对副总理发表电视讲话的语气与表情印象深刻。他们相信这回中央是下决心要整顿金融秩序了,然而又觉得整顿的时间大概不会太长——冯维明就是这么认为的。他从北京的一张报纸上看到一个企业座谈会的纪要,那上面有人提出了对"宏观调控"的不同看法。冯维明据此判断:这不过是一种权宜之策,旨在理顺沿海地区与内陆地区的资金平衡关系,同时打击金融界的经济犯罪。所以他仍主张我们这个公司要尽快搞起来,但不轻易涉足房地产业务。可我还是觉得公司的启动时机不对,有点低谷切入的意思。但我已不好再做选择了。

在与冯维明经过反复磋商后,我于1993年底正式离开了刘锐领导的南岛集团,决定另组一个公司。那时刘锐正在美国考察,所以我把辞职报告递给了齐之荣。他大概已知道我清楚了刘锐对文化公司的处理意见,也就没怎么多说,只是执意要在"昌隆"请我吃鱼翅。我谢了他,说我还不打算就离开这个岛,今后还会见面的。那时我的精力全放在新公司的筹备上,因为这回是给自己干了,所以夜以继日地奔忙着而不知疲倦。1994年春节,我回故乡石镇探亲,在水市机关工作的那个陈涛又来找我,说这回决定了要随我去海口,动因是组织上没有解决他的副处级待遇。同时,经他的引见,水市的一家银行行长向我许诺,等宏观调控这阵风刮过就给我一百万的贷款。并且表示:如果第一次的合作成功了,他们将对我的公司长期供血。

种种迹象无不表明我们这个公司大有希望。

但是,在公司经营方向上,我和冯维明还存在着一点分歧。我主张名副其实地专心致志于文化产业,这也是我的强项;冯维明却认为除了房地产,什么赚钱做什么——这让我想到以前陈元田说的话。冯维明说:我们首先要完成原始积累,尔后才能挑三拣四地干自己想干的事。或许是公司的性质变了,所以这个意见我很容易地听进去了。于是我们先在海甸岛盘下了一家中型规模的餐馆,经过重新装修,更名为"大陆人"。与此同时,我们又里应外合地争取到了几家大企业的广告代理。两个月干下来,势头十分的好。直到这时,我才觉得是长吁了一口气。

由于买车那件事,桑晓光和我的关系也越来越融洽了,现在她不觉得欠她的前夫了,却又像是欠了我什么,凡事都变得小心翼翼。可我不希望这样,我对她说,要是不买车,我或许就不会下这个决心挑头干了,没准已离开了这个岛。眼下我只想早点完成所谓的原始积累,然后去干自己想干的事。她就问:你还打算干什么?我说我还是要回到自己专业上去的,写写东西,作作画,拍拍电影什么的。桑晓光说,到那时我就来帮你管这个公司吧,反正我也闲着无聊。然后她问道:那时你总该离婚了吧?我只是笑了一下,没有回答。我离婚是早迟的事,但必须由李佳先开口——这是否就是我的虚伪?每回一想到这里我便感到不安,我明知这是个无望的婚姻,但真的放弃它我仍然会伤感的,我不知道李佳是否也有类似的感觉。我们的婚姻像这样处于自生自灭的状态已经很多年了,我们都不想去对它负责。我们到底在等待什么?难道也需要更重要的契机才会出现奇迹吗?

就在这天的下午,桑晓光带来的一个意外的消息引起了我的关注。这消息与我的婚姻没有关系,但却暗示着公司的命运不容乐观。

——1998年4月23日

你知道吗,北京可能要给长城公司的沈太福判刑。桑晓光进门就说,我刚和那边的同行通过电话。

查了快一年了吧?他随口答了句,说也该有个了结了。

这人也太嚣张了。

是呀,说谁把钱交给他年利率就有48%,那我们还需要折腾什么?干脆把钱投给他算了。说完这些,他就去洗澡了。他想那个长城公司的罪过是高息揽储,非法集资,扰乱了国家的金融秩序,而沈太福本人却是以贪污罪和行贿罪逮捕的。宏观调控已经进行近十个月了,大量的资金限期从海南撤回,房地产业却还是这么硬挺着,有价而无市。这些老板还在做最后的指望,总觉得这调控明天就会结束。

洗完澡,他给冯维明挂了电话,把桑晓光带来的消息说了。冯维明说他知道了,而且他了解得更具体:不仅是判刑而是要判死刑。

这会不会是个信号?他问道。

什么信号?

中央要加大宏观调控的力度?

你觉得会吗?

我觉得有这个可能。

就是加大力度与我们也没关系吧?我们现在还不存在大额贷款问题。

问题是银根再这么紧缩,海南的房地产就彻底没戏了。那些大公司一垮,我们做谁的生意?你别考虑太多了。马上就是椰子节了,中央要来领导,你没见这阵子股市一直攀升吗?

他没有再说什么。他想冯维明的见解有一定的道理,中国人习惯把许多的希望寄托在某个要人身上。这一点,有文化的与没文化的都一样。这也是最省事的思想准备。

两天后,海南省第二届"椰子节"举行了。然而开幕这一天的气候不佳,是个阴雨天气,风也不小,那些红红绿绿的标语横幅被刮得乱七八糟,一些准备多时的团体表演节目只好被迫取消了。人们对这种刻板的搭台唱戏已感到厌倦,没有多少人去赶这个热闹。那时他坐在会场外的一个极不起眼的角落,眼睛盯住了一只升空的红气球。因为悬挂的条幅断了,所以它上升得最快也最高。它在细雨中飞翔的姿态很奇特,先往上冲一程,又朝下跌落一截,再左右摇摆不定地寻找继续攀升的方向,最后,它终于破了!他的视线似乎也随之被扯断了,一种虚幻的破裂声却萦绕在他的耳边……

很多次,他都把这目击的情景理解成幻灭的具象。他认为那气球很沉,而且盛满的绝不是虚无的氢气,它的确是透明的,但是它很丰富,其程度与他的想象面积完全地吻合。他记得那个上午自己是淋着雨回来的,然后去"大陆人"酒店喝了一碗辣糊汤。这个酒店现在由邢蓉负责——原来打算把它交给冯维明的北京女朋友,结果那个人因为职称评定一时来不了。为这件事他和桑晓光还闹了一点不愉快。桑晓光说,你对这个邢蓉过于信任了。你与其把酒店交给她还不如交给我呢!他反问道:你想辞职来做吗?你舍得丢弃记者这块牌子吗?桑晓光说:我可以兼做,反正报社也没多少事。他没同意,他说做酒店也是门学问,邢蓉在成都是做过酒店的。桑晓光说:怪不得那女孩愿意紧跟着你,你这么信任她呀!他很不喜欢桑晓光的这种语气,他说:桑,你最好不要过问我公司的事,你也是股东,尽管只有八万,到了年终看报表好了。桑晓光一听他如此公事公办的口气,就没再吱声了。

他向邢蓉了解这几天酒店的经营情况。邢蓉说生意还稳定,每天的营业额能达到一万多,照这个水平,两年回收投资应该不成问题。邢蓉说:就是一些老客户的钱很难收上来,影响资金周转。另外一个问题,是白吃的人越来越多,几乎每个相关的政府部门都有。正说着,一个税务专管员带着一帮朋友来了,直接进了包厢。那人看见他就笑嘻嘻地迎了过来,说生意挺火嘛,两个月的工夫名气就做出来了,不错不错!他给那人递烟,那人把烟叼着,似乎在等待着他掏打火机。他感到十分厌恶,可脸上还得把笑容坚持住。他心里骂道:什么东西!换个码头准饿死你!要不是为了生意,老子眼里会有你这号人吗?你小子见我一面还是你的光荣呢!

幸好这时电话找他,他才摆脱掉这个无赖。

电话是冯维明来的,说晚上带一桌人来消费,都是一些政府主管部门的实际掌权者,把这些关系拉上对今后的生意发展自然好处多多。冯维明提醒说:不要让人看出这个公司与我有关,一点蛛丝马迹也不能流露。类似的意思冯维明已经表达过很多次了。这个商场的隐身人实际上丝毫不放弃幕后的操纵。但对投下的这一百万解释总很含糊,一下说是朋友借的,一下又说是同学委托他在海口找项目。公司登记注册,冯维明出示的是一张别人的身份证,据说那个人几年前就去了加拿大。他想这笔钱其实就是冯维明自己的。但这一点他始终不会点破的。冯维明好不容易熬到了这一步,眼下又处在提拔重用的关口,在经济上肯定不能闹出麻烦。但他希望冯维明能为公司解决一些实际问题,譬如说把那些吃饭只签单而不给钱的人的钱要回来。于是他说:你打几个电话吧,我派人上门去收好了。冯维明却说这不合适,说会引起人家的胡乱猜测,不好。

他说:我不能只制造表面繁荣吧?

冯维明说:沉住气,"椰子节"不是开始了吗?海南的戏还长着呢!

他放下了电话,眼前仿佛又出现了那只膨胀的气球,它的结局不过是一声脆响……

1994年4月11日,经中华人民共和国最高人民法院核准,原北京长城机电科技产业公司总经理沈太福以贪污罪和行贿罪被处死刑。虽然这个案子审理近一年,但这个结果还是令我吃了一惊。我倒并不关心沈案的前因后果,而是从这个案件的审理中看到了国家整顿金融秩序的决心和打击经济犯罪的力度。金融是整个经济的命脉,那几年大量的资金拆借和各种名目的非法集资,使中央银行失去了调控能力,形同虚设,使得海南的房地产膨胀到了一个前所未有的程度,一直升温到了白热化了。那么现在的"宏观调控"完全是指令式的,容不得讨价还价,自然也容不得考虑局部的经济运行规律了。那些房地产的炒作商,把从内陆银行套来的钱全压在原本打算"过一手"的房产地产上,企图"借鸡生蛋"无本赚钱,现在却一下给套牢了,而国家银行的钱难以抽回——吃大亏的还是国家。国家的钱在几年前就在海口培养了一批暴发户,现在国家觉悟了,不再给钱了,但这并不影响那些暴发户的利益,而是使一批指望依靠暴发户发财的专业银行倒了大霉。血本无归的就是他们。

尽管冯维明对形势的估计很乐观,我还是时常感到不踏实。我的想法很朴素,就是海南的资金一旦抽回,那些房地产公司便会垮掉。而房地产业是海南经济发展的龙头,它瘫痪了也就意味海南的戏完了。这就是人们常说的那种"泡沫经济"效应。

"椰子节"过去了,报纸上铺天盖地的大幅广告开始羞答答地改变腔调了。虽然每家公司还在吹嘘自己的物业是"皇家花园"是"别有洞天",但在价格与付款方式上都不约而同地改了口。他们已经扛不住了,他们在想尽办法突围,但是为时已晚。到了4月底,我们的日子也不好过了,一边是广告生意很难再做下去,一边是酒店的欠款收不上来,而公司的开支却有增无减。我不能不为之忧虑。这样,我又约冯维明谈了一次。在这次交谈中,我提出了一个毫无准备但又必须考虑的思路,那就是及时把公司转移到内地发展,不在海口恋战。冯维明感到异常吃惊,说:海口这一摊怎么办?酒店的近百万的投资不管了?我说:找人承包或者转手卖掉。他好像一时没了主张,只是说:这个动作太大了,太大了。我也很急躁,说海口过年过节的日子过去了,我们也别再做暴发的美梦了,要不改辙,要不散伙,这么耗着肯定要出大事的。但冯维明还是表态说:再等等看吧,等过了上半年再谈下一步。

这时我又想起了深圳那一档事,就让邢蓉赶快去与那边联系。结果那个老板已举家迁到了香港,深圳这边只象征性地留了一个办事处。我想,这个时候杀到深圳大概也不是好时机。那么,我该往哪儿去呢？

　　这天下午我突然接到三亚一家公司的电话，说是要为在东南亚招商制作一部电视专题片。对于这送上门的生意我自然刻不容缓，就带陈涛驱车前往了。这是我这辆车第一回跑长途，也是第一次上高速公路正式地跑起来。海口太拥挤了，道路又极不宽畅，开车总是那么压抑。现在这么舒服地开着，倒感觉有了几分惬意。那时海口至三亚的高速公路尚未全线贯通，到万宁就是一般公路了。陈涛刚学会驾驶不久，开车的欲望特别强烈，就提出想试一把。我就与他换了，提醒他这车性能挺好，提速特别快，脚不要离刹车。那会儿我满脑子想的都是如何谈这笔生意，会有多大的赚头。我又想起在犁城和电视台搞的那个叫作《面对黄土》的专题片，觉得制作不是难事，请一个会扛机器的摄像就齐了——这一点桑晓光能帮忙，她和电视台的人熟。

　　突然听见"哪"的一声，接着我浑身剧烈地一挫，一抬头，看见我们的车把前面的一辆双排座撞到了公路边上，同时我还看见我这辆新本田的蓝色的引擎盖向上卷了起来。我的头一下就觉得大了。追尾是我们的责任，幸好那辆车没怎么损伤，司机也还好讲话，赔了人家一千块就摆平了，但我们这车却走不了。陈涛已吓得面无人色，这时候我也无心再说他几句，问题是这地方前不挨村后不靠店的，眼见着天色逐渐昏暗，总得想个法子把车拖走才是。我就给冯维明挂电话，他不在，家属说他去广州出差了。再找桑晓光，也不在，去文昌采访了。我只好给邢蓉交代，让她立刻联系一辆面包车赶到这里。她焦急地问道：你们人怎么样？我说人没事。不过这时候听见一个女孩子这么问候,我心中还是觉得温暖。然后,我就让陈涛搭过往班车赶到三亚,对他说,先接触上,不谈具体,一切等我明天过去再说。陈涛还没有从撞车的阴影里拔出来,哭丧着脸,我就说:别想这个了,让保险公司处理吧,别误了正事。

打发走陈涛,我看着这辆拿到手还不到两个月的坏车,那片受到蹂躏的蓝色让人伤心得想哭,好像撞的不是车而是我。我的周围全是大山,偶尔过去的车也不看我一眼,而天色越来越暗了,风也随之大了起来。那一刻,我感到异常地凄凉,觉得自己像一件无人认领的烂包裹被扔到了这深山野洼里……

——1998 年 4 月 24 日

天彻底黑了,风渐渐大了起来,不一会儿,雨也接踵而至。躲进车里,他觉得时间似乎在这一刻停滞了,把他和这无边的黑暗拴在了一起。这是他从未有过的孤寂,其中还掺有惶恐,不由使他想起十八岁那年在乡下与狼狭路相逢的情景。那一次,狼放过了他。或者说狼对他没有什么兴趣。然而这些年来他时常产生一种感觉:那匹狼始终尾随于他的身后,与他保持着适度的距离。甚至在他突然转过身时,他仿佛能发现地上的狼迹!人太可怜了,他想,人的脆弱与生俱来,没有任何力量能保护人的心灵不受恫吓不受胁迫不受侵犯。1994 年这个天涯海角的山中之夜,男人好像是在地狱的边缘徘徊,他那瘦弱的灵魂在风雨

中飘荡着,发出了歇斯底里的呼喊,但是却听不见一点声音……

时间凝固了。极度的劳顿使他在车里打了个盹儿,若不是几点冷雨溅到脸上,或许他就能一觉睡过去。四野茫茫,不时扯过刺眼惊心的闪电,夜气越来越浓,雾一团一团地从眼前飘过。

雷声似乎很远,也很沉闷。他把头伸到车窗外,仰起脸索性淋了会儿雨,刚才那一会儿的焦虑慢慢地消解了,神智也清醒了不少。车毁了倒不是什么大事,修修也就可以了。但这次突如其来的车祸总让他感到蕴含着某种暗示,是不祥之兆。眼看着海南的戏就要落幕了,他的公司却还滞留在这个荒废的码头,前景已十分暗淡了。可冯维明仍在犹豫不决,还在期待着局势的转机。青年政治家这回忽视了一个问题,就是总把"宏观调控"狭隘地视为单纯的经济手段,是权宜之计,殊不知它本身就是政治。海南这一幕的潮起潮落他是亲历了,对这个岛他已不抱任何幻想,他想唯一的出路就是尽快撤走,这就意味着放血。照他的估算,如果把酒店盘出去,再把一些家当变卖掉,至少要赔进去五十万。也就是说,这个成立不到半年的小公司一下便几乎输掉了半壁江山。然而再这么坚持下去,不出三个月,整个家就给抄了——他不能不为之胆战心惊!

他点了支烟,怎么吸都觉得有些漏气,吸不起劲。这时,一辆红色夏利出租汽车在他的侧前方停了下来,接着他看清了下车的人是邢蓉。他急忙打开车门,让邢蓉赶快进来避雨。他问道:面包车呢?我不是叫你落实一辆面包吗?

邢蓉缓过气说:在路上抛锚了,正在抢修,我怕你着急,就先……你喝水吧,还有吃的。

车弄成这个熊样,我哪还有口味,抽烟都觉得苦。

陈涛到三亚了吗?

早该到了,这小子吓糊涂了,也不知道来个电话。

车是他撞的？

谁撞都一样，这兆头多他妈的不好。

你还是先吃点吧，是八宝粥，不难咽下去的。

他就吃了。这个片刻他对这个叫邢蓉的女孩很是感激。他想这是一个沉着而心细的女人，她的处事能力与她的实际年龄并不相称。要是当初一上岛就遇见她，他想他们会相爱的，而且也会过得很好。这个念头已出现过好几回了，今夜则更为强烈。他想这有点对不住桑晓光，假如桑晓光没有出差，遇到这种事会做得像这个邢蓉一样妥善吗？一年前是绝对没问题的，他想起那次在广州的飞行幽会，仅仅为了见上一面，仅仅为了几个小时的相处，女人就从北京飞来了。那是什么感觉？难道每对男女真正的恋爱就只有那么一年半载的好光景？米兰·昆德拉好像说过，男人对女人的寻找无非两种方式：一种是在一个女人身上去寻找全部女人的感觉，另一种则是在许多女人身上去寻找不同的感觉。全部的感觉会集中到一个具体的女人身上吗？他怀疑这点，就是说他应该属于运用第二种方式的男人——他大概总是爱着某个女人的某个方面，而又不想放弃其中的任何一个方面，这无疑是一种贪婪，是对情感特权的妄想。这比起政治特权虽然一样卑鄙，但是值得。所以这些年来，他愿意远离政治却无法不亲近女人。

面包车还没有来。风雨也似乎没有停歇的意思，只是比刚才稍稍弱了一些。他忽然觉得一男一女待在这辆崭新而破烂的车里也不失为一种情调。他向邢蓉谈了公司下一步的设想，说转向内地看来已是箭在弦上。邢蓉便问具体去哪儿?他叹了口气,说暂时还没有什么头绪。邢蓉停顿了一会儿,带有试探性地问道:桑晓光会跟你走吗?

他似有些为难地说:可能不会。她是正式办了调动的。

邢蓉进一步问道:那你对你们的事有信心吗?

他说:这不好预测。以前我担心的是时间,现在又得考虑空间问题了。天各一方,确实有些残酷。

又停了会儿,他听见邢蓉说:我总有这种预感,你最后还会回到李佳那儿。

他心里顿时有了隐痛的感觉,好像自己等待的不该是女人这种预感。他想,那件事也该问问这个邢蓉了。于是他在考虑好措辞之后,说:小邢,有件事你处理得不太妥当,当初你不该把我和桑晓光的事说给李佳。

邢蓉惊讶地问道:什么?我说的?!

邢蓉说我从来就没有和李佳通过电话!

海口:1994年5月

1994年的那个山中之夜,邢蓉的回答当然叫我感到吃惊。我相信这女孩没有撒谎,同时觉得冤枉了她这么久很过意不去。那么,又是谁向李佳通风报信的呢?尽管这已经不重要了,但我还是不希望它成为悬念。不久,我恍然大悟过来,其实这件事一点也不复杂。我和邢蓉在车里坐到天明,那辆面包车总算是到了。那时雨止风静,空气十分新鲜,我让邢蓉押车回海口,自己便搭乘班车赶往三亚。经过一上午的洽谈,我拿到了这笔赚头不大但却有意外收获的生意。那家公司的副总经理叫王高,是中原蓟州人,下海之前是蓟州电视台的记者。他在几年前的一次电视节目交易会上看过我搞的那部《面对黄土》,说印象如何如何深刻。这笔生意就是他牵的线。王高在三亚这个公司干得很不得志,眼下的宏观调控使海南的经济形势每况愈下,他也是感慨万千。他问我今后的打算如何。我就说:走是肯定的,问题在于往哪儿走,走到那里干什么。王高说:其实干电视还是很好,不如往这条路试试。我就说了原先深圳那档子事,觉得是错过了一次机会。这事当时也就是随便聊聊,没想到半个月后,有一天王高从三亚赶到海口,说他和蓟州那边通了电话,说蓟州现在很活跃,因为京九铁路的方案有所调整,蓟州将成为一个枢纽,成为中原的一个新型的商贸重镇。如果你有兴趣的话不妨去看看,王高说,我在那儿人头太熟了!不像在海口。

我突然问道:你能帮我打进电视台吗?

王高就问什么意思,是不是有东西要卖给电视台?

我说:不是卖,是买。我想买蓟州电视台的黄金时间,每周半小时。

我的意思是买下这个时段,办一个有特色而被观众喜闻乐见的栏目,然后再做贴片广告的生意。我料定像蓟州那种电视台节目水准肯定不高,我们只要认真来做,绝对会有竞争力,不怕广告上不来。这样,我们既为电视台无偿提供了一档节目,又通过交换来的广告时间有钱可赚,相得益彰。王高一下就显得很兴奋,说这是个极好的创意,但又对节目成本感到忧虑。每周一期,一年就是五十来期,那可是一笔不小的数目呀!王高说,万一赔了呢?我就说:赔了是我的。你只要帮我把关系理顺,拿下这个项目,就是大功臣了!

这不过是个即兴的想法,却让我们不断地细化了。那一天我们谈了很久,从栏目的设计到节目的编排,竟谈出了很多不错的思路。譬如说,我们通过北京、上海、广州的三家文学刊物建立兼职的记者站,这样外埠的信息素材就委托他们去做了,我们只需在蓟州成立一个总编室,外加一个为栏目服务的广告公司就能运转起来。

于是不久,王高就辞职回了蓟州开始操办这个项目了。与此同时我又和冯维明就公司的前途反复谈了几次。这时已到了1994

年的 5 月,海口的一些大公司正加紧向大陆回撤,大势所趋,我们似乎也做不出更好的选择。冯维明对蓟州项目反应暧昧,他既承认这可能是个有钱好赚的项目,又对它的可行性表示怀疑,因为在他看来,意识形态领域历来是管得很紧的,不容易插进去。我便解释:我们是在为电视台干事,终审权是他们的,出了名也是他们的,我们不仅省了他们的节目成本而且还交管理费,他们难道还不同意?

冯维明说:理论上讲得透的未必能在实际中行得通。

但他同意先把海口这边的事收拾干净。

这回,是我们替自己打广告了,想把酒店和车一起卖掉,尽可能地回收资金。结果来谈酒店的还真不少,车却无人问津。当时这辆车才从修理厂拖出来,看上去和新车没有两样,然而在我心理上还是留有阴影。有一天我开车去报社接桑晓光,到了门口找不上停车位,我一下就急了,跳下车我不禁自言自语地说:你这车可真是给我添乱了!谁知这句话正好被出门的她听见了,所以在回来的路上她问我,是不是真想把车卖了。我说是,广告都打出去了,就是没人来谈。她很是沉重地说:是我不好,我害了你。她的脸色也随即黯淡了,然而这种貌似道歉实为埋怨的态度让我极不舒服,我就回了她一句:晓光,你这么说是不是过了点?她立即要我停车,她要下去。我就真的停了。

她把车门用力一摔就掉头往回走了。

这是自买车之后我们之间的第一次红脸。如果说我后悔,那一刻我是真的后悔了。我想这个女人变化实在是太大了。为了让她心情好受,我差不多已经是倾家荡产断了后路,到头来她非但不领情反而还弄得我神经紧张,简直就是惯出来的毛病!然而我又想,也许我没几天就要离开这个岛了,我们的关系已到了重要的关口,女人这时候心里必定是不好过的,何必要雪上加霜呢?我们走到这一步终归是不容易的。

事隔几年后的今天,桑晓光对当初的买车觉得确实是难为了我。一小时前她来电话说,她在杭州的街上看见了一种新款的宝马,跑起来十分神气。她还记得我以前说过想买一辆宝马的事,就说:要是我现在成了富婆,我一定要送你这种车。我说:我现在什么"马"也不需要了。我说我也不希望她成为富婆。说到这里,我们不约而同地叹了口气。

三亚的月亮是这样的妩媚。明天,我又得转回海口了。

——1998 年 4 月 26 日

1994 年 5 月下旬的一个黄昏,男人从三亚交完那部招商片,返回海口的路上,突然接到公司邢蓉的电话,说酒店的事处理完了,是冯主任带着一个客户来签约的。

男人就问是多少价格。邢蓉说:五十八万,比事先估计的要好一点。

男人松了口气,然后很快就大吃一惊,因为他听见电话里又说:冯主任让人把支票拿走了。很明显,冯维明要撤资。

他立即就往冯维明家里去了电话,询问是怎么回事。

冯维明说:见面时再谈吧,我这儿现在有客人。

说着便把电话放了。十几天前,这个男人由处长提拔成了主任,成了副厅级的高级干部,所以说话也跟着高级起来了。变化之快让人猝不及防!

当晚,他们见面了,地点是靠近秀英码头的一个酒店。去年公司组建时,他们曾来这里打过两次保龄球。今夜还是打球,他们到的时候已经没什么人了。等偌大的球厅只剩下他俩时,冯维明才向他解释关于撤资的事。那笔钱本来就是一个朋友的,冯维明说,现在经济形势如此不好,加上你又做了回内地的打算,所以我考虑还是抽一些回来。这也是对朋友负责。那谁来对我负责呢?他打断说:其他股东的利益谁来保证?

其他不过是小股东嘛!

在利益上大家都是平等的。难道公司也搞特权?

你这么说就不好了。我当初是拿你当朋友,要不我会为你弄上这一百万?

你为我?我又为谁?

咱们就别争了,就算你体谅我一回吧!余下的四十二万算是借你了,你给我出张条子就行。

你这不是把投资变成借贷了?冯维明,当初你可是拍了胸脯的!你是不是还打算放我的高利贷?

他把球一扔,走了。不欢而散。

那真是一个悲凉的夜!后来他就独自来到秀英码头,望着停泊在岸边的那几艘旧船以及浸在水里的倒影,心中难过到了极点。他难以让自己相信刚刚发生的一切是真实的,他连做梦也不会想到有一天和冯维明会有这番遭遇。他们从小一起长大,以后又双双上了大学,成为石镇的骄傲,再后来又成为同事——在犁城机关的那段日子,他们可以说是相依为命彼此搀扶,怎么现在竟为钱搞成这般模样?!这是他一生中最大的懊悔,如果不是因为这笔钱,他

们之间是绝对不会出现裂痕的。他深信这点!钱这时又成王八蛋了。他已经被钱弄得焦头烂额了,钱让他失去了对爱情的信任,现在钱又开始瓦解他的友谊。钱太可怕了!钱为何如此的可怕?是因为中国人太穷还是中国人太贪?抑或是中国人对这东西就是天生的绝对信任与绝对崇拜?钱能让相爱的人分手,钱能使亲密的朋友离间,钱甚至还能使骨肉相残!(报纸上几乎天天有这类消息)钱真他妈的是万能的!

一种恐怖的气息在他身边弥漫开来,那气息仿佛也是蓝色的,也是梦幻的形态,但给予他的却是梦魇般的令人窒息的压抑

感,是一种近似活埋的感觉。这感觉远离死亡却能够把死亡的过程拉长,并且把死亡的痛苦放大数倍。他似乎是绝望地自问道:我还能信任谁?

　　事到如今也只好面对了。第二天,他让邢蓉把酒店移交给了别人。第三天,他召集了公司会议,把公司面临的困境和盘托出,然后他说:我们得离开了,至于去哪里还没有个头绪,如果这个月底还找不着突破口,这个公司就宣布解散了,大家就各奔前程吧!这番话一说,气氛就变得凝重了,一个担任出纳的女孩当场就哭了,其他人都不出声。他走到阳台上抽烟,望着前方那些业已停工的楼厦预制件框架,他不禁自嘲一笑。那时他想,一切仿佛都规定好了,本命年意味着在劫难逃。

　　桑晓光连日来都显得坐立不安。当酒店正式转让后,她意识到男人这回是真的要离她而去了。这使她有了一种如梦初醒的感觉,好像自己是在梦里与这男人过了两年,现在男人要走了,才突然回到了现实之中。但是女人已无力改变这些,她只能眼睁睁地看着这人的离去。这个时候,女人对年初买车的事觉得懊悔了。她原想不过是帮前夫一把,同时替自己赚回个面子,没想到由此引起了连锁反应,不知不觉地就把一切给弄乱了,乱得不可收拾。现在男人要走了,是真的要走了,那么这以后就成了未知数——现在连她对他们的前途都不抱信心了,还能指望男人怎样?可她是需要这个男人的,他们相爱,和这个男人结婚曾是她恪守的目标,为此她下了很大的决心,甚至想和他能有一个孩子,甚至……

门声中断了女人的思绪,男人回来了。这几天男人住到了她这儿。连日来的操劳与焦虑使他看上去明显的憔悴了,脸上泛着一层黝黑。男人的言语也少多了,那种口若悬河的侃侃而谈远离了他们的生活,以至于连做爱也显得缺乏热情。她给男人沏了杯茶,然后打开电视机,想让男人看九点钟转播的一场交响乐,她希望在海口最后的日子里给男人留下个贤妻良母的形象——男人们差不多都喜欢这个样子。但是她怎么也没想到这个晚上后来竟是另一番情形。那场音乐会迟迟不来,节目前的广告却绵绵不断。一个女人在讲述一种新型的洗衣粉是如何如何地好,桑晓光说:你听,这声音听起来好像电话里的李佳。

男人从沙发上欠起身,问道:你什么时候和李佳通过电话?

桑晓光一下给噎住了,紧接着两颊现出了红晕。面对男人平静但是直视的目光,女人觉得还是把那件过去了却总使她不安的事说出来的好。

女人说:是我告诉李佳我们的关系的。我当时是想……

男人打断说:我早该知道。

男人就说了这一句,然后去外面洗澡了。

她对着我的背影说:我一直为这件事后悔你信吗?

我说我信。我说你现在讲什么我都信。

她一下就哭了。外面的天很黑,我脱光了身体,把水龙头接到这个大而不当的阳台上,没完没了地冲了起来。海南的水很怪,或许是太纯了,淋在身上总有点儿"隔",滑腻腻的,像是洗不干净的感觉。我把浑身搓得火辣辣的,还是觉得没洗干净。我洗了好久,听见桑晓光在屋里抽泣,似乎今夜就是我们分手的时刻了。其实我已经不再计较这件事了,女人的用心良苦也算是看重了我吧。我的心还是被公司的处境牵扯着,没有精力来对付这儿女情长。但是这个晚上我洗好澡便穿上了衣服,这当然属于反常。而且后来我们一直没有说话。我在外面坐了很长时间,回到屋里时,她已和衣睡下了,从均匀的呼吸看她睡得很踏实。我就想起那次在广州,因为电话的故障让我折腾了整整一夜,情形可谓悲壮。现在倒练得皮实,心仿佛结了茧,一觉之后什么就都过去了。

昨天我们在三亚"鹿回头"拍了一场戏。那个著名的景点起源于一个美丽的传说。但很少有人认为那是个悲剧,人们完全沉浸在男耕女织的田园牧歌气氛中,却忘记了这段千古绝唱的爱情实际上是屈服投降的产物。譬如说那男人手里如果没有一张弓,那鹿会停下来并且变化为美女么?再譬如,那鹿倘若不是身临绝境,她还会停下来给那传说中的小子当老婆吗?这些算不算是条件?算不算是交换?连千古绝唱的标准神话都这么不可靠,我这逼近世纪末的家伙还有什么想不开的呢?我想这世界上最可怀疑的东西恐怕就是爱情了。爱情也最脆弱,可以向任何东西投降。

从前那个晚上我的心大致是麻木了,然而在事隔几年的今夜我又觉得不平静。我好像是在等桑晓光的电话,这是一种死水微澜的感觉。她避开我已有多日,若再不回来,我或许很快就走了。走了也就走了。

"鹿回头"……

我没有更多的感叹了。

1994年5月对我而言是一段焦灼不安的时间,那情形如同我在去三亚的路上发生的车祸,同一时间与四面八方全都失去了联系,陷入无边的风雨黑暗和一个钢铁废墟中。我差不多就是躺在了棺材里,成了一具尚可呼吸的尸体。酒店这件事使我与冯维明的关系出现了僵局,已有好几天没通电话了。公司的员工开始陆续离开了,其实他们是在体贴我,不想白拿我的钱。而剩下的则是陪伴着我,我真是感谢他们。就在这个时候,我终于等到了来自蓟州的电话,王高说那边的头绪全部理清了,他的一位同学刚被提拔为蓟州电视台的台长,表示大力支持,条件优惠。王高在电话里比我还兴奋,声音激昂,让我赶快过去签合同。他这么一说反倒叫我不踏实了,觉得这件事不该这么顺利,我就反复询问了一些细节,譬如管理程序、财务独立以及广告时间等,王高还是说一点问题没有,让我当机立断,不要错过这个极好的机会。

我还是犹疑不定。为了慎重起见,我想让邢蓉和陈涛先去蓟州接触一下,要是事情和王高讲的差不多,就代表我与电视台草签个意向书,再着手前期筹备工作。同时,我也好集中精力拿出一个比较完备的栏目策划方案来。第三天,他们就出发了。我送他们到机场,当飞机呼啸升空时,我这颗潮湿已久的心总算感觉到了一点儿暖意。这是1994年5月的一个星期日的上午,海口的天空万里无云,涂满了蓝色。但这已经不是我向往的那种蓝色了,在我的视野里,它过于实在,失去了应有的想象力。而且它也不再是透明的,就像我小时候在石镇照相馆见过的那种布景,于方寸之间冒充天空。

然而它就是天空。可疑的天空。

——1998年4月28日

他给冯维明去了电话,家属说不在,说去琼海了,要等两天才能回来。但他的感觉是冯维明此刻就在客厅里看报纸。他就说:维明回来请他给我来个电话,我很快就要去蓟州了。果然第二天下午,冯维明派人来了。那是一个保养得很好但面目不让人喜欢的陌生人,大约五十岁,拿着冯维明亲笔写的条子,自称是那钱主的亲戚,来办余下那四十二万的"借款"手续的。他一听就非常反感,说:我不需要借钱,而且我也不认识你。那人便冷笑道:这事不清,你想离开海口恐怕没那么容易。

他气得把桌子一拍：你想干什么？威胁我还是把我杀了？

那人倒显得平静，说：还是立个字据吧，就按银行利息总不难为你吧？

他说：你让冯维明来。我们没什么可谈的。

说完，他就下楼了，想开车直接去省政府院子找冯维明。但是他看见那辆车的边上已经站了三个身体魁梧的青年，显然，他们是有备而来，要扣留这辆车来做抵押。他觉得这简直太恶心了，他难以把眼前的一切与一个从前在名牌大学读西班牙语、如今身为政府高级官员的男人联系起来。这已经不是钱的问题了。就在这个瞬间，他打定了主意。

他和那个陌生人返回办公室，他告诉那人：我现在就给你打条子。

然后他很利索地做了一切手续，并把车钥匙和有关证件交给了那人，说：请你转告你的冯主任，我会带钱来赎这辆车的。

那人感到有些意外，满脸堆笑地说：这就对了，大家都方便。

这口气不禁让他想起小时候在国产电影里见到的拷问共产党人的场面。他还记得，十岁那年，他们几个小伙伴模仿《红色娘子军》，他演南霸天，拷打扮演洪常青的冯维明，要他写"自首书"，说只要你洪先生肯与我合作，我南某保你荣华富贵。"洪常青"一阵大笑，挥笔写下"砍头不要紧，只要主义真；杀了洪常青，自有后来人"。

"洪常青"是真有其人，本姓李，他就义时背后那棵老榕树还活着，立在万宁的公路边上。那次去三亚的路上，他还特意停

车去看了那树。那时他想:一个青年,就为着某种信念敢于舍去性命,这精神到什么时候都是值得尊敬的。那时的人活得艰苦但却是那么充实。这个下午那棵老榕树的形象一直浮现在他的眼前。它似乎在向他展现着一部很厚的历史,又似乎是一篇启示录,让他激动而忧伤地回想了许多事,那都是些无法说清的现实和纠缠不休的过去,它们尘封在记忆里但是却难以磨灭。然而他在这个岛上的故事是到了告一段落的时候了。几天后,他又接到蓟州那边的电话,一切进展顺利,公司的筹备工作也大致完成。他想,该动身了。他事先没有告诉桑晓光,等拿到了机票,他在"潮江春"预定了一张台子。那时他想,这或许就是最后的晚餐了。

似乎是某种感应,这个晚上突然停电了。这一片街市完全处在微弱的星光之下,月亮暂时失踪了。酒店迅速换上蜡烛,而且也不再有客人光顾,整个大厅就只有他们这一对即将分别的情侣。于是在这个感伤的环境里,男人和女人以低沉的声音开始了交谈。

你还会回来吗?你要是不回来,我怎么办?

我会回来看你的。

你对蓟州的事那么有把握?

我只能走一步看一步——这些年都是这么过来的。这是命。

什么时候能稳定呢?

不知道……

我现在好后悔……

后悔什么?

当初我们有那笔钱时,我该听你的,去一个安静的地方过日子。

这事过去了,别再想了。还是祝我有好运气吧。

等你在蓟州脚跟站稳了,我就调过去陪你。

再说吧,其实我没想过要在蓟州扎下来。毕竟我还有个女儿。

你最后还是要回犁城?

不,我不可能再折回去的。我是说,我将来在哪儿,要看孩子的发展。

可你女儿今年才上小学二年级……再说,她母亲会让她随你吗?

我想会的。总有一天会。

要是不给呢?

那就这么耗下去吧。反正……

反正什么?反正你一个人无所谓?你的责任心呢?

我现在负不起任何责任。我头绪很乱,真的,我不敢设想以后。

你这个样子让我难受……

有时我好想大哭一场,可这解决不了问题。

我真担心这样下去你会……

我不会去死。至少我会活到女儿三十岁。

蓟州:1994年6月

中原对于我这样的人其实是不合适的,这是一年后我的判断。我是个习惯在南方生活的人,喜欢看见连绵的青山和秀丽的水泊,喜欢看见蓝天和雨季,喜欢听见平缓的而不是一惊一诈的语音。喜欢吃米饭而厌倦面食更害怕羊肉烩面。虽然我现在与那条著名的黄河挨得很近,但我在领略过它的风采之后立刻就怀疑蓟州这个城市的食用水的处理能力。而且我去的时候,黄河的水面十分的狭窄,水流却艰涩而迟缓,裸露的河床上呈现着垃圾,整个地脱离了我亲切的想象,让我沮丧。蓟州是个不伦不类的城市,既没有现代都市的繁华,也缺乏中原历史的古迹,却在未来的发展规划中有一个很时髦的飞机场。似乎这样才能与京九的枢纽位置相匹配。但在当时,它使用的还是经过改建的军用机场。当波音757在蓟州机场降落后,黄昏也像轮胎着陆那样"嘭"的一声降临了。这是1994年6月初的一个黄昏,蓟州是一个多云的天气,我这个外省人带着深切的焦虑踩上了一块陌生的土地,尽管事先的消息是那么令人鼓舞。这或许是受离别的感染,几小时前我还在酷热难耐的海口,桑晓光送我到了机场。在我即将通过安检时,我回了一下头,看见女人的眼泪忍不住地夺眶而出。那一刻,我受到了震动。这是真情的泪水,是一个女人对一个男人的无力挽留而抛洒的幻灭之泪,甚至就是对爱的悼念之泪。人真是个奇怪的生物,明明在理智上站不住脚的东西,情感上却难以拒绝,这就像是考试时的自我作弊,图一时过关痛快,不懂的还是不懂。

邢蓉他们已在蓟州完成了新公司的注册,并租了两套房子,置办了办公与生活起居用品。这个架势一拉开,就表明我们要在这个中原城市干上一阵子了。等我把关于电视栏目操作的一揽子设想向大家抖开时,他们显得特别的兴奋,笼罩在头顶上几个月的愁云似乎一扫而空。我也按捺不住地激动,因为我已经看见了这个项目成功的雏形,只要和电视台把合作的协议一签,我就有信心也有能力使这个栏目在中原一鸣惊人。我一直认为,中国新闻界优秀的人才都在报业,在电视这个历史短暂的行当里称得上有水平的人寥寥无几。我不知道这一行里是否有著名编辑著名记者,充斥两耳的是一些具有明星色彩的主持人。这些人的特点是基本上识字(因为他们经常念错别字),会说普通话,长得还可以(当然仍需要化妆),拥有三流演员的演技和一副成功者的风度。他们在荧屏上或忧国忧民或打情骂俏,然后把自己炒热了好出书做广告挣钱。

为了稳妥起见也便于有效地进行操作,我到蓟州之后并没有立即去与电视台方面洽谈,而是先杀向了意在蓟州大展宏图的几家大型企业摸底。这些厂家每年投向蓟州的广告费都在千万元之上。剔除人为的因素,厂家的广告心理是都会选择那些收视率高的节目。这就是我的信心所在。我在这些企业跑了一圈,心中更有数了。厂家对我们栏目的思路很赞赏,但口头的表达与实际的节目毕竟还是两回事,他们希望能看到至少一期的样品,这样才好谈贴片广告的赞助。于是我们很快就悄悄地动起来了。为了确保节目质量,我特地从北京请来两位朋友帮助(并通过他们拿到了刚刚辞世的一位德高望重的老作家生平最后访谈的镜头素材),我们埋头干了近半个月,把这个样板做得非常精美。等我再把它送到那些老板眼前时,几乎无一例外地受到了称赞,往下的事就好谈了。经过几番接触,很快我们就分别与一家啤酒厂和一家房屋开发公司达成了协议,他们以协办的名义每年给我们两百万。而我预算中的节目成本是一百二十万左右,就是说,我们还没有干起来,钱已经赚到手了。我踏实了,压在我心头的这块沉重而沮丧的石头总算搬开了,我在绝望中又诞生了一回。现在是到了和电视台正式洽谈的时候了。那是1994年7月的上旬,蓟州的气候刚刚觉得热,在去电视台的前一天黄昏,公司的几个人一道去黄河边上散步。大家的情绪都是前所未有的高涨,言谈之中洋溢着一种荣誉感,好像只有我们才能干出这样的节目。一路上每个人都在谈选题,也都在算经济账,觉得按这个势头下去,一年挣上个两三百万不是问题,而且还挣得体面。我说,你们别尽想好的,好的不想它也照样在那儿,还是多想想不利的方面吧。我虽这么说,心里其实也一样得意。最让我感到不可思议的是:我在开放的海南没玩成过一回"空手道",却在闭塞的中原得逞了——等赞助的钱一到位,我们实际上就没花自己的钱。

现在想起来我对当初的那个策划还是有些沾沾自喜。我记得钱钟书说过,有本的生意还是生意,无本的生意却是艺术。那个时期,我差不多私下就是以商场艺术家自居了,我整天和书刊报纸广播电视打交道,但是我能从中赚出钱来。我又想起在南岛集团的那段日子,要是刘锐信任我支持我,类似这样的事我早就做起来了。现在不过是失之东隅,收之桑榆罢了。看来,蓟州这着棋我是走对了。

那天夜里我沉沉地睡了个好觉。

——1998年4月29日

一早,王高就来了。今天是和电视台交涉的日子。这个在南方闯荡过的年轻人依旧保持着白领的装束，一身都是名牌，意气风发。相形之下，他倒显得有些窝囊。他不想打领带，更不愿意在头上弄点什么摩丝啫喱水之类。若不是邢蓉提醒，也许他连胡子也不想刮了。但他有他的设计，他在蓟州最好的酒店预定了一个豪华包间，并准备在宴席之前给台长送上几本自己的小说——据王高介绍，台长以前也做过辉煌的文学之梦，这样既便于交朋友，同时又暗示了自己的能力，是值得信任与合作的。事后看来，这的确是个不错的设计。

台长姓冒，比他年长七岁，看上去是一个老实巴交的男人，不善言辞但十分爱笑，几杯酒过后这个人便乐不可支。台长说久仰久仰，台长说好事好事，台长说方便方便。整个洽谈的过程基本上是他和王高的声音，台长只是搭话，只是首肯，只是喝酒。这情形仿佛说相声，他是逗哏，捧哏是台长。这倒让他心下发虚了，这么谈下去会有结果吗？于是趁台长去洗手间时，他低声问王高：这人情况不太对，只是吭吭叽叽的，好像总不切正题。王高就笑了，说这人历来就这样，要不怎么能当台长呢？王高说：放心，一会儿他就会跟你把协议签了。你只要强调一是在他的领导下，二是有钱大家赚，就行了。

果然不出王高所料，等酒喝得差不多了，他把该说的都说了，台长就把协议草草看了一遍，说：不错，你们考虑得很周到，比草签的那个还细致，签吧。

就这么签了。签完了他还觉得吃惊。

送台长出门时，外面的天气很热，那人就问王高：你家空调装了吗？今年看来不装还真是不行呢！

王高说：这事你别操心了。

台长说：哪能不操心呢？老婆去北京开他娘的会去了，家里大事小事全套在我身上。

王高说你别管这事，还是多想想我们今后的合作。说着就把台长推上了出租车。等车远去王高才转过身问他：这困难么？

他笑道：小事一桩。

第二天他就叫陈涛买上两台分体式空调连同发票一起送到了王高那里，让后者处理去了。然而这件事让邢蓉很不高兴，她说：这也太快了，当时放盐当时咸！他把她叫到自己的办公室，掩上门说：商场上你每走一步都是靠钱铺出来的路。

邢蓉说：我懂，可是我看不惯。

他说：看不惯也得看。这不过是个开头。

邢蓉叹了口气，说：是个可耻的开头。

他说：是可耻。我们只能可耻地活着。

这个下午后来他就在办公室无聊地坐着。邢蓉的话让他想到这两年在商场的经历，几乎每一笔生意最后都得靠可耻的手段才能拿下。可是没有办法，除非你脱离这个肮脏的环境。这样他又觉得那辆车买得太误事了，而出发点不过是为了使一个女人心情好，大有一笑千金的意思。离开海口快一个月了，桑晓光与他还保持着密切的电话联系。女人的声音还是那么动听，有时称得上是情意绵绵。桑晓光说想飞蓟州一趟，他没同意，他说等我忙完了这事的开头再说吧，这个时候我不便分心。这大概是十天前的事。那时他正在多媒体机房里做片子,为一个三维动画的片头忙得昏天黑地。现在总算像个东西了,与电视台的合同也顺利签下,明天就能争取赞助商预付一部分款项了。他想等拿到这笔钱后立刻就飞海口,把那四十二万的余额当面交给冯维明。那时他会平静地说:维明,我们之间现在全结清了。他只想说上这么一句。然后他就和桑晓光一起把那辆本田车开回蓟州来,行程两千五百公里,一路心情舒畅。

天不觉地黑了。这最后的思想转变了他的情绪,他走出办公室对大家说:晚上我们出去吃饭,吃完再去跳舞唱歌,统统由我买单!

1994年7月的这个晚上,男人的心情越来越好了。他一展歌喉,连续唱了八支歌,全部是二十年前的老歌。这一年正是"红太阳颂"余音绕梁的日子,那些标语口号式的歌词他觉得好笑,但旋律却把他带入了往昔岁月。日子真是过得好快,他想着,转眼间神秘的毛泽东就一百岁过去了。他还记得在自己十岁那年,曾经为毛泽东有无妻室和一个叫小丹的女孩子发生了激烈争吵,以至于不欢而散。当时他固执地认为,毛主席没有老婆;没有是因为他是伟大领袖。后来这个问题被遗憾地证实了,他无端地流了很多眼泪。这莫名其妙的伤感几十年他都没有想明白,倒是在整整三十年之后成为他一部小说的开头。

从前那些日子尽管没有音响彩电但并不觉得枯燥。从前不懂信仰但有信仰还有崇拜——从崇拜领袖到崇拜英雄,从崇拜女人到崇拜城市,他度过了一截充实饱满的好光景。现在是既无信仰又无崇拜,没有神话也没有童话,整天想的就是挣钱花钱,真有点行尸走肉的意思。所幸的是他还明白什么叫醉生梦死……

外面的舞厅里响起了约翰·施特劳斯那首不朽的旋律《蓝色多瑙河》。邢蓉过来请他跳舞。华尔兹他是喜欢的,蓝色是他钟爱的颜色,而流动的水很久以前就被他视为生命的特殊形式。他们愉快地跳着,舒缓地旋转着,那时,他不禁想起了远在几千里之外的桑晓光。此刻,女人在干什么?会在灯下等候他的电话么?他觉得这是自己对女人最为深刻的一次思念,尽管并不强烈。

从歌舞厅回来已经是子夜时分,我似乎还没有什么倦意,洗过澡,躺在床上看一本关于全球艾滋病调查报告的书。看了几页,精力便又分散,想着明日与那两家企业最后的洽谈,把赞助敲定。我们的样片当时对电视台还是保密的,主要是担心被剽窃,要是他们走到我们前面,我们也就泡汤了。赞助款一天不到账,我这颗心就是悬的。而且万一厂家突然有变化,我们就很难下台了。我们总不能做一期节目就溜之大吉,让人家替你擦屁股。按我们自己的经济能力,充其量可以干上一个季度,也就是做出十来期的节目,这完全是赔本的买卖。所以赞助的事显得相当重要。那时我就处在这样的关口,要不赔光,要不一上手就赚,可以说是冒险,是背水一战。成败在此一举,最后还是自信支持着我没有乱方寸。

电话突然响了,铃声在深夜里显得特别尖锐。我预感是桑晓光的。果然就是她,但一开始就让我觉得不太对劲,她的声音变得低沉而且暗哑,好像刚哭过一场似的。她说:是你吗?我说,当然是我,这是我的宿舍呀,没人与我合住。她就停顿了。我心里暗自一惊,想这女人肯定又是遇上了什么不顺心的事,就问:怎么了?是不是出什么事了?谁料她在那端一下就哭了起来,这下可真把我吓坏了!

我追问道:到底发生什么了?你好好说,慢慢说,谁欺负你了还是惹上麻烦了?

她这才说:我遇见了一个人……

这回轮到我停顿了。我明白发生了什么。

她接着说:他是个新加坡的商人,对我很好……他想让我随他去新加坡,还说先在我的户头上存上一百万,表示承诺……

我打断道:你爱那人吗?

她说:我不知道……

你就知道一百万?

这是他说的,我还没有接受……

你在犹豫是吗?你在掂量一百万和我哪个重对吗?

我心里就是很矛盾,所以……

所以你这么晚了还给我打电话?那我告诉你:一百万比我重。

然后我就把电话给挂断了。过了会儿,铃声又响了,我把电话线摘开,绕成了一团。

这是我始料不及的。我离开海口不过一个月,十来天前她还说要飞过来一趟呢,怎么这么快就成了这个局面?我真是很难想通。然而事情既然已经到了这步田地,说什么都显得多余了。我难过的是,没想到我和桑晓光的这段恋情最后会以这种方式结束。这是个最无趣也最通俗的方式。它在我的自尊心上划了一道口子,使我原本还是美好清洁的回忆蒙上了一层阴影,顷刻间变得龌龊起来。我也替桑惋惜,她犯了一个致命的错误,把次序弄颠倒了。她应该先与我提出分手,再去新加坡花那一百万。

这个晚上我又是一宿未眠,忧伤滞留在我心里,无法排解。但我已不觉得痛苦了。那时我认为,忧伤是情绪,我没有驾驭它的本领;而痛苦则意味着一个男人的立场。我不知道这是否有点自欺欺人,但我就是这么想的。

黎明的时刻,这艘船闯进了我的意识。这是我和桑相识的起点,促成我们相识的是女人在广州做的一个噩梦——她放弃了飞行而改为航海。在那无垠的海上,我们遇见了一个十九岁姑娘的殉情自尽,那个瞬间总让我想到人生的无望,想到活着的尴尬。几个月后,

当我重返海口,与桑晓光做沉静的话别时,我眼前仿佛又出现了这条笨重不堪的铁船。而那时我已没有更多的感叹了,我只是羡慕那个死去的姑娘,她带走了爱,却把爱的沉重与耻辱留给了我们……

今天,是1998年4月的最后一天。我这部《北纬20度》的拍摄已到了尾声,再过几天就可以封镜了。剧组的演员开始陆续地离去,大家彼此拥抱,有的甚至是相泣而别。遇见这情形我总是悄悄地走开。这些年我的生活里,类似的场面实在是太多了,敬而远之也许是最好的方式。感情这东西如同雨后的彩虹,来得快去得也

快,好像挺符合时代的节奏。我不敢相信这时代还残存着恒定不变的情感,但是我不怀疑情感自身的美丽。从某种意义上看,美丽往往存在于短暂的时间甚至是一个瞬间,就像落日的辉煌,风中的云姿,黑夜里的闪电,以及我们向往的一见钟情。很快我也要走了,这一走可能一辈子就不会再来,我和桑晓光也许就终生难以相见了。这么想下来,心里竟有些怅然。难道我们还需要一个仪式吗?

——1998年4月30日

不知是由于水土不服还是因为昨夜突然而至的那个不好的消息,男人在去公司的路上就感到浑身不适。先是一阵阵地作冷,像打摆子似的,接着又开始发低烧。原定上午去厂家的计划临时做了调整,改在了下午。男人悄悄对邢蓉打了个招呼:如果桑晓光再来电话,就说我出差了。邢蓉有些犹豫地问了句:你们又闹了?他没有做任何解释。果然,桑晓光的电话很快就来了。他不禁笑了一下,然后掩上办公室的门,四肢无力地躺到大班椅上。外面邢蓉在说着瞎话,好像桑晓光知道是在对她撒谎,使得邢蓉一个劲地解释。男人听着,慢慢地觉得眼睛湿了,好在这时他打了个喷嚏,在下属眼前挽回了一张面子。邢蓉进来说道:你最好别这样,有什么不能直接讲清楚呢?

他说:没什么好讲的了。

邢蓉说:那你就别让我说瞎话了。你知道吗?她在电话里哭了。

他说:也就一会儿的事吧。

邢蓉很是诧异地看了他一眼:你这人其实也挺狠的。

他一下站了起来,想说什么,却还是把到嘴边的话咽了下去。

如果不是这一天有意外的收获,男人或许要在这个介于失恋与被抛弃的泥沼里挣扎好久。下午,他强打着精神去了啤酒厂,当他把与电视台的协议书递给厂长时,那个山东人毫不犹豫地就在赞助合同上也签了字,然后让财务科按合同立刻给他们转50%的款,也就是人民币陆拾万元。望着这张支票,他突然显得有些手脚无措,竟像个小贩似的向对方暗示着回扣。他说:您有什么要求尽管提,我们知道该怎么办的。

山东人大手一挥,说:你别给我说这个,我所以支持是看出你们在正经地做事。你们这个思路挺不错,能在蓟州产生轰动效应的,这对我们产品也好呀!另外我还有个想法,就是如果这个栏目真火了,明年我们联合来办,我独家赞助。一年不就是两三百万吗?

他说:这太好了,我们肯定能打响的!

最后厂长说:我有个儿子,今年高考看来没戏,他又不想复读。这孩子就喜欢你们这个行当,我想要是你们做起来了,就让他跟着你们学学——这不算回扣吧?

他说:你要是信得过我,明天就可以叫孩子来上班。

现在,他又潇洒了。

这个晚上后来他随厂长去了一家山东馆子。到这时他才知道厂长叫张临生,山东临沂人,曾在部队干到副团。或许因为他们都是异乡人,抑或从一开始他们就谈得投机,他破天荒地喝了将近半斤的白酒却没有醉倒。他只感到头越来越痛,神智并不糊涂。张临生说:蓟州这地方的人事不好处,这儿的人胆大心眼小,经济落后又他娘的自以为是,自我感觉特别好。

他有点答非所问地说:我只是喝不惯这里的水。

厂长拍拍他的肩说:你才来,日子久了就觉得水不是个问题,有问题的是人。

然而山东人的忠告在这个晚上毫无意义,反而让他觉得有点危言耸听。来蓟州一个多月,他的事办得十分顺利,其过程算得上是简单明快。这是个喜出望外的开端,他实在想不出往后会遇见什么不测。头又痛了,与厂长分手后他搭乘出租车回到宿舍,一进门就哇哇吐开了,喉咙和鼻腔被刺激得火辣辣的,他顾不得脱衣服便端起一盆凉水从头淋下,然后就摔倒了,不省人事⋯⋯

不知过了多久,他才觉得灯光有些晃眼。可他看不清周围的环境,眼前一片斑斓,像儿时玩的肥皂泡泡。他竭力睁着眼,渐渐地感到看清了一只手——

逆光下的这只手很美,修长而富有弹性,无疑属于女性。这是韦青的手么,还是林之冰的?要不就属于少女李佳⋯⋯

你们都不管我了?你们都把我抛弃了?你们都在恨我是吗?你们是不是觉得我在沉沦在堕落在走邪路所以你们像咬过

耳朵似的集体离我而去然后让我年复一年日复一日地流浪像狗一样整天想着怎么活下去活得毫无道理毫无价值毫无尊严！

我爱你们操你们忘不了你们有时真恨不得宰了你们！

可我征服不了你们,最后打白旗的总是我……

他听见有声音在喊他,这是邢蓉的声音。女人轻声问道:你喝水吗?

他欠了一下身:几点了?

五点一刻。

你在这儿待了一宿?

其他人才走一会儿。干吗喝那么多酒呢? 这很伤身体。

我没醉。我真的没醉。今天怎么个安排的?

你今天最好睡一觉。

我睡够了,你们上午放假吧。

你没事吧?

现在好了,你回去休息吧。

那我走了……

邢蓉,谢谢你……

一个男人的一生其实就是与女人结伴而行的一生。我没有勇气去设想做一个孤单的独行客。我的生命里离不开女人,这是我的真理。但是,表现在邢蓉身上又很复杂,我总觉得这个时候无论如何不能对她萌生任何念头。我刚刚被桑晓光踢开,要再回头来找邢蓉,那情形无疑就像对她摊派一件次品而有失公道。那是对

她的侮辱。我也许能拿走女人身上任何东西但不能拿走一个女人的尊严。

邢蓉回头看了看我,然后就离开了。这一眼叫我很不好受,似乎带有嘲弄与责备。这声突兀的道谢实际上已把她给伤了,虽然发自我的内心但她会觉得很虚伪。在她看来我是以这种方式回避感情上的尴尬,说穿了我这个人还是爱自己的。她是公司员工,没有伺候老板醉酒之后的义务。她之所以付出是因为她对我的信任,也可以说是对我的爱。这个四川姑娘跟随我两年,并没有得到什么实惠,却给了我许多的帮助与温暖。而最让我不安的,是她还得忍受着情感的折磨——在海口的那些日子,她的内心是很苦的。对于邢蓉,我最懊悔的是一年前的深圳发展计划未能如愿。这不仅是错过了一次生意上的机会,而且也使得一次可靠的情感与我失之交臂。说实话,当初我考虑去深圳,不排斥有与桑晓光结束关系的因素。我甚至私下把这两个女人作过比较,虽然邢蓉不及桑晓光漂亮,但显然是比她高尚。她们是两种女人。一种女人愿意为男人而活,另一种女人则是要男人为她活。但这不能理解为奉献——我认为爱这种东西是不可以随便奉献的。这是一种寄托方式,爱一个人就如同在爱自己。爱与被爱都是幸福。我曾经对我妹妹说起过邢蓉,她认为我将来如果娶了邢蓉会很享福的。这当然是笑谈,但也的确是实话。我未必需要一个年轻而有文化的保姆,但作为终身伴侣,心心相印同甘共苦理应是起码的条件。好几次,我想起三亚的那次车祸,想着那个风雨交加的山中之夜,也是邢蓉陪着我坐在那辆撞坏的车里,心中自然就产生了一种风雨同舟的崇高感。我认为这就是人间最可宝贵的感情,是毋庸置疑的爱,尽管没有一声表白。

在来蓟州之前我曾和邢蓉谈过一次话,我让她慎重地考虑一下再做选择,因为与沿海地区相比,蓟州对个人发展的机遇要小得多,在某种意义上我是在玩一次冒险,也是一次赌博,我不希望别人跟着我赔进去。她当时就说了一句话:就算是去玩一趟吧。这果决的态度给了我很大安慰,也在一定程度上化解了我的焦虑。我在蓟州这些日子,生活上全靠邢蓉的照料。那时我因为劳累过度,整个状态是精神振奋身体虚弱,三天两头的感冒。而且桑晓光这么一弄,可谓是雪上加霜了。我没有对邢蓉挑明这件事,但她肯定是预感到了这回不像是一般的争吵,我拒绝海口的电话就是拒绝打电话的那个女人。

我想,还是把一切交给时间吧。眼下要紧的是赶快把项目做起来,趁热打铁。所以一连十多天我都在考虑前几期的选题与制作形式,甚至在考虑在前五期节目播出之后怎样来把这个新栏目炒热,以吸引更多的广告。我的思路十分清晰,每个环节都经过了反复论证,对今后的管理与发展也制订了一套规划。我想要是蓟州一炮打响,明年我的目标便是郑州或者济南。公司每个部门都在按计划运转,一切井然有序。

然而事情突然间起了变化。

我记得是个星期二的上午。那位冒台长一上班就来了电话,说局里的领导想和我谈谈关于栏目的事。台长的口气很急,又说已经派车来接我了。我当时以为是选题上的事,觉得应付起来不是难事,大不了把局里认为不合适的部分拿掉就是,我们可以换上别的。王高也没当回事,只是一味埋怨台长太窝囊,屁大的事都要捅到局里,抓着虱子往头上放。等到了局里,我一看几个局长都在会议室,心下不禁顿了顿:看来今天这事不简单。

局长主持会议,这个过早谢顶的中年男子用浓重的鼻音首先批评了电视台,说像合作栏目这样的事竟然不和局里打声招呼,搞先斩后奏,是违背了纪律。

这个调子一定,我心里立刻就发毛了!我一个劲地看着冒台长,希望他尽快站起来解释几句,但那人却只是不断点头,分明就是当众承认了错误。那人根本就不去想错在哪里,却先承认了。

局长清清嗓子,继续说:新闻单位是党和政府的喉舌,怎么能和一个公司搅到一块儿呢?公司充其量只是与广告业务发生往来,怎么能直接插手节目制作呢?全国也没有先例嘛!台里必须写检讨。总而言之,这个合作不能搞了,出了问题谁都负不起这个责任。

他们找我来就是让我听候宣判,但我没料到竟会是死刑!我必须说话了。无论这个事实能否更改,我都必须向这位局长说上几句。我强压着气愤,面对着局长问道:您看过我们的第一期节目样片吗?

那人点了点头。

您觉得哪儿违背了纪律?

这是两码事,局长说,问题在于这种做法。

我们是受蓟州电视台的委托来制作的,每个环节都由台里把关,我们其实就是为台里打工,难道打工也违背纪律?连中央电视台都经常请协作单位制作节目,怎么能说是"全国没有先例"呢?我不明白局长您刚才所说的问题是什么,更不知道您怕负什么责任。

一时间会场出现了难堪的沉默。

过了会儿,那位局长才微笑着说:这事不怪你们,我批评的是我们家的电视台。

我站起来说:我只希望在座的各位局长、台长把我们的节目再看一遍,还我们一个起码的公道。

说完,我就离开了。

现在想起来也算是书生意气吧,其实哪还有什么公道可言呢?问题的关键我当时认为是我们少烧了一炉香。直到去年的春天,我与几位作家去蓟州签名售书,王高来宾馆看我,才知道当初那件事的症结所在。王高说事情坏就坏在我们把节目制作得太好了。这让我很是困惑。难道问题竟然出在一个"好"上? 王高说:你们干得这么好,他们就觉得没面子了。王高说这不是臆测,而是事后他亲耳听见那位局长说的。局长说电视台这么多人难道是吃干饭的? 将来弄出一个轰动的栏目,结果还是从海南过来的几个无业游民搞的,你叫我的脸子往哪儿搁? 我怎样对市委交代? 怎么对几百万蓟州人民交代? 同时他要求电视台的业务骨干把我们这期的节目好好观摩一下,说看看人家是怎么干的。人家不花钱就把事做漂亮了呢。

我不知道这叫什么逻辑。签名售书结束的那天晚上,那位局长来看望作家们。他已经改当什么部长了,但说话的鼻音依然浓重,他和作家们一一握手,握到我头上,他似乎愣了一下,连忙满脸欢笑地说是你呀,老朋友了老朋友了!

我于是说:老朋友就不需要再握手了。

我发现我说话也带上了鼻音,这大概是感冒所致。蓟州这块水土看来是真的不适合我。

——1998年5月2日

蓟州:1994年9月

与以前几次不同,这回的感冒持续的时间很长。这种不起眼的小灾拖久了也很麻烦。人一旦病了,心态也随之做了调整,整日躺在一张陌生的床上,口枯舌燥,四肢松软。那时便羡慕有力气的日子,便觉得活动是件值得骄傲的事,便以为从前的一切基本上都算幸福。就想,这人的幸与不幸总是相对的。其实真要是把那点儿钱赔光了,人也就轻松了。蓟州的项目彻底完了,在蓟州发生的不过是一个白日梦以及一堆开支——大约赔进了三十万。这笔钱给那位局长买回了一颗高度负责的心,顺便给台长买了两台空调。就这么简单。

他们是奔着与电视台的合作来蓟州的,现在这事黄了,公司一夜间成了空壳,就像一条搁浅的死船。

这一幕像是海口那一幕的重演,但这回他已失去了回旋的余地。他面临的差不多就是绝境,生的可能性实在是渺茫得很。他不由想到冯维明以前说过的话,说意识形态领域如何如何,倒是不幸被言中了。既然一切已无法改变,也就只好面对了。他的压力还是在于冯维明的那笔钱,现在他觉得可以理解为借贷的还款了。他不会因为这个去与旧日的朋友打官司,不会咬住这笔钱是投资而非借贷,是风险共担而非本息偿还。他想既然这笔钱是经我的手玩完的,我就会承担责任,这责任与法律无关但在道义上沉重。而且这笔钱的来源看来很不简单。他想起有个晚上,自己接到了一个匿名的电话,一个陌生的声音对他进行严肃的提问:听说冯维明和贵公司在经济上有来往是吗?

他着实吃了一惊,就问:你是谁?

陌生的声音冷笑说:请原谅,暂时还不便告诉你。

他也还以冷笑:那我就没什么可说的了。不是暂时,是永远。

他气愤地把电话给挂了。卑鄙之举,他想,挂电话的人肯定是冯维明的政敌,或者是往日的对头,想靠捕风捉影来把冯维明整倒。但是那个人是怎么知道他在蓟州的电话的?难道还有另一种可能——冯维明让心腹之人来摸他的底,看看他会怎样对那个陌生的声音言语?是一次不友好的试探?他想如果事情真是这样,那么冯维明就更可耻了。那时他真想面对冯维明大嚷一通!冯维明,你的水平居然低下到如此地步,我要想卖你还能等到今天?我凭什么卖你?就凭你中途撤资把投资变成借贷化险为夷不想亏一分钱我就把你给卖了?你要这样想你他妈的可真没治了!

后来他还是给冯维明写了一封信,重点提到了这个匿名的电话,并表示自己会尽快把那笔钱送到海口,赎回汽车。然而冯维明没回信,也没来电话。

倘若项目没有这个突然变故,也许他已经去了海口了。一想到这一层,他就非常沮丧。他担心自己在冯主任眼里成了一个无赖,卷了朋友的钱溜之大吉。这是他最大的不安。可是眼下从哪里能得到四十万呢?项目泡汤了,啤酒厂的赞助款不能挪用,得替人家送回去才是。煮熟的鸭子飞了。

于是几天后,他又去了张临生那儿。山东人还以为他是来催第二批款的,见面就说:等我忙完这几天怎样?眼下正是生产旺季呢。你放心,我张某人说话算数,绝不少你们一个子儿。他心里不觉地酸了,把那张陆拾万的支票放到厂长桌上。然后他说:这事吹了,但我还是要好好谢谢你。

厂长一愣:咋吹了?

他说:就是吹了。没有个咋。

接着他就把事情经过简单地说了一遍,山东人把两手一摊,说这他娘的就是典型的蓟州人,先"结婚",跟着就叫你"离婚"。

他自嘲地一笑:我还没"结婚"呢,不过是梦里娶了一回媳妇。

山东人问道:你现在咋办呢?

他说:还没想好。看来蓟州这地方是难以立足了。

山东人拍拍他的肩说:沉住气!这时候最要紧的就是沉着。

后来很多回他都想起山东人的这句话。当一个人濒临绝境之际,能得到一句问候那也是莫大的赠予。所以他感激邢蓉,在这个极端困难的时刻与他相伴。那时整个公司完全陷入了瘫痪,员工们也只好考虑走了。但他没有想到陈涛这么快也要离开——大约在项目宣布流产的第三天,陈涛似乎有些腼腆地对他流露了去意。陈涛说水市的组织部门近期要放一批干部去县里挂职,他觉得是个机会。其实这个人从来就没有打消过当官的念头,不过是脚踏两只船罢了。

陈涛走的那天夜里,他主动找邢蓉谈了一次。这回他开门见山地说:你打算去哪儿?要是想去北京或者广州那一带,我可以帮你联系。

邢蓉说:等我帮你把手头的事处理完再说吧。要走,我哪儿也不想去了,回成都。

他说:那也好,毕竟是家。

邢蓉问:你呢?你下一步怎么打算?

他摇摇头说:不知道。

他说我现在成了一个夜行者,只能凭感觉前行,但我还会边走边吹着口哨。

1994年夏天我在中原蓟州莫名其妙地栽了跟头,眨眼工夫就撂进黄河里三十万,连个水泡也没有见到。这件事实在是伤了我的元气,也促使我想尽早从商场抽身。然而这个残局如何收拾,仍是个不好解决的问题。我等于把自己的钱全折腾完了,而且还得想法子去还冯维明那四十来万。我原想通过水市那位行长帮助一下,给我一笔贷款好把海口的事了结,拆东墙补西壁。谁知一打听,那人因为受贿刚刚锒铛入狱,由座上宾成了阶下囚。我又一次落空了。我想这或许是我本命年的余韵未绝,晦气还沾在身上,怎么做也还是不顺。我只能自认倒霉了。与此同时,桑晓光那头又起事了,她还是不断地来电话,却不再提新加坡那百万的承诺了,说话的口气也恢复到原先的从容自如,好像什么也没发生。她只说自己不舒服,病了,想我飞过去看看她。说来说去就这一个意思。我呢,不想再说什么了,但听了心里也的确不是好滋味。我和这个漂亮女人有过不少美好的回忆,我的出现又加速了她家庭的解体,如今我又不去问她,把她一个人撂在那个孤岛上,总觉得很歉疚。如果不是新加坡插一腿,我想我早就过去几趟了。在男女感情上我是个心胸狭窄的男人,缺乏宽容,但我不想检讨。

二十年前我就幻想一种清洁的男女之爱。一对一地终生相爱是我的梦寐以求。尽管日子逼近了世纪末,我还是认为爱情如同眼睛这个比喻很生动,很对我的口味,眼睛是无法接受一粒沙子的。我承认我对所谓爱情有过多次的思想背叛,但在行为上我始终恪守一个原则:决不先负女人,哪怕是我不爱的女人。这也许是我最大的虚伪与可耻,可是没办法,我就是这么个货色。有时候我觉得我像一只鹰,总是支着翅膀,对女人保持着警惕,而一旦有沙子钻进我眼里,我便突兀地飞起——远离是我应急的方式。我的悲剧在于:每一次都飞不高,而且还习惯性地在那片耻辱的天空里做有气无力的盘旋。

有一天桑晓光又来电话了,说她近期要做手术,妇科有点问题。她的意思是希望我能飞过去陪她一阵。这让我很为难,去与不去都不合适。我就说现在蓟州这一摊子正乱着,情况很不妙,我倒也想出去散散心。话说得模棱两可,很暧昧。她就低声地哭了,很伤心地问道:你真的不管我了?

这一问一哭叫我心神不安。那时我实际上就已经做出了决定,还是得去一趟海口,女人在这个时候是需要关心的。再者,就是分手,我们也应该面对面地谈上一次,把话说清楚。遇见这种局面,我就立刻成了一个优柔寡断的男人,这似乎也是一种劣根性。于是这天下午我就自己去民航公司订票了,准备这个周末飞海口。这件事我没有告诉其他人,连对邢蓉也没说,我担心她会因此看轻我。等我订完票回来,桑晓光的电话又来了。这回她提出了一个令我吃惊的问题,就是钱。她说:我动手术需要一点钱,你看能不能把我那八万块钱给我?

这简直太让我意外了!我在蓟州的处境她应该可想而知,怎么这个时候突然来这么一下?我就说:公司的财务现在很紧张,拿不出这笔钱。

她一下就急了:我要动手术了,你怎么这样?

我说你是有单位的人,生病住院单位不会不管的。

她质问道:你说,这笔钱到底给还是不给?

我说:我没说不给,只是现在真的拿不出。

一点都拿不出吗?就不能给我借点?

我在蓟州举目无亲,你让我找谁借?

她就把电话挂了。过了一会儿,便又拨过来,这次的口气更重了,她说:你真没辙我也不难为你,但你得给我打张条子!

我说这没问题,我立即给你打。

她进一步说:要以你的名字,把一切都写清楚。

这回是我把电话挂断了。但是那一刻我已不再感到惊讶,只是觉得胸口堵得慌,需要不断地进行深呼吸。我认真拿起笔,写了一张工整的借条,签上了我的名字,还加盖了印章。这种条子我已经是第二次写它了。然后,我让邢蓉去把它寄出去,我强调说:记住,发特快专递。

这应该是我和桑晓光的历史中最黑暗的一天。她何以这样对我?我至今也想不明白。去年我在北京时,广州那位哥们儿来组稿,住到了我这儿。一晚,边聊天边看电视,他说某个电视剧里的女主角很像是桑晓光,就又笑话了我几句。他说:怎么样?我说你们好不出两年吧?我就谈了我们后来因为什么破裂了。我说我万万没有想到在那么困难的时候她会让我给她打条子,这事要在小说里看见,我都觉得不真实呢。朋友哈哈一笑,说什么话,这太真实了!你以为爱情是铜墙铁壁呀?

我说我怎么也还是想不通的。

朋友说你小子一溜烟地走了,女人当然就得考虑后路了,眼见着人笼不住了,那还不急着把钱弄回来?

我说这好像太简单了。

朋友说就这么简单。

现在看来,朋友的话没错。男女的事有时就是这么简单。

——1998 年 5 月 3 日

傍晚,邢蓉走进他的办公室,说财务上把账大致清了一遍,基本上是平的,问是不是可以办移交了,会计急着想回家。

他默默点了点头,手中还在玩着自己的印章。这方印还是多年前他习画那阵子一位金石老先生替他刻的,那上面还留有边款:只研朱墨作春山。这真具有讽刺意味,如今哪还有春山可作? 倒成了债务的铁证。印盖上去的那一瞬,他感到心脏剧烈地一颤,他越发觉得这红的印就像一副枷锁,美得残酷。

邢蓉这才轻声问道:你什么时候还借她八万了?

他苦笑道:借? 就算是借吧。借了还掉,一了百了,倒也干净利落。

邢蓉似乎还想说什么,却终于没再开口。

他掩上门,看着外面的天一层层地黑下来。后来他又想到了那艘铁船,第一次觉得那个不知名的姑娘的死不是写实,而是象征。象征往往比写实更有力,他想,我们的相遇从一开始就预示了死亡。现在总算是走到尽头了。

这天晚上他意外地接到母亲从故乡石镇来的电话。母亲问:有一个姓桑的女人说你欠了她八万块,有这事吗?

他说:这事我自己处理。

母亲说那女人口气很厉害,说你拿了她的钱就再也不见面了。于是母亲就告诉那女人:你放心,我儿子欠的钱要是还不起,由我做娘的还。她追着要你打条子,你打了吗?

他说:我打了……

最后母亲说:你要是外面不好过,就回家来。

他说:没事的,我很好。

放下电话,他的眼泪就跳出了眼眶。这时,男人对女人已不仅仅是失望了,还带有痛恨。这个女人完全失去了理智,简直就是疯狂！他气愤地想着，怎么也不能把当初如胶似漆的相爱与眼下正发生的事实拼贴到一起。那个晚上男人被彻底地激怒了，他发誓要尽快弄到一笔钱，就是偷也要把那八万首先去掉！这一天在男人心里扎进了一根针，每跳动一下就会引发一阵刺痛。很长时间过去，男人回想起这一天的情形仍然感到恐惧，但他还是不敢相信这些绝非杜撰。1994年对于这个男人是灾难的一年，命运似乎把他今生全部的挫折与打击汇集到了一起，想置这人于死地。他整个地笼罩在无边无际的阴影之中。

实际上他已经被弄死了，现在大家看到的这个家伙不过是个赝品。这个人也是身高一米七一，体重也是七十四公斤，依然抽着三五牌的香烟，每年写三十万字的小说，一味地模仿前任的腔调与做派，但这个人的心换了，换上的心脏至少已用过一百五十年，循环的血液颜色和酱油差不多。1997年10月，有人在中国首都北京见到过这人，并热情地为他介绍一位拉大提琴的女友，这人感激不尽，好色的品性继承得很好，但他说了一句莫名其妙的话：这个女人将来会让我打条子吗？

那一刻，他又看见了阴森的1994年，夏天已经过去，秋天来了。

蓟州的秋天藏在弥漫的黄沙之中，远不是画报上那回事。你就是每天擦上十遍，室内还是有一层微尘。一杯水喝完，杯底就见到了沙子。

黄河就更是黄了，黄得凝重，逶迤东去的仿佛是锈的铁流，让你不敢相信东边还有着一片无边无际的蓝色。

秋起的时候我雇了一匹枣红色的老马,沿着干涸的河道溜达,颇有些西风古道的意思。我的视野里都是些萧瑟的景象,那时我常常想,中原这块土地实在看不出多少的蹊跷来,不明白为何自古就属兵家所争,遗下逐鹿之美名。直到一天我去了洛阳的龙门石窟,才对这地方产生了眷恋,那时,我却想离开了。

去洛阳的计划是早就拟定了的。原想等我们的电视栏目五期播过,请一些朋友来蓟州开一个座谈会,再集体去看看那伊水的两岸——龙门石窟和白居易墓。现在情况变了,但我还是想去一趟洛阳。那时公司的事务都处理完了,会计一走,也就只剩下我和邢蓉了。我就想和她一道出去散散心。同时觉得这大概是个仪式,玩过这一趟,邢蓉也会走了。前些日子她妹妹来了电话,说她父亲的病最近有加重的趋势,想让她回去看看。邢蓉就只有这个父亲,靠她妹妹照顾,但她妹妹想在国庆前后结婚。我想邢蓉这一走也许就不会回来了。这么一想,我心里便有些伤感,似乎这才感到自己是真的走到了山穷水尽这一步了。有时我觉得我就是座岛屿。一座浮岛,周围是无边而苍茫的海。我心里也矛盾,一方面我不想这女孩离开,一方面我又不愿去连累她,我已经是债台高筑,四面楚歌,仿佛离乌江一刎也就一步之遥,鼓过三更,灯枯油尽,是到了别姬的时候了。但是从前看过的武侠小说里诗剑逍遥的江湖情怀又让我觉得很鼓舞。我曾不止一次地幻想过那种神雕侠侣般的生活,好像人除了吃饭恋爱,就是练功习武,单纯而潇洒。那自由如风中行云,称得上飘逸,而我的自由却是像穿上了一件雨衣,潮湿而沉重。

那天晚饭后,我们去街上散步,一路上谈着去洛阳的事。我说已和啤酒厂的张临生说好了,让他派车跑一趟。邢蓉就笑了,说你这人倒是个乐观主义者,这时候还有玩的好心情。我说其实想通了也就那么回事,我不信我这辈子都背时倒运,总有顺的那一天。

邢蓉说:你还有五十万的债务,我愁的就是这个。

我突然反问道:你觉得凭我的能耐这会永远是个问题吗?

邢蓉沉默了一会儿,然后说:你只要保持这个状态就行了,我信。

不知从哪一刻起我拉住了她的手,现在又拉得很紧。我们后来就一直这么拉着。

那是9月下旬的一天,我们在散步回来的路上正好被房东截住,催着要交四季度的房租。这房东大概也看出我们垮台了,害怕赖账,三天两头地催钱。邢蓉就叫我先回去,自己把房东拉到一旁交涉去了。那时账上所剩还不到两万,我就想,管到年底的花销还不是问题。回到宿舍,我又开始想自己的下一步,觉得面前的路也就两条,一是像两年前那样去找一个安身吃饭的地方,以等待新的机遇;二是回到老本行上,靠稿费解决温饱问题。但无论走哪条,前提是必须离开蓟州——哪怕是重返海口,也比耗在这个黄沙黄水的地方强。海口找不到机会,但毕竟还有南方的气息,毕竟还面临着海,毕竟还可以看见一方蓝天。

然而目前我是回不了海口的。我已经想好了,我回海口的那天就是清除两笔债务的日子。因为这不是一般的债务。

邢蓉还没有过来,我突然感到了一些寂寞,刚才路上那牵手的感觉越发地强烈了,浓浓地袭上来,这种感觉已经疏远我好些日子了,现在却再次找到了我。我想,今晚得和这个叫邢蓉的女孩说点什么了。我想我必须对她说:你不要离开我。我们从头再来。

我向往已久的那种生活其实已经出现了。

这时候听见邢蓉在门外喊:帮我开一下门。

我去开门,就见女人一脸是汗地立在门口,手里拿满了自己的行李。女人说:我退掉了一套房。

这一天是1994年9月28日。很多次,我把它视为生命再度诞生的日子。那个遥远的中原秋夜开始的一切都是崭新的,我坚信我后来的好运气频频而至都离不开这个值得纪念的晚上。这个晚上透析的是我生命的全部。那时我想,一个男人的贪婪不是别的,就是要得到一个好女人。你拥有了这个女人,你就觉得一身的晦气都抖搂干净了。这个女人给予你的应是一般女人所不能给的,那就是一个男人无法剥夺的尊严和必须坚持的自信。

——1998年5月4日

犁城:1994年10月

人生有时就是一台戏。美国影片《偷窥》企图揭示的就是这个主题。那个由威廉·宝云饰演的饭店经理,我不认为是个变态狂,他通过隐蔽的电视监视系统对每间公寓进行偷窥,是因为觉得生活本身比"肥皂剧"更好看,于是偷窥成了这个人的精神寄托。

我的前半生中可以说是充满了戏剧因素,这或许与我的遗传基因有关,我的父母都是从事戏剧这行的,我母亲怀我在腹六个月还在台上演出,据说,那是一出悲剧。我之所以几次迟疑不决来写这部关于自己的书,最大的心理障碍就是这些难以抹去的戏剧性。在某种意义上我很不喜欢这种奇巧跌宕的因素,它很容易把我精心营造的自然状态破坏掉。但是很遗憾,我无法回避这些,理由只有一个,它是真实的。如此看来这就形成了矛盾:因为真实我写,而一旦写进去又显得不真实。然而这就是我的生活,我的人生。

1994年9月最后的阳光落到了我的身上,我以为从此走进了温馨灿烂的日子,却不知此时自己的阴影就在脚下。第二天,9月29日,我突然接到王高的电话,说郑州有朋友想看一看我们做的那期电视栏目样片,要我立刻赶过去谈。我很兴奋,手忙脚乱地准备着。那时候邢蓉正在洗衣服,听到这个消息也非常高兴,她提醒我尽可能把条件降低一些,眼下最要紧的是求得项目成活,把名气打出去。

这样我上午就动身了。匆忙之中连手机也忘了带,等人到了郑州,才想起来找个公共电话给邢蓉打过去,但是她不在屋里,或许上街去买床上用品了。昨天晚上我就对她说过要买,我说我们要让一切都新起来。我在郑州的朋友很多,都是文学界的,所以一到便有饭局。大家难得一见,酒喝起来就没个完的。那时在大家心目中我还是个能折腾的人,这两年我的情况也时常见诸报端,于是就以为我在海南发了横财,如今又打起中原的主意了。说得我啼笑皆非,还得硬撑着是个有钱的主的模样,频频举杯感谢。郑州之行令我愉快,尽管这愉快里掺有苦涩。但是生意谈得不顺,对方是电视台的一位小头目,想干出成绩给上面看,又担心这事公开化,淹没了他的功劳。他的企图是想让我永远很廉价地把片子卖给他,却不想让我正面介入,说是借我一臂之力,其实是想我替他个人打工,剥削我。我自然不能同意,我说:这不是通奸,总是在阴暗里搞。我要的是光明正大的合作,而不是雇佣。

晚上,我又给邢蓉去了电话,结果感到很意外,她还是不在。那时已是近十一点了,她不该不在屋里呀,她怎么可能不等我的电话呢?我脑海中迅速闪过那次在广州给桑晓光打电话的经历,不免又往坏处想了,担心她突然生病或者遇上别的什么麻烦。那会是什么麻烦呢?也不知自何时起,这种神经质的担忧像影子一样缠上了我,一有意外就首先想到不测。这或许是每个漂泊者共同的感觉,人在途中,每走一步都觉茫然。

我谢绝了郑州友人的挽留,第二天一早就上了火车。四小时后,我回到了蓟州,一口气从车站赶回住处。我喊了邢蓉,没有应答。我于是打开门,看见室内收拾得干干净净,接着我就见到了她留给我的条子——

家中出事,我须立刻回蓉,详情等我电话。
珍重!

大概一周之后,是个雨夜,我终于等来了那千里之外的电话。原来是邢蓉的妹妹出了车祸,惨遭了不幸。邢蓉在叙述这件事时竭力想使自己平静一些,但最后还是忍不住地哭了。我对不起妹妹,邢蓉泣不成声地说,如果我在家,也许死神会看上我的。你知道,我们是孪生姐妹……

邢蓉最后说:亲爱的,我恐怕很难再帮你了,你要多保重,凡事想开一些,你要好好活着,你要……

她无法再说下去了,电话里是一串忙音。我的眼泪早已淌下,而我的眼前出现的却是邢蓉遭遇车祸的悲惨情形,它不像电影里常见的那种变格高速摄影,飘飘若仙般的充满诗意,它就是血淋淋的,就是一个鲜活的生命的毁灭!很多次,这血腥的画面闯入了我的梦境,总让我一身冷汗地于夜半时分惊醒……

我的梦又一次碎了。我想我该离开中原了。挪亚方舟上连蚂蚁都是成双结对,而上帝却执意要我独自去走以后的路,我不知道这路还有多长。第二天,我给邢蓉汇去了一万元,又把剩下的六千全部提了现,开始打点行装了。在离开之前,我还是乘长途汽车去

了洛阳,在伊水之侧做了半日的逗留。伊水南北而贯,一桥连接东西,西岸是气势恢宏的龙门石窟,东岸是清丽肃然的白香山墓。中国的石窟寺渊源于印度,据考,公元三世纪就已传入,所以其早期的雕刻技法带有南亚次大陆犍陀罗艺术风格痕迹,而至南北朝以后,本土的精神占了上风,化为中国式的佛教艺术,于唐时登峰造极。相传奉先寺的大卢舍那就是照着武则天的模子写生雕刻的。我不信这个,我觉得这位仪态从容、神情超凡的女佛形象应该起源于一个乡村少女,这只有那个不知名的石匠晓得。

我羡慕那个石匠,他以这伟大的方式留住了自己心中最好的女人。我也羡慕那位白乐天,中国历史上像他这样走运的文人并不多,白老西儿生前就选人间天堂的苏杭做官,且官做到了刺史,晚年又相中了这依山傍水的精舍隐居,活到了七十五便长眠于香山。然而后人记不得这点实惠,诗人最终还是活在了他的《长恨歌》和《琵琶行》里。这是诗人的方式,为的也还是女人。我羡慕的就是这个。那个黄昏我徘徊在古代的石匠与诗人之间,风声乍起,伊人不再,眼前的香山伊水也渐渐暗淡了去,我心中纳满了凄凉。三年前我去海口,落脚的地方是苏东坡发配待过的五公祠,现在我欲归去,白香山的墓冢又成为最后纪念的背景,这种难以破译的暗合我至今不明就里……

——1998年5月5日

铩羽而归。男人又一次回到了犁城。那是个细雨凄迷的星期六早晨,火车的汽笛在空中回荡着,如同哀丝号竹。犁城的街道上人影稀疏,才进 10 月,寒意就侵入了这座城市,一切看上去都显得那么清冷。一夜的旅途劳顿,使男人原本就憔悴的面容平添了一份倦色,那时他最想的是蒙头大睡,然后由女儿把他弄醒。

  雨是从昨夜开始下的,女儿一定是听着这沙沙的雨声走进了梦乡。女儿的梦中会有我这个父亲吗?男人忧伤地想着,一边把钥匙从锁孔里抽出。女儿此刻尚在睡梦之中,他不想惊动孩子。男人坐在自家的门口,拿出剃须刀把胡子又光了一遍,他不想让女儿从父亲的脸上看见失败。但他想,李佳是完全料到了的。昨晚临上车之前,他们通了电话。他告诉李佳明天回犁城。李佳就问:蓟州那边的事是不是做不开了?他轻叹了口气,说:不顺。他们就没有再说什么。

  他很佩服这女人的嗅觉。这么多年下来了,他们了解对方就像熟悉自己的身体,但是情却不同手足。看来了解的未必都是爱,甚至有时候问题恰恰就出在过多的了解上。男人正想着,门开了,李佳睡眼惺忪地说了句:回来了?就又进卧室接着去睡了。

  男人的床铺在自己书房里,被套床单以及枕巾又都换过了。这让男人很有些意外,同时也生出了几分的内疚,觉得这个家要是从这时开始,情形是大不相同,然而这已经晚了,过去的阴影实在是太多。这个早上男人后来新烧了一壶水,沏好茶,坐在书房里细细品尝——他总算是又喝到了一口好水了,蓟州那三个月里喝的那叫什么水呀？当然最好的水还是在海口。整整三十个月之前，男人就是从犁城去南方的，他把这次远行看作生命的起点，但是万没料到绕了一大圈子竟又折了回来。这真是一个漫长的玩笑，男人想，下一步呢？男人突然觉得这三年里一直就在想着"下一步"，想得精疲力竭，而眼下却没有了所谓的"下一步"，或者说这下一步与上一步没什么区别，他从终点又回到起点。当初去南方男人似乎带着琴心剑胆，如今琴断剑折，所剩的就是一腔忧愁了。

他着实感到累了。

当天下午,他便像以前那样开始操持家务。他给女儿烧了酸菜鱼和火腿芦笋,孩子吃得很欢。孩子说爸爸的菜做得就是要比妈妈好,李佳就笑了一下,说:你爸爸除了会烧菜还会什么?他也笑了,他想李佳这话没错。我还会什么？那感觉带有败军之将何以言勇的惭愧。倒是女人过得挺滋润的,胖了,也白了,神情自若,浑身散发着少妇的风韵,这应该是爱的成果才对。李佳能调理得这么好,他感到高兴。但是第二天,他送女儿去少年宫学画的路上,又忍不住地问孩子:你妈电话还是那么多吗？女儿看了他一眼,表情迟疑地说:不太多。他觉得难为了孩子,不该这么问。刚才孩子那一瞬的表情让他很不安,似乎是第一次感到,这孩子长大了。

1994年10月,犁城的天空很少有过晴朗的日子,气候却十分宜人。男人每天买菜做饭,余下的时间就是去一座叫作"鸿泥"的陶吧消遣。陶吧的主人是他从前的朋友,原是个工艺美术师,痴迷陶艺,就与人合伙开了这么个边喝茶边玩泥巴的场所。这无疑是个好去处,很合他的胃口。

望着旋转的泥团,他感觉像是返回到了童年。三十年前他随外祖父去老家罐子窑,一个遥远的秋日下午,他看着老人从一团红泥里拽出了一只陶罐,顿时就爱上了这手艺。于是以后的每一年秋天,他都要回一趟老家,为的就是这爱。他因此有了一点制陶的功底。这个爱好一直延续到1978年他进大学。现在再玩,心情却是天壤之别了。一天下午,犁城的两位记者在这儿遇见了他,就想采访,他谢绝了。但对他们还记住他还是一个不错的作家很是感激。每次回犁城,他都会收到一些读者的来信,他们询问他的近期作品与生活,他们问哪儿能买得到他的书。每每面对这些陌生的问候,他的心情就会变得异常复杂。这几年像着了魔似的被一堆无法想象的杂事纠缠,他难得写点什么。唯一能使自己解脱的是他还能认真地去写,而且他也从未想过将来要成为另一种人——他也成不了另一种人,他做这行已是前定,就像一个人无法改变自己的血液。

这天,他收到了邢蓉的来信。女人在信中谈了回蓉之后的情况,说自己现在已到了一家电讯业务公司上班,那儿离家较近,便于照顾病中的父亲。人生无奈,邢蓉这样写道,要面对多少躲不开也绕不过的事啊!有时觉得人活着就是义务,妹妹的死使这感觉更加强烈了,现在我无法去选择生活,而是让生活来选择我,直到把我放弃。

邢蓉提到了那一万元,就问:你还有饭吃吗?邢蓉说你还是早点从商场抽身吧,回到你的台子面前,你至少要养好你的女儿。邢蓉写道:我曾经想将来一定要替你准备一间漂亮的书房,看来连这点事也做不了了。

收起信,他不禁想起那恍然若梦的一夜情怀,心中难免生出了感伤,想这大千世界的无常,实可谓白云苍狗了。

1997年3月,我去成都选这部《北纬20度》的演员,在宾馆里意外地听说了一个故事,竟与邢蓉有关。那天,这家宾馆的门前出了一起车祸,据说受害的是一位姑娘。人们议论着,便联想到三年前发生在这附近的另一起车祸,死去的也是一位姑娘,认为这个地方的风水很有问题。我当时正在茶座里和一位女演员聊天,听到这议论就感到所说的可能就是邢蓉的妹妹。于是我就问了这位演员,三年前遇难的那个姑娘是不是姓邢?演员说是,问我怎么知道的。我谎称是从一张小报上看到的。演员就感叹了,说那件事很有戏,也非常地感人。她说那对孪生姐妹几乎是同时爱上了一个画家,后来姐姐退出了,只身去了海南。那画家人很不错,画也挺棒的,据说他画的那些人体作品,都是以自己女朋友为模特的。不料就在他们即将结婚的前夕发生了这个惨剧,画家痛不欲生,简直就要崩溃了。但是有一天,他的女友又走进了他的画室,对他敞开了身体——这就是死者的姐姐。后来……

　　我打断说:后来的事我已经知道了。

　　可能因为这个原因,我没有给邢蓉去电话。我不想破坏这个凄美的故事,我要做的就是对那个曾经属于我的女人由衷地祝福。既然邢蓉认为妹妹是替她死去了,那么她就该替死者活着,好好活着——这是我们彼此的祝愿。几天后,我离开了成都,当飞机从双流机场升空时,我还是忍不住地落泪了。在以后飞行的两个多小时里,我也飞速地把自己这半生的经历大致梳理了一遍,突然总结出一个有趣的公式——毁我的帮我的同是两种人:朋友和女人。但无论如何,我都忘不掉他们。

我说过,1994年的10月犁城是个雨季。但是10月24日却是一个阳光明媚的日子。这天早上我像往常一样去菜市上买了菜,回来后还把被子架出去晒了。那时大约十点多,我想抽完一支烟就动手做饭,李佳突然进家了。我以为她哪儿不舒服,提前下班了。正想问,她先开了口。她说:出太阳了,我们今天去把手续办了吧。

尽管我对婚姻的解除早有准备,然而事到临头还是觉得很突然。我就问:你想好了?

李佳说没什么可想的了,迟早的事。她说:我们还是协议吧,你要女儿,我也给,但你现在带不方便,我还和孩子住一起。

就是说我只是法律上女儿的监护人?

是这意思。孩子长大了,就不存在这一点了。她爱跟谁就跟谁。

那你去单位开介绍信吧。

我已经开过了,你去文联开吧。

那好,我现在就去,回来我们再谈协议。

协议也没什么可淡的,我只带走我自己的东西。你要是赚钱了,就给我一点。

我给十万吧,但我现在还拿不出。

那就等你有了再说吧。

我给你打张条子。

说着我就打了条子。这是我打的第三张条子。不过这一次没有人逼我,是我自愿。这一次也没有盖章。当天下午,我们就去了中市区的民政部门。那是一个风景如画的地方,面临着一湾清流。阳光意外地强烈,我们合打了一把遮阳伞,一瓶矿泉水在手中递来递去,所以登记的人就把我们往楼上引。楼上是结婚登记处。我想起整整十年前那个秋天,我们来办理结婚登记,那天却下着倾盆大雨,如今看来算是意味深长了。

按照要求,须现照一张二英寸的黑白相片。是快照,一分钟就出来了。但照片上的那个男人怎么看都不像是我。很快,手续办完了。我和李佳十年的夫妻,五年的冷战,了结却不过是半小时的事,如白驹过隙。思至此,就不能不觉出人生的荒谬来。

那天我们是乘车而去,步行而归。阳光一直很好。

——1998 年 5 月 7 日

男人的钥匙插进锁里,居然门没有开。女人说,用我这把吧。女人开了门,又说:你那把钥匙也用得太少了。然后就麻利地换拖鞋,突然手悬在空中,笑着叫道:现在这不是我的家了。

男人也笑了一下:你女儿还在这屋里。这可是离不掉的。

女人的表情有了刹那的阴郁,对男人说:这事暂时别告诉孩子。

男人点点头,就进书房了。现在他知道了女人为什么这么果断地把这件事办了,原来不过是因为一套房子。她单位盖房,领导关心地找她谈话,说早就听说你和某某人要离婚,要是真离,这回的房子就要考虑她;否则以后可能就没机会了。

这就是离婚的契机。但是男人觉得这契机不好,还不如闹出个第三者体面。离婚理当是感情破裂,离婚也还是为了感情,所以离婚值得尊重,与房子有何相干?

也许这不是契机而是借口。

过了会儿,女人走到了这边,说:这下是真的离了,我们结得糟糕,离得倒还漂亮。

男人说:离了干净。

两人沉默了一会儿,似是尽在不言之中。那个时刻他们都在想对方的过去。男人的思绪很清晰,他从多年前那列北往火车上的相遇,想到一片杉树林中捧读陀思妥耶夫斯基的这个少女。从新婚之夜想到女儿的诞生。蓦然间,男人想起了一件事。

男人灭了香烟,说:那次你从深圳回来,其实我们坐的是一趟飞机。

女人很诧异,就问:你不是从上海飞回来的吗?

男人说:我骗了你。

女人:……

男人说:后来你又骗了我。我想你和那个穿藏青色西装的家伙……

女人打了男人一耳光。

男人仍然往下说:在飞机上,我一直看着你们的背影。那趟航班很糟糕,飞机颤个不停,那时我想,万一飞机出事了,我就朝你冲过去,抱住你,要是我们没有这个女儿,我想那个结局挺好……真的挺好,很浪漫,很公平,所谓生不同床死同穴,生得平平淡淡,死得却轰轰烈烈,就像徐志摩……那个瞬间,我们就全部属于了对方,就彻底干净了……

他们就紧紧地抱住了。这样的冲动在十年的婚姻中从未出现过,却不可思议地在离婚的第一天诞生了。

也许命中注定他们只能在法律之外相爱。这一天应该和他们相遇的第一天焊接在一起,属于情人的节日而非夫妻的纪念。情感的悲哀就在于永远只有一瞬的美丽。这美丽是脆弱的,根本支持不了婚姻的重负,更谈不上对一宗失败婚姻的挽救,这一瞬只能供奉在意识的神龛之上。经历过这场波澜,他们现在需要的是把角色重新定位:我们做不成彼此信赖的夫妻,但我们能成为可靠的朋友。对此,他们深信不疑。

几天后,男人在"红门"附近租了一间普通的民房。但白天的时间仍然在家中做饭。每个晚上男人坐在灯下,习惯性地回想着往事,觉得自己这三年里好像是演算了一道最简单的加减法,先是不断地得到,然后又依次失去。而这道题至今还未有结果,却是趣味横生。一个后半夜,男人从睡梦中醒来,撒完尿之后睡意顿消,他就洗了把脸,用剩茶漱了漱口,然后突然决定要写一部长篇小说。

他想以这种熟悉的方式对自己作一次清算。

海口:1995年2月

从那时起,我的全部精力都放在了那部小说上。我写得很顺手,每天差不多能写四千字,有时达到五千。所以仅仅一个月零几天,小说的第一部便杀青了。我的一些编辑出版界的朋友知道我在埋头写个长点的东西,就事先约了这部稿子。最后我还是把它寄给了北方的一位老朋友,他主持着一个受到广泛称赞的文学期刊。稿子寄出时,我才将它命名为《北纬20度》。

于是在1995年1月,这部小说公开发表了。从写作到发表,所经历的时间是两个半月。这个速度并不让我意外,我自觉写东西历来手快。但这部小说给我带来的好运气让我始料不及。

小说发表的同时,一家出版社就与我敲定了出版合同。这家出版社以前就出过我两本书,但都赔了钱。而这回他们显得信心十足,首版印数就定在五万册。就是说,我至少可以拿到十万了。这叫我高兴,我便提出:你们最好先付了这笔钱。他们爽快地同意了。

然后是北京一家影视机构要买下它的长篇电视剧的改编权,所出的价格还是十万。而我的要求是,这部电视剧将来必须由我本人担任编导。经过几番接触,他们对我的能力似乎也不再怀疑,但是目前还只能是先买下改编权,有效期为三年。显然,余下的那些钱还是镜花水月,可望而不可即。可我实在是太需要这笔钱了!我又想起了以前林之冰对我说过的一句话:有时候钱能为你买一个公道,赎回你的尊严。钱这时又成好东西了。

或许人世间果真有感应一说,有一天,我接到一个电话,是一个陌生的男声,自称是林之冰的朋友,刚从墨尔本回大陆。那人约我在犁城饭店见面,说有要事面商。我心里不禁颤了一下,立刻就过去了。刚进大堂,一个体态修长面目斯文的男人就向我迎了过来,说我和书上的照片距离很近,然后就自我介绍说他复姓上官,单名一个文。他说代林之冰小姐问候我。我就问:林过得好吗?上官说很好,在那边发展得不错,张罗着一家中国餐馆。我们就去了酒吧,上官文说他比林之冰先出去两年,主要从事出版业务,范围除了澳洲,还涉及中国港台地区及东南亚一带。这次回大陆我就想组一些青年作家的书稿,上官说,其中当然也包括您的。他说这批作家的书在外面的销路还不错。那时我就觉得,这个人不太像我常见的那些书商或者出版经纪人,没有人会先说你的书好卖,然后再与你谈价的。我想这或许是林之冰的一手安排,料定我在生意上栽了便以这种方式来接济我。所以后来我和上官文也没有就价格作洽谈。他出价两万美金,买我四部书稿,连同这部刚问世的《北纬20度》。我说可以,但我提了一个要求:您不要用美金支付,就按官价给我人民币吧。

那人似乎感到不理解,我想这种情况他在国内也许还没有遇见过,但我也无心多做解释。临别时,我托上官文给林之冰捎去了这本登有《北纬20度》的期刊和一件我在鸿泥陶吧烧制的作品。

这是一只手。一个男人的手。我的手。我深信我的女人会经常握住它。我没有更多的话要对林说了,这只手的语言比我的倾诉也许更为丰富。就像我现在写的这部书,我已经说了不少,但更多的却是我没有说的。

那时已经距离春节没多少天了,我还是决定要去一趟海口。我手头的钱集中起来已有四十来万,余数并不多,就想先向朋友借一下,以凑成五十万好还给另外的朋友——无论如何,他们都还是我的朋友,我希望这样。于是我就同李佳谈了,我说很不好意思,我欠你的钱没法给,反过来还得向你借。这事我还不想让我的父母知道。我说现在借钱似乎是不礼貌的,所以想来想去还只能对你开口。李佳就问还差多少。我说八万。李佳说她拿不出这么多,但表示替我想想办法。也就在这天,我突然接到了那位山东人张临生的电话,说他在报上看见了对《北纬20度》的评论,很为我高兴。说我的确是个人才,所以现在他想拍广告,就觉得我最合适。他说:你得帮我这个忙。我说是你在帮我,我心里有本账的。接着我们就谈了一些细节,我建议去北京拍,用35毫米的电影胶片,成本虽然略高一些,但出来的效果绝对要强过磁带。山东人说:你造个预算,我把一切都包给你。你把我儿子带上见识一回,但别给他发钱。我也就明说了,说这回我需要赚你十万。山东人就说没问题,接着他说:上回你要是把那六十万卷走了,我也只好干瞪眼,所以我老张拿你当朋友。那个下午我真是感慨万千,觉得人与人之间的信任建立起来并不困难,然而丧失它也同样不困难。

一小时前,我从外景地回来,今晚并没有夜戏,我主要是去验收美工部门的那一场景的搭制效果，同时确定一下明天拍摄的机位。这大概是我们的最后一场大戏了，同时也是全剧的尾声。剧中的那个男人在海口折腾一番后，将要离开这个岛屿重返大陆，他的身后就是两年前送他来的那艘轮船。我认为这应该是个雨天，而那个男人却不能打伞，我要让他淋够——我想表达什么？证明那家伙是在冒充好汉，还是告诉观众这小子混惨了如落汤鸡一般？抑或是借一场无端的风雨来渲染一种悲切的气氛？我倒说不清楚了，但我需要雨。

剧中的男人离开的时间确定在1995年2月。那个时候，我正由北京飞往海口。

——1998年5月9日

波音737型飞机在经过三小时四十分钟的飞行之后，笨重地降落在了海口机场。这趟航班很空，大约只有一半人。在北京订票的时候，服务小姐问他是否订往返的，因为回来的票很紧张。他说不用。小姐就说：您是去海口过年的吧？现在很多人愿意到外地度假的。他笑了笑，心里在说：我是去海口还债的。

每回坐飞机他都有一种莫名的恐惧感。但是这次的情况变了，当飞机在北京上空完成爬高后，他便有了阔别已久且又浓重的睡意，不多会儿即慢慢地睡去了。于是男人的梦便悬浮在了万米高空。

它们跳动着，像火，也像是显微镜下的精子，或者就是火的精子。

它们跳动着,那是迎接精子来临时刻迸发而出的舞蹈,那形态也如火的光焰,或者就是火的舞蹈。

无论何时,火的形态都会构成某种启示,这是男人梦醒之后的总结。

那一天海口的阳光很软,天高云淡,机场上异常繁忙,那些大陆人正急着赶回去过春节,他们中间的一些人这一走也许就不会再回来了。然而记忆中这边的天总还是蓝的,它或许不再是梦的颜色,但却是回忆的提示。这是个值得回忆的岛屿。

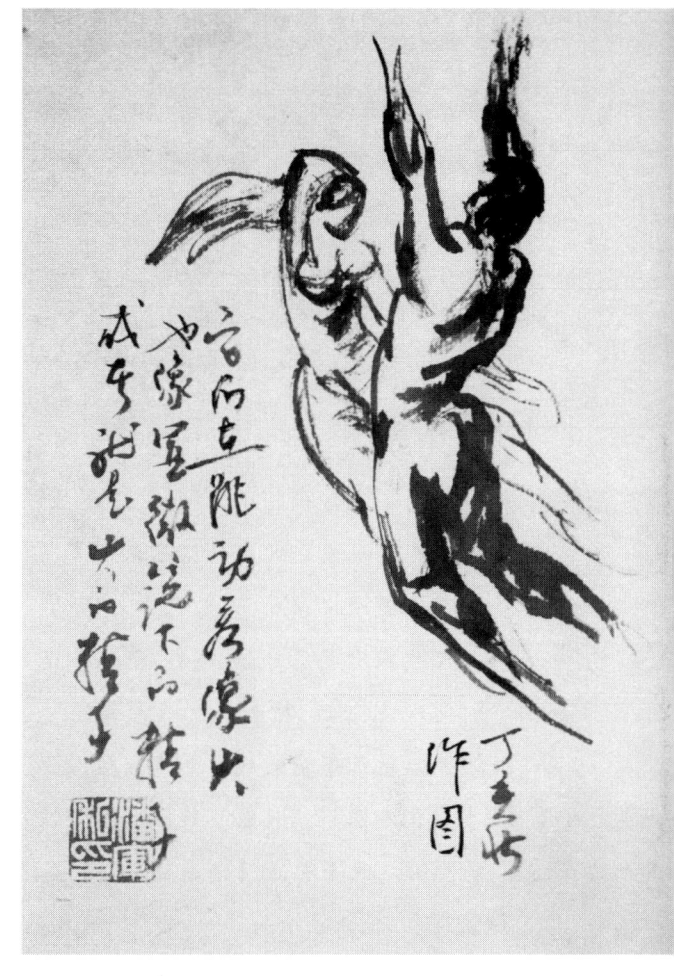

男人在海口宾馆住下之后,立刻就给冯维明去了电话。冯主任在,但是没有想到是他的电话。他们已有很久不通电话了。

男人说:冯主任,我到了海口。我来还你的东西。冯主任稍有迟疑,然后热情地说:别叫我主任好不好?晚上我们老地方见吧,我给你接风。有些事我得当面跟你解释才是。

于是天一黑他就去了靠近秀英码头的那家酒店。冯维明没有来,来的还是那个以前见过的陌生人,开着他的那辆本田车。陌生人说冯主任晚上临时有个活动,说很抱歉,明天他去宾馆看你。男人没说什么,就把一张存单拿了出来,然后换回了自己的条子,当时就将它撕了。撕过了又有些后悔,觉得该把这东西留起来,作为纪念。陌生人一边抄着存单密码一边解释,说当初处理这事时冯主任出差了,事后知道还批评了他们,说你们怎么能这么干呢?朋友之间有什么不好商量呢?

男人打断说:你今天身上带刀了吗?

陌生人有些意外,也有些尴尬,但是却无言以对。

男人点上烟,把收回的车钥匙在手里掂了掂,上了自己的车。然后他落下窗玻璃对着那陌生人说:请你转告冯主任,这笔买卖我们都赔了。我赔了钱,他赔了鸡巴。

然后,他一踩油门急速离开,直插那条风光怡人的滨海大道。现在,他该去会一个女人了。这夜的风称得上凛冽,刮到脸上竟然有点儿麻。这一路上女人的面容一直闪现在风中,却是在不断地变化着。但这张脸现在怎么看也是平面的。男人一口气把车开到泰华酒店,在那儿给女人打了传呼。电话很快就回了,女人那会儿正在KTV包厢里唱歌,背景中的音乐还是那支香港老歌:今夜你会不会来。

喂,谁呀?

我。

真是你吗?在哪儿呢?

在泰华。

你在海口?!

我上午才到,要是方便,你过来一趟,我把你的东西交给你。

……

半小时后,他们相见了。那时男人就坐在咖啡厅里,正面对着酒店的门口。

他不知为什么要挑这个位置。也许是为了让自己的情绪得到适应吧,从门口到咖啡厅的这一段路大约有五十米,他想看见女人是怎样走过这五十米进口花岗岩的。女人的步态女人的神情在这半小时里都成了悬念。男人就这么安静地坐着,抽着烟,视线一刻也没有脱离那个金光灿烂的旋转门。他忽然想起美国的一部叫作《旋转门》的影片,剧中的那个金发美女自从通过一道旋转门,就成了另一个金发美女,于是这两个相貌完全相同的女人拥有的却是两种完全不同的生活。

这部本应是糟糕的片子就因这点设计变得不同凡响。旋转门……

这时,女人的身影在旋转门中出现了。女人是慢悠悠地朝这边走来的,视线向下,但她在走过一半的路时,脚下一软,好像是被什么绊了似的,男人立刻就下意识地从座位上跳起,想去扶女人一把。女人身体斜了斜,并没有摔倒。她似乎有些难为情,不过还是对边上看她的人从容地笑了笑,说:这儿怎么这么滑呀?

这个意外的插曲倒使他们的相见变得自然了。男人像以前那样替女人把椅子移开,再回到自己的座位上,然后吩咐小姐:两杯咖啡。

女人纠正说:我要柠檬茶,加冰块。

然后女人回过头问男人:过得好吗?

还行,男人说,你呢?

一般吧。和你离开时没什么两样。

那就好。

我变了吗?

你指哪方面?

全部。

我只觉得你的容貌没变。

容貌也变了,我都有白头发了。

说到这儿,他们都沉默了。男人望着女人慢慢搅动冰块的手,突然想捉住它。这念头是他刚才等待中的设计所没有的。于是他又点了支烟,不料女人也从包里拿出了一包摩尔,顺手拿过男人的打火机点上了,这让男人感到吃惊。

你怎么抽上了?

这话应该问你才对。

掐了吧,我历来……

我知道你历来看不惯女人抽烟。可你不在,我总得找个伴儿吧?

你不是有伴儿了吗?

那是后来的事。

后来?好像不该是后来。

是的,你一走我就另有所爱了,这回答你满意吗?

我没别的意思。

可我有。你说两个人的生活要透明,我才把什么都告诉你。那不过是女人最真实的想法,哪个女人不爱钱?

难道就没例外?

我没把自己卖出去,我只是矛盾,没着没落的。你一走了之,想你回来看我你都不肯,你说,我凭什么信任你?就凭一周一个电话?用电话霸着我?你是黑手党还是黑社会?

所以你就让我打条子是吗?还把电话打到我母亲那儿?你以为我他妈的是个骗子?是个无赖?那么好,现在这个无赖把支票带来了,你收好,密码很好记,920919,1992年9月19日。

说完我就走出了酒店。本想就此离开,但往回一想,腿就迈不开了。1992年9月19日那个晚上怎么也挥之不去。我在停车场上不断地抽着烟,身上凉飕飕的,现在已不是风的印象而是水的痕迹——那夜的水像刀子一样刻在我背上,似乎现在还一阵阵地火辣辣地痛!过了很长一会儿,桑晓光出来了,双手环抱着,这也是冷的感觉。我心里的酸楚这时已浓烈到了极点,好想与女人抱头痛哭一场。但我克制着,转身迎向了她。我说,我送你回去。她不语,微暗的灯下我能看见她的眼里闪着泪光。我就把车门打开,对她说:去兜兜风吧。

后来我们就去了白沙门。

那时已是子夜,月亮停顿在海的上空,海面波光粼粼,涛声低

徊。我们没有下车,就坐在座位上。这辆车自买回来后我们就没怎么用,如今倒成了一只龟壳,虽可以遮风挡雨让人畏缩而眠,但却是与生俱来的重负。我时常担心一只乌龟被人踢翻过来,那会怎么样?这卑贱的生命会自己翻身吗?我担心。儿时听见的关于乌龟和兔子赛跑的故事,在我活过半生之后才意识到是个骗局,是彻头彻尾的谎言。没有人相信乌龟能跑过兔子,但我们还是信以为真了几十年。而当从这无辜的生命中攫取了谦虚忍耐之美德为社会所吹捧后,又无情地给它扣上了一顶绿帽子。这简直就是裤裆里的纳粹。

1995年2月,我和桑晓光再度重逢,引起的波澜是我事先完全没有料到的。我原打算像对待冯维明那样交完支票就走,然而一见面,这种设想就顷刻瓦解了。这情形与我和李佳的分手之际十分相似,但在那天晚上,我始终没有提及我已离婚的事实。这是我很卑鄙的一面,好像若提起这个,坐在我边上的女人也许又会重新燃起希望之火。而我不希望这样,我知道我们之间已不存在希望这种东西。即使有,那也是昙花一现,接踵而至的便是无尽的失望。我们都不是以前的我们了。望着眼前的景象,我们的心情都变得很复杂。我们曾在这里度过不少美妙的时光,留下过许多欢声笑语,而今夜我们沉默了。又过了一会儿,我替她把座位降低,对她说:春节打算回武汉吗?

她摇摇头,然后她说:你不该来。

我说我得把你的东西交给你才是。

她拿出那张支票,说:你拿回去,它本来就是你的。

我说：别再提这事了。这事过去了。

她苦笑了一下，说：人都走了，我还要这份钱干吗？我不知道当时是怎么想的，太失败了，算我对不起你了。真的，我有些过分了，我没想到事情会搞成这个样子，我怀疑我脑子是不是有病，可那时我真的很绝望，没有任何人帮我，生病连个倒水的人都没有……我知道你也不容易，现在说这些又有什么用呢？

说到这里，她就抽泣了，同时把我的一只胳膊抱在怀里。这个举动如同拉开一个闸门，潮水顷刻之间便汹涌而出，余下的事可想而知了。我们依旧是疯狂地做爱，那感觉完全是对第一次的公开抄袭，是彻底的复制。我们也的确就是在复制昨天，但我们最终获得的还是一个赝品。

那一夜我们就在这车上度过了。

很多次我都在咀嚼这一夜。那时我就想这世界如果还有爱情一说，那么这应该是它的本色。爱情不仅仅是美好与甜蜜，更多的是无奈与苦涩。爱情未必都是崇高的纯洁的，有时也他妈的肮脏可耻，但它还叫爱情。

天下雨了，这很好，希望这场雨延续到明天，这样我们就省去了许多事，至少不再需要消防车了。不过海口是个气候无常的城市，今年的雨又全都下到长江和松花江去了。这场戏拍完，我就该离开这个岛了。我就给桑晓光打了手机，回答的还是：你所拨打的用户没有开机。

——1998 年 5 月 10 日

这场戏从下午两点开始我们就在现场等待,万事俱备独缺雨。天一直阴着,乌云像经过电脑处理似的流动得很快。这样的气氛没有雨实在不是道理。全剧组的人都耗在秀英码头,围观的人也越来越多。摄影师沉着脸对我说,剧中提示的时间是个黎明,而这么等下去光效差不多就像是黄昏了。我突然笑了起来,我说同一幅画面上你能分清黎明和黄昏的界限吗?难道黎明是狼黄昏是狗?

我们还是坚持等。将近两小时后,雨他妈的来了。现场一片忙乱,各就各位,我大喊了一声:干吧!

一共只有八个镜头,却调度了五个机位,轨道升降全用了。因为剧中那个小子我不让他动,于是我们就得围着他动了。从监视器中看,效果还不错。这场雨就是漂亮,但也把我们等苦了。等不是个滋味,而人的一生有一大半的光阴就是在等中度过的。

最后一个镜头拍完了。这是个升降加摇的设计,它的起幅是码头边的那只锈锚,然后摇过了雨幕以及椰林,在海上形成落幅。这是个空镜,但也可以理解为剧中人的主观,似乎寓意着海对岸、岛屿对大陆的向往,而它的意味无疑是反讽的。随着光圈的加大,海置换了颜色,一片苍白,一片苍茫,而后,音乐骤起,是大提琴或者萨克斯的独奏……

我喊过收工之后,剧组的人一齐欢呼起来,这下是真的完了!围观的人群也渐渐散开,他们的表情像受了骗,原来电视是这么个拍法,不好玩。我从监视器前直起腰,顺手把戴了两个多月的那顶冒牌的耐克帽给扔了,好像为自己平了反似的。我晃悠悠地走出来,想赶快回去洗个澡。这时,我不经意地看见侧前方的一把鲜艳的红伞下站着桑晓光。我连忙跑了过去,问道:什么时候回来的?

她说昨天。我很想你去机场接我,她说,怕你分不开身,现在倒成了我送你了。出去吃饭吧,也许你明天就走了,算是为你饯行。

我是不是该洗个澡?

那就先去游泳吧。还去白沙门?

我想去看看你的房子,方便吗?

我那儿没有大拖鞋。

那我赤脚。

你开车吧。

我知道往哪儿开?

我可以指路,但到了楼下你要猜哪个窗口属于我。

我已经猜到了,是挂蓝色窗帘的那个。……

你怎么了?干吗像个孩子,都三十出头的人了。

本来我想等你走了才回来的。

那何必呢?

可我还是……

房子很漂亮对吗?

漂亮谈不上,但很干净。

东西全是新的,我知道你很重牌子。

只有一样是旧的……

我知道。

你未必知道。

我知道,因为那上面留着我从前的汗味……我知道……
……

1995年2月,有人看见一辆蓝色的本田雅阁2.0型轿车于一个雾气浓厚的黎明越过了琼州海峡,行驶在去广州的路上。但是刚过徐闻地界,这辆车的变速箱突然起了火。在经过三天的修理后,蓝色车又跑了起来,车速仍然还是很快。又过了几天,这辆车大概在江西的境内停了下来。据目击者说,当时这辆车正面临一个复杂的路口,开车的那个男人好像是迷路了。于是有人给了他地图,可男人说:我就是按这图走的,但我忽然觉得这么走不对。

你怎么连地图都不信了?

男人什么也没说,把自己的车开上了一条很瘦的砂石路。他一走,后面的人就笑着直摇头,因为那条路不是国道,据说已荒废了多年,不过仍然还有关卡和罚款。

后来就没有这辆车的消息了。

1999 年 7 月 28 日于合肥寓所
2007 年 7 月 20 日修订于北京
(原载《小说家》2000 年第 1 期)

附录一

《独白与手势·蓝》初版后记

　　《独白与手势·蓝》原计划是放在 2000 年完成的,这么考虑,主要是两方面的原因:其一是我在写完第一部《白》之后,需要一段时间的休整,想听听朋友及读者的反映;其二是我想抽空再去一趟海口,做针对性的实地考察并拍下一些照片。其时我正在筹备电视剧《海口日记》的运作,想自己再做导演。我想等去海口拍完片子,然后再静下心来写《蓝》。然而正如俗话所说,计划总赶不上变化,《海口日记》的投资方有固定的合作班底,我要坚持自己导戏便有点强人所难,于是就把剧本给卖了。紧接着,一些期刊编辑部得知我在写所谓长篇三部曲时,便不断和我联系,他们像事先约好了似的众口一声:还是趁热打铁吧!再就是,写完《白》的我其实也未能从这种新鲜的叙述形式里走出来,有一种意犹未尽的感觉,这便有了里应外合的基础。还有一个站不住脚却十分真实的理由,就是我刚买了一台笔记本电脑,正练着,需要靶子——从前我是竭力反对换笔的,但近期我的脖子不行得厉害,时时发出嘎嘎的响声,就害怕,可又担心用这东西找不着写的感觉。我用的是拼音,于是就有朋友劝我改用五笔,说那样快。而我执意不从,觉得把一个漂亮的方块汉字活生生地拆开再组装起来是一件不可思议的事。那时我就想上手就拿拼音拼出一部长篇来,认为二十万字拼过,怎么样也熟练了。于是便跃跃欲试地做起这件事了。从某种意义上,这次的换笔,是对我找到的这种形式的一个小的补充,因为它也给予了我刺激。

与《白》不同,《蓝》规定的故事时间前后不过三年,所以相对而言要集中一些。在这部小说里,除了延续了一个男人的情感旅程和心灵磨难,我着意要表现的是"我"在海与岸之间的那种焦灼状态。这种情绪,曾经在我其他的中短篇里表达过,但我觉得还不够淋漓尽致,我希望它能成为我对南方最后的思念。

兴许与合肥冬季没有供暖有关,我发现我大部分的文字都完成于夏天,所谓挥汗如雨,而我早已习惯成自然。《蓝》文字部分的写作大约只花了七十天,脱稿日期是 7 月 28 日,正尽酷暑,这使我仿佛又一次回到了那个位于南方之南、地处北纬 20 度的岛屿,不禁恍然若梦。

《蓝》首发刊物是《小说家》2000 年第一期,正好与《作家》连载的第一部《白》相接,现在人民文学出版社将这两部同时出版,是让我愉快的。整整十年前,我的长篇处女作《日晕》就是由她出版的,使我获得了一份特殊的慰藉,我自然要谢谢她!

我有一篇叫作《关系》的小说,也是写南方的,在那篇小说的结尾,我也写了一个男人对海南岛的告别,当时他站在船尾,在这个男人的视野里,海水越来越蓝。这时,男人出其不意地对着接近模糊的海岸线大喊了一声。于是有人问他:喊什么呢?

男人说:喊一位朋友。

问话的人一笑:这么远,能听得见吗?

男人说:听不见,但我需要喊一声。

    1999 年 10 月 25 日,北京天坛之侧

附录二

《独白与手势》修订本自序

《独白与手势》之《白》《蓝》《红》三部曲,写于1999年前后,第一卷《白》和第三卷《红》,首发刊物是《作家》杂志。第二卷《蓝》则是由《小说家》刊出。之后由人民文学出版社2000年和2001年统一出版。毫无疑问,这是我的一部重要作品,也是我在小说形式上的一次冒险——我把图画引进了文本——这些图画不再是传统意义上的插图,而是构成了小说叙事的另一个层面。因此,《独白与手势》应该是一个复合的文本,由文字和图画共同构成。图、文之间是互动的。无论今天还是以后,别人怎么看,作为作者,我对这种尝试迄今依旧是怀有几分激动。

之所以需要进行一次全面修订,基于以下三个原因。首先,由于当时的我漂泊不定,居无定所,写的和画的都显得比较急就,我本人需要进行一次修订,包括文字和图画两个部分。其次,当初由于出版技术上的局限,使本书的"图画部分"没有达到预期的效果,这是很觉遗憾的,几乎成了我的一块心病。再次,是初版的印数较少,一些热心的读者很难买到,我在网上经常看见他们求购的消息,有的还直接写信向我索书。因此,事隔六年之后,我完成了这次全面的修订,交文化艺术出版社重新出版。修订本的面貌将焕然一新。

这次修订工程不小,除了对文字部分进行修改之外,更重要的是,对全书的"图画部分"作了彻底的更新,统一换成了水墨,使之形式上得到和谐。读者现在看到的书中图画,绝大多数都是这次的新作。

以前看过这本书的一些读者,常常有一种误解,很容易把这本书看作我本人的准回忆录。这是不确切的。第一人称的叙事可能是导致这种判断的一个原因,另一个原因,我必须承认,这本书也确实打上了我个人履历的印记。但这只是一种故事背景的颜色,我要写的,是一个男人三十年的情感心路历程,以及这个人在这三十年里的心灵磨难与煎熬。还有读者给我写信,询问为什么这本书取名为《独白与手势》。说实话,当初取这个名字,我没有怎么多想,只觉得这是一个不错的名字,用它命名一部长篇小说很合适。等书的第一卷《白》写完之后,我忽然有了另样的理解。我愿意把"独白"看成文字,可以把"手势"看作图画;或者,"独白"是倾诉,是言说;"手势"则是比画,难以言说。说的,和难以言说的,就是《独白与手势》。

初版是分别以三个单行本陆续出版的,这次,我接受了责任编辑李世跃先生的建议,把三册合为一卷。

是为序。

潘军

2007年10月,北京寓所

附录三

存在主义和潘军的《独白与手势》

吴格非

一

把潘军和萨特联系在一起,是因为一个阴雨天,《独白与手势·白》的主人公"在招待所里读一本萨特的著作"。虽然书名不详,但凭借小说提供的线索可以推断出,这本书应该是萨特的《存在与虚无》,因为从故事的叙述中,我们得知这是一本"名气很大的书"。而且,主人公在思考人生与梦想的关系时,是从存在与虚无的角度进行阐释的:"存在就是虚无,人生如梦,然而,做梦的过程是美丽的,生命本身是美丽的。"阅读完这部小说后,我们可以说,对于潘军来说,梦是对爱欲的幻想与追求,而美丽的人生是这种幻想与追求的过程。

在20世纪90年代成名的作家群中,潘军对爱欲的想象堪称独特。他思考的角度是,一个男人如何与自己所爱的女性构筑并保持他期待中的真情世界。他构筑着这个世界,也就是构筑着男人的自尊、价值和自我的主体存在。在潘军看来,男人的主体存在和女性之爱是一种生死与共的关系。这种爱不应该包含物质赠予、家庭责任以及其他功利性的因素,它必须完全靠纯粹的真情来维系,因为只有这样,无论男人还是女人,在爱的过程当中,才能共同保持一种主体地位,这样的爱才是完美与和谐的。反之,假如任何一方沦为客体地位,那么,爱的危机或缺失就不可避免地产生了。对于这一点,很少有作家能够深刻地认识和把握。在20世纪90年代欲望化写作泛滥的文化语境中,包括严肃作家和女性作家在内的许多作家,他们对性爱描写热衷有加,但普遍缺乏深度的思考和生命的想象。男性作家的性描写常常是一种压抑后的宣泄或变态的发泄,女性成为受害者;而女性作家笔下的性描写,往往表现了女性对男性世界权力压迫的反抗与憎恨,女性由被动者转变为驾驭男性的主体。因此,20世纪90年代文学的欲望化写作总体上是审丑,而不是审美。潘军的不同在于,他通过小说告诉读者,人离不开欲望,但不应该成为欲望的奴隶,纯粹的爱欲应该是美的,它是真情的感受和体验,是男女充满和谐、平等的交流,它使双方都成为具有独立、自尊和主体人格的真正的人。萨特在《存在与虚无》中讨论自为和他为关系的论题时,曾着重分析了男人与特殊的他者——女人的关系。潘军的思考和想象,在许多地方与萨特的论述是很相似的。

潘军近期的长篇小说中,比较有影响的是《独白与手势》白、蓝、红三部曲,其中以前两部较为成功。该三部曲小说描写了一个男人的成长经历。这个男人试图通过他与几个女性之间的爱情来证明和建构自己作为一个独立男性的主体位置。这很像萨特。萨特一生与很多女人关系密切。他认为通过与不同女人的交往,可以不断获得关于自我的新的感受性。这种感受性来源于男性与女性相互之间无任何功利目的的"爱欲"。萨特认为,女性对于爱情的想象往往是纯洁的,所以她是唯一不会使男人感到被异化的他者;作为女性的他者给男人带来的爱,不是一种异己的力量,不会使人发生异化行为。在萨特看来,"一旦男人由于发展自己的理解力而弄到丧失感受性的地步,他就会去要求另一个人、女人的感受性——去占有敏感的女人而使他自己可以变成一种女人的感受性"。萨特还说:"我认为一种正常的生活就包含着同女人的连续不断的关系。一个男人被他做的事,被他所成为的那个样子,同他一起的女人所成为的那个样子所同时决定。"①这一结论基于萨特对爱欲的独特见解。首先,爱欲是一种爱的表系,是对对方的一种幻想,它未必以实际的性行为为目的。其次,他否认爱欲是对他者的征服和权力,相反,爱欲的目标是在他者体内产生一个与我对等的爱的欲望,使我也成为被爱者和被幻想者。在这种被爱的幻想中,我的自我(主体)世界得到恢复。可见,爱欲的产生是以恢复自我的主体世界为目的的。在爱欲对等的情况下,男人与女人的关系是互为主体的。这种爱欲的双向对等和相互幻化,是解决自我和他者冲突的根本途径。萨特之所以这样认为,主要是出于这样一种理解,即个体在这个荒谬的世界中随时处在被异化的境地,被异化的人有一种恢复自我的欲望,这种愿望只有在同异性的相互对等的爱欲交流中才能实现。在《独白与手势·蓝》中,潘军这样谈论他对女性和两性关系的理解,颇似萨特的观点:

---

① [法]西蒙娜·德·波伏娃著,黄忠晶译:《萨特传》,百花洲文艺出版社1996年版,第951页。

一种女人愿意为男人而活,另一种女人则是要男人为她而活。但这不能理解为奉献——我认为爱这东西是不可以随便奉献的。这是一种寄托方式,爱一个人就如同在爱自己。爱与被爱都是幸福。

由此看来,真正给人以幸福的爱,是一种消弭了异化的爱,是情感的和谐、平等的交流,其中并不存在两性双方的相互奉献,因为从奉献的角度对待爱,必然涉及物质利益,必然使爱杂糅进物质主义和功利主义的因素。爱情是人世间最后一块没有异化的净土。人可以超越功名利禄,但往往不能够超越爱情,就是因为每个人在潜意识里都有着摆脱异化、复归自我的愿望。《独白与手势》通篇描写的是男主人公的情感历程,用他妻子李佳的话说,"他一直在恋爱中"。但恋爱故事只是叙事的表层,它的深意是对男性自我的追寻。

《独白与手势·白》的主人公在成长过程中,先后或同时陷入了与五位女性的情感纠葛之中。事实上,这是小说叙事发展的两条主要线索之一。另一条线索是主人公在谋生过程中充满坎坷的人生遭际。这种坎坷经历与他同五位女性的关系相互衬托,彼此映照。正如小说主人公所说:"男人的历史实际上是爱的历史,却是女人来写成的。撰写者有可能是一个,但更大的可能是几个甚至十几个。"这一观点和萨特的颇为相似,或许真是心有灵犀一点通,它奠定了潘军小说情节发展的基调。

小说的主人公是在屈辱中降临人世的,因为他有个被打倒的"右派"父亲。父亲的阴影伴随着他走过少年时代的道路。那个年代,给他带来无限安慰的是一个叫小丹的女孩。他和小丹是同学,他们在一起,因为他俩的父亲"是同一批在石镇划上右派的"。共同的遭遇和彼此之间的互助、信任,使他们之间建立了生死与共的关系———一种超越了婚姻关系、像水一样清澈透明的情爱,以致在以后的日子里,他们一直把对方看作一家人。他们虽然各自组建了家庭,但是一家人的感觉从未泯灭。在他们看来,这种感觉超越了婚姻,甚至比婚姻更真挚。结婚对他们来说实在是多余的。他们像世间最相互信任、彼此忠诚的夫妻一样,"每天在一起与隔十年见一面没有什么差别"。而见面时,他们能像夫妻那么自然地在一起拥抱、接吻甚至做爱。在小说中,潘军没有使用过多的充满情调的文字去渲染主人公和小丹的感情世界,甚至可以说,小说中关于他们的描写是相当朴素的,但他们的故事真诚感人。它使人们认识到,真爱的本质乃是虚无。一种超脱了功利和利害关系的虚无,就像波伏娃和萨特,他们虽然没有成为法律意义上的夫妻,但他们是相互支持、情真意切的终身伴侣。他们的友情让很多爱情经典黯然失色。总之,男主人公从小丹那里获得了一种真正的家的感觉,他把这种家的感觉,又投射到了小丹所在的水市以及他们共同生活过的故乡石镇。在与小丹的彼此真情中,他感受到了自己生命的存在,同时也加深了对一个异化世界的厌恶和对精神家园的渴望。他去过很多其他地方,所有这些去过的地方都充斥着泯灭个性的标志,不管它的表面多么豪华和彬彬有礼,生命在那里

仿佛被扼杀了,只有他和小丹在一起待过的水市和石镇,才使他感受到生命的激情:

> 这些年我走南闯北,曾在不少著名的城市蛰居过,但没有一座能够像水市这样给予我激情和想象。我生命的光泽被现代都市大厦的阴影所遮盖,喧嚣夺去了我内心最后的宁静。这些城市向我提供格式一样的标准房间,向我提供内容重复的服务,我完全成了一个住标准间的男人……在那些年轻服务生热情礼貌的脸上,我捕捉不到亲人的表情……我的空间里缺少生命的气息。这样的时刻,我便思念起水市和家乡石镇,那情绪确实可称得上魂牵梦绕。

许多人都在这种"格式一样"和"缺少生命"的世界里麻木地生活着。他们认同于环境,被"格式化",他们表面没有烦恼,优哉游哉,但实际上,他们的内心无时没有一种反抗自己、反抗环境的冲动,只是懒得行动罢了。这是人被环境的异化。萨特认为,异化的人,是丧失了自由、勇气和主观意志的人,他认同于这个世界,随波逐流,无意义、无兴趣地活着,最终成为多余的人。潘军小说的男主人公是清醒的自觉者,他不甘湮没于市,而是选择了一条"自我放逐"的道路,成为物质世界和感情世界中的一名漂泊者。在"自我放逐"中,他遇到了生命中的另外四个女人:雨浓、韦青、李佳和林之冰。

雨浓代表着他的初恋,也是他爱欲的起点,尽管他还未来得及

向雨浓示爱,雨浓已在一次灾难中化蝶离去。和雨浓相识的第一个晚上,主人公就对她产生了强烈的性幻想:

> 这个夜晚显得宁静,这个夜晚他又格外地不宁静,他有了对性的强烈渴望——他不断梦见雨浓的身体,但全都不清晰。那些像柳叶一样的身体在飞动着,千姿百态……

这就是他对雨浓的初恋,虽然它具有强烈的性指向,却并不是源于本能的冲动。他一下子爱上了雨浓,是由于后者对他的一句赞叹。事情是这样的,他们第一次通过小丹相互认识时,卫校毕业并在一所医院当护士的雨浓坚持要看他的画作,因为她知道他爱好绘画,而绘画是一定要懂人体解剖的。雨浓对他随手画的一幅人体素描表示出钦佩和惊讶,认为他将来一定能够上美术学院,并成为一个大画家。这句话令少年的他"激动不已",因为雨浓的话竟如此准确地切中了一名知青少年埋藏心底的志向。在那个特殊的年代,作为一名出身"有问题"的知青,他从未敢向他人提起自己的志向,更不敢奢望成功,但雨浓的话,不仅使他看到了知音,还燃起了他成功的信心,鼓起了他面对未来生活的勇气。正因为如此,在雨浓死后的很多年里,他常常在梦中和她相遇。这梦境潜意识地表达了一个男人对知音、信念和成功的心理渴求。从这个男人以后的生活道路上,我们可以经常看到雨浓的影响。她是给他的事业起点带来鼓励的女人。

韦青是他理想中的妻子,由于当时他们社会地位的差异和双方家庭的反对,他们最终劳燕分飞。但他们一直彼此深爱、渴望结合,所以,虽处天涯海角,仍然两情依依。主人公这样描写他和韦青充满激情的初恋体验:

> 这是人生初始的两性挚爱,时间的流逝只能模糊它的轮廓,空间的转移只能淡化它的表面,却使它的本质内涵更加暴露凸现,如同野火春风的狂舞。

韦青给予他的是真正的爱情,一种"从心底笑出来"的爱情,她使这个男人懂得,爱能够给男人带来生命的尊严。韦青是市教育局局长的千金、中学代课教师,而他是"右派的儿子",一个在边远乡村、在受人呵斥的景况中干体力活的知青。但韦青爱他,并给了他一个女孩的初夜。他从韦青那里获得的对爱的理解,主宰了日后他和妻子李佳的感情生活,使他懂得了婚姻和爱情常常并不是一回事,婚姻有时真的是爱情的坟墓。

李佳是他"文革"以后的大学同学,他们的结合一开始就是个错误。他们之间没有他所理解的那种"从心底笑出来"的爱的感觉。事实上,在两人的关系上,他始终处于被动的客体地位。李佳是一个注重"实际和秩序"的人,并在婚姻中坚持实用主义原则。在与他交往中,她把他当作谋利的工具,关心的是"住房的分配"和"每月的储蓄"。她动辄训斥他,并且紧紧地控制着他。

> 这个男人的全部性格弱点尽在其掌握之中。她可以爱

他,也可以冷落他;她可以需要他、拥有他,也可以同他拉开距离或者暂时将他遗忘。

他正是在她的控制中被一步步地牵入婚姻的围城。他无法抗拒。这是一个使他痛失个人尊严的女人。他"厌恶这种女人来管自己",渴望有男人尊严的爱情生活。于是,韦青的爱不仅促使他历经十年鏖战去走出婚姻的围城,而且影响了他以后的生活之路,使他感受到生活的意义。

在我二十年情感旅程里,韦青的身影始终伴随着时隐时现。每一次出现都不同程度地改变了我原有的生活格局。韦青仿佛是一个不朽的省略号,它不仅表示意义的省略,更多的是表现意味的延长。

林之冰是他偶遇的情人,一个"做不了任何人老婆"的人。她是一个追求自我价值的女人。在海南开发大潮刚刚兴起的时候,她毅然抛下已然很兴旺的生意,到海南去追寻更大的冒险与成功。林之冰带给他的不仅是性的愉悦,更是精神上的激情。一方面,林之冰弥补了他婚姻生活的缺陷,因为他和李佳的爱从一开始就已死亡。"李佳是一个性冷漠者",而且她的个人情感几乎处于冰点,用她的话说就是"我一点也不怀念少女时代"。另一方面,林之冰给了他事业发展上的鼓励。他的下海和林之冰有关;而当他"因生意屡屡受挫生活沮丧不堪"时,又是林之冰富有朝气和生命力的印象给了他亲切的抚慰。

综上所述,主人公同雨浓、小丹、韦青和林之冰这四位女性或梦幻或现实的交往,其实是他自我寻求、自我认识和自我完善的过程。主人公所寻找的是属于一个独立人格的男人所应该拥有的爱情、信心、尊严和价值。这种寻求、认识和完善自我的过程就如同一场梦。这梦的实现对于一个追求独立人格和事业成功的男人来说有着特别的意义。

> 人是需要梦想的,人因梦想而活。梦想如同一条横亘于眼前的地平线,你见到了它你就必须接着走。从这个意义上说,存在就是虚无,人生如梦。然而做梦的过程是美丽的,生命本身是美丽的。

"你见到了它你就必须接着走",这是自我实现之梦给予男主人公的人生启示。在它的照耀下,他毅然走出婚姻围城,并决定去南方闯荡天下。同时,他也厌倦了机关生活,因为他不想为虚假的口号"交出信任感",也不愿意做某一个"领导的人"以谋取向上爬的资本。他也厌倦了文学界的衙门化体制,毕竟,正如他所说,他"爱的是文学,而不是文学界"。政府和专业作家的"这种雇佣关系会使作家和作品都变得十分尴尬"。于是,他选择做一个真正意义上的作家,他决定不靠写作来谋生,因为无论在机关还是在作家协会,写作已经异化为工具。他将以另一种生活方式来支持写作。他尽管从此将成为孤独的个人,但他宁愿这样,因为孤独意味着独立,也意味着自由。在一个人的孤独世界中,他是他真正的自我。

  一个人,最自由的是一个人,最孤独的也是一个人……最小的是一个人,最大的也是一个人。

  这是男主人公在小说即将结束时发出的感慨。自由的人是孤独的,但他是大写的人、真正的人,因为他拥有可贵的自尊和独立的人格,拥有行动的信心和选择的勇气。因此,他能够超越这个荒谬的世界,勇敢地去寻找生的意义。

二

  《独白与手势·白》的续集《独白与手势·蓝》,描写了主人公在海南的"自我放逐"过程。他依然在为寻找和实现作为男人的自尊而奋斗。在海南,主人公所面对的,不仅有爱欲,还有物欲,或者说是爱欲和物欲交织的网,这无疑是一个更加复杂的境遇,但对主人公来说,物欲和爱欲一样,同样可以成为复归自我的动因。

  主人公摆脱机关的束缚,是为了挣脱权力的异化,但在社会上,权力无处不在,于是,他努力寻找一种可与权力抗衡、使人获得尊严的东西,那就是金钱。在金钱问题上,潘军认为,他和萨特的观点不一样,虽然他认为萨特并非真的不爱钱。在中篇小说《流动的沙滩》里,他这样写道:

  钱是个好东西。对待这个问题我和萨特不一样。萨特以

"拒绝一切来自官方的荣誉"为借口使他的那一笔款子黄了(实际上他想拖着肖洛霍夫一块儿领)。但是,萨特后来又后悔了,又想伸手,不过钱已经没有了。这不是据说,可以作证的是一位叫辛格的用意第绪语写作的小说家。这位犹太人懂得实惠,深信钱比政治重要,因此1978年他获得诺贝尔文学奖时神采飞扬。

显然,潘军把金钱和政治放在了相互对立的立场上。用金钱去克服政治的异化,这一点萨特没有意识到——他把钱看成和政治一路货色了。应该说,这是潘军比萨特高明的地方。在《独白与手势·蓝》的起首段里,小说的男主人公就站在这样的立场上,开诚布公地诚论金钱在新时期的作用。

> 当代中国出现过两次奇特的革命。第一次是1966年,革命的结果是神与人的距离消失了。第二次是1978年,以权与钱的交换作为收获……人们发现自己长高了,不再习惯于仰视他人。面对一种叫作权力的东西,大家完全可以用金钱加以抗争,至少能够平衡自己。你是厅长你能住四室一厅,但我可以掏三十万买同样的甚至更好的房子。就这么简单,如果你有本事挣钱的话。

赚钱对于主人公来说如同一场革命。他从内地来到海南岛的根本目的,是为了以另一种生活方式来支持写作。写作需要在自由和自主的状态中进行,要获得自由和自主,就必须先赚钱。他选择了经商,但他坚持两条原则。其一,尽可能地做与文化发展有关的项目,因为"那是他的强项"。作为一名儒商,他从骨子里仍不脱文人的气质;而做文化产业项目,这和他的理想志趣相隔并不甚远。毕竟,作家所能做到的,也只是从文化层面上去改造社会而已。其二,他不愿受制于人,仰人鼻息。只有这样,他才能在金钱的诱惑面前保持人格的独立。譬如,南岛集团的总经理刘锐给他投资20万元组建文化发展公司。因为是投资,这是一个风险共担的项目,他可以花光这20万,即使赚不到钱,他也不必承担责任。但是,他不但赚了钱,还退回了刘锐的10万元剩余投资。他甚至说,刘锐把以前的投资再划走也可以。他这样做,是为了自由,为了自尊,为了不再看到集团财务总监令人难堪的脸色,因为在他不赚钱的头两个月里,他感到自己就像婊子一样活着。

> 自由?在这个充满欲望的岛上,狗屁的自由不过是靠钱赎回来的婊子。我他妈的就当了几十天的婊子!

可以说,钱在他眼里只是可以利用的工具,是帮助他实现自由的目的。他没有像其他很多人那样沦为金钱的奴隶。但是,即便如此,他仍然必须在金钱和权力之间寻求平衡。一旦金钱无法和权力抗衡,他会毫不犹豫地再次选择自我放逐。譬如,正当他充满希望准备为公司前途大干一场的时候,他发现他实际上还是被总公司紧紧地控制着,总公司可以随意挪用、划拨他的文化公司账上的钱而不必通知他;更使他感到吃惊的是,他开发的很有前途的项目,很快被总公司占有。他终于意识到,"原来刘锐不过是让他做了些下手活",于是,为了尊严,他毅然离开了尚在鼎盛时期的南岛公司。

为了实现自尊,他追求金钱,但是为了自尊,哪怕是为了他人的尊严,他也可以放弃到手的金钱。为了帮助他挚爱情人桑晓光的前夫——一位汽车推销商渡过难关,也是为了表达对总公司不守诺言的抗议,他用自己全部的 30 万元流动资产购买了一辆对自己毫无用处的名牌汽车。这既消除了桑晓光对前夫的愧疚,又维护了他个人的自尊,尽管他因此陷于几乎破产的境地。在蓟州,他为电视台承办了一个栏目的节目,并拉到了 100 多万元的广告赞助。在电视台毁约的情况下,他把到手的广告预付款 60 万元还给了厂家,而厂家原以为他会卷款而逃。他多年的朋友冯维明背弃诺言,使他背上 42 万元的债务,但他用创作赚来的稿费,连本带利还给了冯维明,并赎回了他那部被冯维明扣押的汽车。主人公的汽车在小说中有着特殊的意义。对于几乎破产的主人公来说,它本身的使用价值不大,甚至是个累赘,但它是主人公个性尊严的象征。这是他无论怎样艰难也要把这辆车留在身边的原因。这一切说明,在他看来,金钱可以抛弃,但自我的尊严不能丢失,否则人就会物化为金钱的奴隶,人生就失去了意义。这再次让我们想起萨特。萨特在世时,他的日常生活开销很大,他非常需要钱,但为了坚持一贯的独立于官方之外的立场,他宁可放弃领取诺贝尔文学奖奖金。这也许并不能证明一个人品质的高尚,但起码说明萨特是忠实于他所宣扬的自由的。他曾说:"把自由作为一切价值的基础。"①从某种意义上说,自由和自尊是不割的,是双面同体。

男主人公在不断的自我放逐中找回了属于一个男人的自由和自尊,但同时他并没有为保全自己的尊严而损毁他所爱的女人的尊严。事实上,他在两性关系中的每一次选择,都转化为一种承诺和相应的责任,那就是让他生命中珍爱的女性也不失去自尊。他说:

> 一个男人的一生其实就是与女人结伴而行的一生。我没有勇气去设想做一个孤独的独行客。我的生命里离不开女人,这是我的真理……我也许能拿走女人身上任何东西,但不能拿走一个女人的尊严。

潘军对感情世界中的男女双方尊严的理解是独特的,那就是无论恋爱、结婚还是离婚,都应该是个人自主选择的结果,不受到外来因素和他者的干涉。譬如,他对离婚所持的态度就和我们当下普遍认同的理念完全不同。在我国,一般情况下,如果婚姻中没有出现不忠或者第三者插足的行为的话,夫妻双方是不会因为婚姻质量的不如意而离婚的。潘军的男主人公仿佛是另类世界中的人。他与妻子李佳一直处于婚姻危机中,但他与李佳最后离婚,并不是因为他所钟爱的情人桑晓光,也不是因为他发现李佳另有所

---

① [法]萨特著,周煦良译:《存在主义是一种人道主义》,上海译文出版社1988年版,第27页。

爱。事实上,他是在桑晓光和一个新加坡商人结婚并弃他而去之后,才和李佳离的婚;而且,他在拿到离婚证书后,才告诉李佳他早就察觉了李佳的外遇。他说他所以这样做,完全是出于他个人对婚姻前途的判断,他觉得应该让自己而不是他人来左右自己的命运。他说:

不要为任何人去离婚……是否离婚纯属你个人的选择……倘若我和李佳离婚,那也绝不是因为某个第三者的存在,而是我们这个婚姻本身没有前途。

正如他所说,他最终选择和李佳离婚,是因为"我们这个婚姻本身没有前途";他之所以这样认为,不仅因为他受不了李佳的管制,更主要的是他发现自己在李佳心目中不过是一件东西。

她说,我的东西即使我不用了,我也不愿让另一个女人大模大样地去使,我宁可把它给摔了。他不禁为之心惊。他想在这个与自己做了八年夫妻的女人眼里,自己不过是一件东西,就像挂在门背后的一件旧衣服。

可见,在和李佳的婚姻中,他是一个被彻底异化了的对象。"婚姻异化"这个词汇虽然还没有出现在我们的日常生活中,但它事实上已经成为婚姻质量不断下降的重要的潜在因素。它不仅使爱成为单向度的存在或者干脆消弭了后者,而且也剥夺了人的基本尊严。这就是潘军的独到之处,他把爱情、结婚乃至离婚同实现个人的尊严的崇高主题结合起来,这无疑是对人文关怀理念的又一次提升。毕竟,对绝大多数人来说,爱情和婚姻是相随一生的东西。如果双方中任何一方失去了主体地位,如果个人迫于世俗观念而固守已经失去前途的婚姻城堡,那么,个体生命的存在是否真的还有意义?

或许,潘军的主张很容易被世俗地理解为逃避责任。其实,我们不应该把潘军小说中的爱,与世俗理解的那种道德伦理责任联系起来。任何道德原则都存在着相对性,善恶、美丑、是非的理念也是相对的,一切相对的东西都不足以作为标准来贯彻实施。萨特看到了这一点,他在《存在与虚无》的第一章就详细阐述并且论证了他的一元化世界观。[①] 他的存在主义人学观是基于这种一元化世界观的,它超越了道德标准的相对性,以反对异化为宗旨,把人的尊严提升到了一个前所未有的高度。[②] 在此,潘军和萨特又一次达成了共识。潘军认为,真正的爱欲是独立于世俗道德原则和功利目的之外并且彻底消弭了自我异化的一方净土,每个人都能够通过它实现自由和自尊。

[①] 萨特认为,存在物的内在(interior)与外在(exterior)的二元对立是没有的。一切存在物的存在都是显像(appearance)。显像是一切行为(action)的总和,而任何一个行为只显示它自己和整体系列(manifest itself and total series)。在显像背后无任何掩盖的实在(hidden reality)。可见,在萨特那里,存在物的现象和本质的二元对立被取消了。本质就是显像,而显像就是显像本身。

[②] 萨特在《存在主义是一种人道主义》中明确指出:"只有这个理论(存在主义——笔者注)配得上人类的尊严。它是唯一不使人成为物的理论。"(上海译文出版社1988年版,第20页)